Rainer Wekwerth

Blink of T

Weitere Bücher von Rainer Wekwerth im Arena Verlag:

Das Labyrinth erwacht
Das Labyrinth jagt dich
Das Labyrinth ist ohne Gnade
Damian. Die Stadt der gefallenen Engel
Damian. Die Wiederkehr des gefallenen Engels
Camp 21. Grenzenlos gefangen

Rainer Wekwerth,
in Esslingen am Neckar geboren, schreibt aus Leidenschaft. Er ist Autor erfolgreicher Bücher, die er teilweise unter Pseudonym veröffentlicht und für die er Preise gewonnen hat. Zuletzt die »Segeberger Feder«, die »Ulmer Unke« und die »Goldene Leslie« für den 1. Band der Labyrinth-Trilogie. Außerdem stand er auf der Nominierungsliste des »Buxtehuder Bullen«. Neben dem Schreiben coacht er Autoren und Schreibschüler, ist Ehemann und Vater einer Tochter. Rainer Wekwerth lebt mit seiner Familie im Stuttgarter Raum.
www.wekwerth.com

Rainer Wekwerth

Blink of Time

Arena

Für Volker und Peter,
meine Freunde.
Wo immer ihr jetzt auch sein mögt, ich hoffe,
ihr habt ein neues Leben gefunden.

FSC
www.fsc.org
MIX
Papier aus verantwortungsvollen Quellen
FSC® C110508

1. Auflage als Sonderausgabe im Arena-Taschenbuch 2017

Ein Projekt der AVA international GmbH
Autoren- und Verlagsagentur (www.ava-international.de)
Umschlaggestaltung: ZERO Werbeagentur, München unter Verwendung von Fotos von FinePic®, München, Vilde Indrehus/gettyimages (453047411) und Mark Owen/Trevillion Images (MON72857)
Gesamtherstellung: Westermann Druck Zwickau GmbH
ISSN 0518-4002
ISBN 978-3-401-51009-5

Besuche uns unter:
www.arena-verlag.de
www.twitter.com/arenaverlag
www.facebook.com/arenaverlagfans

Prolog

Der Wind umspielte sein Gesicht, tanzte in seinen Haaren, während er in die Tiefe starrte. Noch waren seine Augen geöffnet, noch sah er hinab auf den Grund der Schlucht, nahm jedes Detail wahr. Die nackten Felsen, das niedrige Buschwerk, die Dürre und die flirrende Hitze, die über allem lag.

Es war heiß und windig, doch der Wind brachte keine Kühlung. Er trocknete seine Lippen aus, und obwohl er immer wieder mit der Zunge darüberleckte, wurde es nicht besser. Aber es war egal, das alles drang nur am Rande in sein Bewusstsein, denn er konzentrierte sich ganz auf den Augenblick, auf die Erhabenheit und die Verzweiflung, die darin lag.

Wie oft schon hatte er hier oben gestanden und nach unten geblickt? Er wusste es nicht. An manchen Tagen war es so heiß wie heute gewesen, an anderen hatte er sich frierend am Brückengeländer festgehalten. Mal hatte die Sonne sein Gesicht verbrannt, mal hatte sich der Regen wie eisige Nadelstiche angefühlt.

Doch ganz gleich, wie oft er gesprungen war, wie oft er gesucht hatte – er hatte nichts gefunden.

Und wieder einmal spürte er den Schmerz in seinem Inneren. Er war zu seinem ständigen Begleiter geworden, genau wie die Traurigkeit, die ihn wie ein alter Freund auf seinen Wegen begleitete.

Wie oft noch muss ich fallen, bis ich sie wiederfinde?

Vielleicht würde es niemals geschehen. Und dennoch durfte er nicht aufgeben, musste sie suchen, auch wenn er dabei zunehmend sich selbst verlor.

Es war stets anders und doch immer gleich.

Dieser eine Augenblick der Vollkommenheit, wenn er wusste, nur noch ein Schritt lag vor ihm, nur noch ein Schritt und die Welt würde hinter ihm zurückbleiben.

Stille kehrte in sein aufgewühltes Inneres ein.

Dann war es so weit.

Als er die Augen schloss, nahm er den Duft der Wüstenblumen wahr. Es war ein zärtlicher Duft, zurückhaltend und doch bedeutsam für ihn. Er spürte die kleine blaue Blume in seiner Hand. Ohne die Augen zu öffnen, legte er sie auf dem Geländer ab.

Das tat er immer, bevor er ging.

Diese kleine Blume war so etwas wie ein Zeichen. Ein Zeichen, dass er hier gewesen war, in dieser Welt gelebt und geatmet hatte. Doch nun war es Zeit zu gehen, das Hier und Jetzt zu verlassen. Nur die Blume würde an seine Existenz erinnern, und das war gut so, denn mehr brauchte es nicht.

Noch einmal sog er tief die Luft ein.

Dann breitete er die Arme weit aus.

Und fiel.

1.

Sonnenstrahlen blitzten durch die heruntergelassenen Jalousien, als Sarah erwachte. Das Licht tänzelte über ihre Nase, während sie nach dem Radiowecker griff, um die Uhrzeit abzulesen. Just in diesem Moment sprangen die Leuchtziffern um und das Gerät schaltete sich ein.

Randy Brandsoms markante Stimme erfüllte den Raum und wünschte allen Hörern einen wundervollen Morgen, der seiner Meinung nach in einen wundervollen Tag übergehen würde, denn die aktuellen Wetterdaten versprachen angenehme Temperaturen bei wolkenlosem Himmel und strahlendem Sonnenschein.

Sarah lächelte. Sie mochte Randy. Jeder mochte Randy, obwohl niemand wusste, wie er aussah. Merkwürdigerweise gab es keine Fotos von ihm, weder im Internet noch sonst wo. Es gab nur diese dunkle Stimme, die immer zu lachen schien und gute Laune verbreitete.

Vielleicht ist das sein Geheimnis, dachte Sarah. So kann sich jeder selbst ein Bild von ihm machen und Randy kommt der Idealvorstellung eines jeden Zuhörers sehr nahe.

Sie selbst stellte sich Randy Brandsom als einen in die Jahre gekommenen Surfertypen vor, mit sonnengebräuntem Gesicht und langen, ausgeblichenen Haaren, die sich kaum bändigen ließen. Wahrscheinlich trug er alte schlabbrige T-Shirts, abgeschnittene Jeans und Flipflops. Aber auch wenn er ein übergewichtiger Mann mit Halbglatze in schlecht sitzendem Anzug wäre, würde das keine Rolle spielen. Randy sorgte dafür, dass der Tag mit guter Laune begann.

»Leute«, dröhnte es aus dem Radio. »Habt ihr schon gehört, was unsere Bürgermeisterin vorhat? Die wunderbare Elizabeth O'Brian will den alten Vergnügungspark unten am Hafen abreißen lassen, um Platz für ein neues Einkaufszentrum zu machen.«

Eine wirkungsvolle Pause trat ein, dann sprach Randy weiter: »Das Wahrzeichen dieser Stadt soll verschwinden, damit eine weitere Shoppingmall entstehen kann, in der wir Sachen kaufen, die wir nicht brauchen, und uns den Magen mit Fast Food vollschlagen, das nicht gesund für uns ist. Ein Spitzenplan, Mrs O'Brian. Sicher, sicher, der Vergnügungspark ist geschlossen, die meisten seiner Attraktionen verrotten und das alte, mächtige Riesenrad rostet stumm vor sich hin, aber was wäre, wenn man dieses achtzig Jahre alte Kulturgut wieder in Schuss bringen würde? Für einen Bruchteil des Geldes, das ein Einkaufszentrum kostet, würden wir etwas erschaffen, woran die Leute Spaß hätten! Stellt euch das nur mal vor ...«

Ja, gib's ihr, Randy.

Sarah musste grinsen. Schon seit Jahren legte sich der Moderator des kleinen Senders immer wieder mit den Stadtoberen an. Zwar meist erfolglos, aber das war Randy egal. Ihm ging es darum, den Mächtigen den Spiegel vorzuhalten und sie daran zu erinnern, was die einfachen Leute wollen. Die Menschen in West Harbour liebten ihn dafür und nannten ihn »Radio Hood«. Randys Sheriff von Nottingham hieß O'Brian und Sarah wusste, er würde seinen Kampf niemals aufgeben.

Nachdem sie sich den Schlaf aus den Augen gerieben hatte, tappte sie auf nackten Füßen ins Badezimmer hinüber. Von unten hörte sie das vertraute Geklapper des Geschirrs und das metallische *Klonk,* als ihre Mutter die Pfanne auf die Herdplatte stellte. Unvermittelt blieb Sarah im Flur stehen.

Schon wieder Pfannkuchen mit Ahornsirup, seufzte sie stumm. Entweder das oder es gab Rühreier mit Speck und Toast. Bei den Laykens frühstückte man gern kräftig, eine Tatsache, die Sarah nicht gerade glücklich machte, denn obwohl sie eine sportliche Figur hatte, musste sie im Gegensatz zu den meisten ihrer Freundinnen auf ihr Gewicht achten.

Manchmal nahm sie eine Bauchfalte zwischen Daumen und Zeigefinger und drückte sie zusammen, sodass ein Wulst entstand. Ihre Mutter sagte dann immer, das sei völlig normal und würde bei jedem funktionieren. Sarah sah das anders. Wenn man diese Falte nicht im Blick behielt und alles in sich reinstopfte, worauf man Lust hatte, konnte daraus schnell ein hautfarbener Schwimmring werden.

Ihre Eltern hatten überhaupt keine Schwierigkeiten mit dem Gewicht, ein Umstand, den Sarah mehr als ungerecht empfand. Vierzigjährige sollten nicht schlanker sein als ihre siebzehn Jahre alte Tochter.

Sarah seufzte ein weiteres Mal, während ihr der Geruch von heißer Butter in die Nase stieg. Sie wusste, dass ihre Eltern sich ihre Figur hart erarbeiteten. Die beiden spielten zweimal die Woche Tennis und gingen ebenso oft joggen. Sarah hasste beides. Mit weißen Sportklamotten auf dem Court rumzurennen, hatte in ihren Augen etwas von Arzthelferinnen, die in Panik geraten waren, und meilenweit durch den Wald zu laufen, war nicht nur anstrengend, sondern auch vollkommen öde.

Es war nicht so, dass sie gar keinen Sport mochte. Schulsport, besonders Hockey und Basketball, war ganz okay, aber man musste es ja nicht übertreiben.

Das Merkwürdige an ihren Eltern war, dass sie einerseits zwar sehr sportlich waren, andererseits jedoch alles in sich hineinstopften, was irgendwie kalorienreich war. Sie waren zwar keine Fast-Food-Anhänger, aber ständig wurde im Garten gegrillt und Obst und Gemüse fochten einen aussichtslosen Kampf gegen riesige Steaks, Hamburger und fettige Donuts.

Das passte doch nicht zusammen!

Sarah hatte schon seit einiger Zeit das Gefühl, in die falsche Familie geraten zu sein. Besonders seitdem ihr inzwischen zwei Jahre alter Bruder Ben als Nachzügler auf die Welt gekommen war und sie vom Thron der Aufmerksamkeit verdrängte. Nicht, dass Sarah viel Aufmerksamkeit gebraucht hätte, aber seit dem Tag, als ihre Eltern ihren Bruder aus dem Krankenhaus nach Hause gebracht hatten, war sie irgendwie unsichtbar geworden. Die beiden schienen sie nur noch wahrzunehmen, wenn es darum ging, den Kleinen mal zu halten, zu wickeln oder irgendwelche Babynahrung und Windeln aus dem Supermarkt zu holen.

Selbst ihren Schulnoten wurde keinerlei Beachtung mehr geschenkt. Dabei hatten ihre Eltern ihr zuvor bei jeder Gelegenheit eindringlich erklärt, wie wichtig ein guter Abschluss für das weitere Leben war. Inzwischen schien es allerdings nicht mehr so bedeutsam zu sein, mit welchen Ergebnissen sie in der Schule abschnitt und auf welches College sie anschließend gehen würde.

Okay, jetzt übertreibe ich. Ganz egal wird es ihnen nicht sein. Trotzdem ist es mies, wie wenig sie sich dafür interessieren, was in meinem Leben so passiert.

Unwillkürlich musste sie an Patrick denken. Dass mit ihm Schluss war, hatten ihre Eltern kaum registriert, obwohl sie ihnen davon erzählt hatte. *Erst haben sie ignoriert, dass ich einen Freund habe, und dann ist es ihnen egal, dass die Beziehung vorbei ist.*

Ihre Gedanken glitten zu dem Moment, als sie Patrick gesagt hatte, dass es aus war. Stumm hatte er aus dem Fenster seines Zimmers gestarrt, während sie ihm erklärte, warum sie ihrer Beziehung keine Chance mehr gab. Dabei hatte er auf eigentümliche Weise die Lippen zusammengepresst und sie hatte beobachtet, wie sich seine Schultern anspannten, so als wolle er am liebsten aufspringen und davonrennen. Und die ganze Zeit über hatten sich seine Hände geöffnet und wieder zu Fäusten geballt. Unermüdlich.

Sechs Monate waren sie zusammen gewesen, aber diese Zeit war nun vorüber.

Von unten drang Bens sinnloses Geplapper nach oben. Sarah lauschte, was er da von sich gab, aber außer einzelnen Wörtern wie »Milch« und »Bagger« war nichts zu verstehen. Ihre Eltern schien das nicht zu stören. Sarah hörte, wie sie lachten und ihn für seine »Fortschritte« lobten. Sie verdrehte die Augen.

Immer nur heißt es Ben hier und Ben da. Dabei kann er inzwischen laufen und ein paar Worte sprechen! Aber noch immer benahmen sich beide, als könnte er jeden Moment umfallen und wie eine kostbare Vase zerbrechen. Als wäre er der Mittelpunkt des Universums ...

Sarah wandte sich ab und trat ins Badezimmer. Im Spiegel gab es nicht Neues. Die gleichen dunklen Haare, die in leichten Wellen auf ihre Schultern fielen und unbedingt einen neuen Schnitt brauchten. Okay, heute war definitiv ein Bandana-Tag. Damit sah sie zwar immer etwas freakig aus, aber es gab ihr auch einen persönlichen Touch. *Genau wie die Ringe unter deinen Augen, Baby,* hörte sie in Gedanken die Stimme ihrer besten Freundin Lona. Sarah zog eine Grimasse. *Vielleicht sollte ich aufhören, bis mitten in die Nacht hinein Musik zu hören ...*

Nachdem sie ihr Gesicht gewaschen hatte, trug sie Wimperntusche und einen dicken Kajalstrich auf. Dann warf sie einen weiteren Blick in den Spiegel. Um ihre Augen lag ein melancholischer Hauch. Es gefiel ihr. Es passte zu ihrer Stimmung. Wenigstens war ihre Nase okay. Schön gerade und Gott sei Dank nicht zu groß. Dass sie seit Kurzem ihre Zahnspange nicht mehr tragen musste, war eindeutig ein Pluspunkt. Aber der Mund. Der war zu breit. Wenn sie nur die Mundwinkel anhob, sah es schon aus, als lächelte sie. Dabei fühlte sie sich nicht nach Lächeln. Das gute Gefühl, das sie beim Aufstehen verspürt hatte, war plötzlich verflogen.

Ach, Randy. Nicht jeder von uns kann sich vor der Welt verstecken.

Lustlos kämmte sie ihre Haare und zog sich anschließend an. T-Shirt, weite Jeans und ein schwarzes Sweatshirt mit Kapuze. Das Bandana würde sie später umbinden.

Okay, auf in den Kampf.

Auf der letzten Treppenstufe blieb Sarah stehen und betrachtete die Szene, die sich ihr bot. Ihre Mom stand wie jeden Morgen am Herd und goss Teig in die Pfanne. Und wie jeden Morgen wandte sie beim Knarren der Treppenstufe kurz den Kopf und begrüßte sie mit einem gut gelaunten »Hi, Schatz!«.

Der Duft von frischem Kaffee lag in der Luft. Im Gegensatz zu vielen ihrer Bekannten schworen ihre Eltern auf altmodisch gebrühten Filterkaffee. Manchmal hätte sich Sarah gern einen Cappuccino oder einen Latte macchiato gemacht, aber im Haus gab es keinen Vollautomaten, und Milch auf konventionelle Art zu erhitzen oder aufzuschäumen, war ihr zu mühselig.

Ihr Vater sah nicht von seiner Zeitung auf, sondern brummte nur etwas davon, dass sie mal wieder zu spät dran sei. Ben saß in seinem Hochstuhl und panschte in seinem Brei herum. Irgendwas mit Apfel, so roch es jedenfalls. Das ganze Gesicht verschmiert, lächelte er sie strahlend an.

»Sarah«, plapperte er fröhlich. »Ben isst Mus.«

»Hallo, Kröte.«

»Du sollst ihn nicht immer so nennen«, knurrte ihr Vater hinter seiner Zeitung. »Irgendwann glaubt er noch, das wäre sein Name.«

»Ben ist eine Kröte«, rief ihr kleiner Bruder aus.

»Grammatikalisch korrekt«, sagte Sarah und hob die Hand zum Abklatschen an. »Gib mir fünf.«

Bens Hand patschte an ihrer vorbei und knallte auf die Tischplatte. Sofort begann er zu heulen. In einer Lautstärke, dass man glauben konnte, die Sirenen unten am Hafen warnten vor dem nächsten Tsunami.

Ihre Mutter sagte nur vorwurfsvoll »Sarah!«, dann wandte sie sich Ben zu und begann, ihn zu trösten.

Ihr Vater sah sie streng an. »Das hast du jetzt davon.«

»Mann, es ist nichts passiert. Er hat sich nur ein bisschen wehgetan.«

»Nenn mich nicht ›Mann‹, das kann ich nicht ausstehen. So kannst du mit deinen Freunden reden, aber nicht mit mir.«

»Ach ja?«, erwiderte Sarah gedehnt. »Wer sagt denn hier dauernd ›Fuck‹! Fuck dies, Fuck das. Erzähl du mir nichts davon, wie man sich ausdrückt.«

»Du bist ganz schön frech, weißt du das?« Ihr Vater knüllte die Zeitung zusammen und warf sie achtlos auf den Frühstückstisch. »Lange lass ich mir das nicht mehr gefallen.«

Sarah verdrehte die Augen. »Nicht normal«, murmelte sie.

»Was?«

»Wie du dich künstlich aufregst.«

»Ehrlich, Sarah, übertreib's nicht.«

»Jetzt chill mal, es ist doch ...«

In diesem Moment rief ihre Mutter: »Die Pfannkuchen!« Mit einem Satz war sie beim Herd, aber es war schon zu spät. Der Geruch von verbranntem Teig erfüllte die Küche.

»Da siehst du's«, sagte ihr Vater.

»Das ist nur ein Pfannkuchen.«

»Nein, es ist ein Symbol dafür, wie du dich benimmst. Du machst nur Schwierigkeiten.«

Sarah spürte, wie es in ihr zu brodeln begann. »Ihr könnt mich ja rausschmeißen.«

»Jetzt hör aber auf!«, schimpfte ihre Mutter. »Niemand will dich ...«

Aber Sarah hatte sich schon abgewandt. Im Flur schnappte sie sich ihren Rucksack und den Schlüssel.

»Was ist mit deinem Frühstück?«, rief ihre Mom ihr hinterher.

»Keinen Hunger.« Sarah hatte bereits die Klinke in der Hand. »Ihr braucht heute Abend nicht auf mich zu warten. Ich komme später.«

Die Antwort ihres Vaters hörte sie nicht mehr. Seine Stimme wurde von der Haustür verschluckt, als sie mit einem satten Knall hinter ihr ins Schloss fiel. Dann war sie in der Auffahrt verschwunden.

2.

Während Sarah an der Bushaltestelle stand, dachte sie darüber nach, wie der Morgen verlaufen war.

Sie verstehen mich nicht. Egal, was ich tue oder sage, ich ecke immer an. Ob es besser wäre, einfach abzuhauen?

Sie stellte sich diese Frage nicht zum ersten Mal. In letzter Zeit stritten sie und ihre Eltern nur noch. Jeder von ihnen sagte Dinge, die den anderen verletzten – und die sie später bereuten.

Sarah wusste, dass sie ihren Teil dazu beitrug, aber irgendwie konnte sie nicht anders. Sie hatte das Gefühl, gefangen zu sein. Es war, als wären sie und ihre Eltern aneinandergekettet, und wenn sie sich weiter so stritten, würden sie miteinander untergehen.

Sie seufzte. Ihr Leben war so ganz anders als in den Büchern und Filmen, in denen glückliche Teenager unbeschwert ihr Leben genossen. Sie selbst war ständig am Denken und Grübeln, hatte Probleme mit ihren Eltern, der Schule und ihrem Freund, der jetzt ihr Exfreund war.

Sarah wusste, dass diese Probleme ein Stück weit zum

Erwachsenwerden dazugehörten, aber sie hatte niemals gedacht, dass es so schwer sein könnte.

Heute war es besonders hart. All ihre Probleme lasteten auf ihr, drückten sie nieder und es gab keine Aussicht darauf, dass sich irgendetwas ändern würde.

Kapier's endlich, Babe, die unbeschwerten Kindheitstage sind vorbei, hörte sie Lonas Stimme in ihrem Kopf. Gegen ihren Willen musste Sarah grinsen.

Am Ende der Straße tauchte der Schulbus auf und die Kinder drängten nach vorn an den Gehsteig. Sarah beobachtete, wie die Jüngeren sich gegenseitig schubsten und anrempelten und dabei fröhlich lachten. Wehmut kam in ihr auf.

Wann war ich das letzte Mal so unbeschwert?

Sie wusste es nicht.

Der Bus war halb leer. Sarah hatte ihre Kopfhörer in die Ohren gesteckt und lauschte der elektronischen Musik eines schwedischen DJs, der derzeit ziemlich angesagt war. Sie mochte die Töne, die scheinbar schwerelos durch den Äther schwebten und irgendwie aus einer anderen Welt zu stammen schienen.

Sarah nickte dem Busfahrer zu und sah sich nach einem Sitzplatz um. Vorn im Bus waren fast alle Plätze von jüngeren Schülern belegt, die unentwegt quasselten oder irgendwelche Games auf ihren Handys zockten. Als ihr Blick weiter nach hinten wanderte, sah sie ihn.

Josh Stiller.

Der ungewöhnlichste Typ an ihrer Schule, um den sich so viele Gerüchte rankten. Wie immer saß er in der letzten Reihe in eine Ecke gedrückt und starrte aus dem Fenster. Seine zerzausten Haare hatten jede Schattierung von Blond, die man sich vorstellen konnte. Ebenmäßige Gesichtszüge, markante Augenbrauen, eine gerade Nase und ein Zehntagebart. Dazwischen der schönste Mund, den Sarah jemals bei einem Typen gesehen hatte. Eine normale Oberlippe und eine volle, sinnliche Unterlippe bildeten einen merkwürdigen, aber sehr anziehenden Kontrast.

Josh Stiller sah gut aus, keine Frage, aber seine strahlend grünen Augen machten ihn zu einem Hammertypen. Dabei war Sarah aufgefallen, dass diese Augen niemals lächelten. Ebenso wenig, wie Josh Stiller jemals lächelte.

Er war das Gesprächsthema Nummer eins, seit er vor zwei Wochen in ihre Parallelklasse gekommen war. Fast alle Mädchen an der Schule schwärmten für ihn, aber Josh Stiller war unnahbar. Er sprach mit niemandem, hatte keine Freunde und niemand kannte seine Familie. Es gab keinen einzigen Mitschüler, der wusste, wo er wohnte. Dementsprechend ersetzte die Fantasie der Leute die fehlenden Informationen. Es hieß, er wäre im Gefängnis gewesen. Andere meinten, er habe ein Mädchen geschwängert und sei abgehauen. Und wieder andere glaubten, er wäre gar kein Amerikaner, sondern ein deutscher Austauschschüler, denn der Name Stiller hatte eindeutig deutsche Wurzeln.

Sarah glaubte nichts von alledem. Sie selbst war eine der wenigen, die schon einmal mit ihm gesprochen hatten.

Drei Reihen vor der hintersten Bank setzte sich Sarah auf einen freien Platz schräg gegenüber von Josh, der keine Notiz von ihr zu nehmen schien, sondern weiterhin nach draußen blickte, obwohl es da nichts Besonderes zu sehen gab.

Sarah legte ihre Tasche auf den Sitz neben sich und dachte daran, wie sie Josh Stiller das erste Mal begegnet war.

3.

Drei Wochen zuvor

Es war ein heißer Tag. Viel zu heiß und trocken für den Monat Mai. Schon seit Wochen hatte es nicht mehr geregnet. Die Erde war ausgetrocknet und Staub wirbelte auf, während sie durch die offene Landschaft fuhr. Wenn Sarah in den Rückspiegel schaute, hatte sie das Gefühl, eine Wüste zu durchqueren, angesichts der braungelben Wolke, die der Honda hinter sich herzog.

Obwohl die Haut auf ihrem Arm kribbelte, hatte sie das Seitenfenster heruntergelassen und den linken Ellenbogen auf die Fahrzeugtür gelegt. Es roch nach Asphalt und merkwürdigerweise nach wildem Rosmarin. Im Auto war es heiß, trotz des offenen Fensters, und die Klimaanlage lief auf vollen Touren, während aus dem Radio knallharter Hip-Hop dröhnte.

Sarah hatte ihre Mutter nach Newport zu einem Arzttermin gebracht und war nun auf der Rückfahrt nach West Harbour. Sie bog um eine lang gezogene Kurve, hinter der die Straße auf die Brücke zuführte, die den River Creek überspannte.

Warum die Schlucht River Creek hieß, wusste niemand, denn seit Sarah zurückdenken konnte, war das Becken ausgetrocknet und nichts wies darauf hin, dass hier jemals ein Fluss geflossen war. Wenn man in die Tiefe blickte, sah man nur Felsen und dorniges Gestrüpp, nicht einmal Bäume gab es da unten.

Sechzig Meter ging es hinunter und Sarah schauderte jedes Mal bei dem Gedanken, die alte Metallbrücke aus dem neunzehnten Jahrhundert zu überqueren, die wirkte, als könne sie jederzeit in sich zusammenfallen.

Als sie auf die Brücke zufuhr, sah sie ihn. Zunächst nur ein Schemen in der Hitze, eine undeutliche Gestalt, die schließlich zu einer männlichen Person wurde. Die Arme auf das Brückengeländer gelegt, schaute der Mann hinab in die Schlucht.

Sarah nahm den Fuß vom Gaspedal. Etwas an der Szene irritierte sie. Ihr Blick glitt die Straße entlang, die in der Hitze flirrte. Die Brücke und das Gebiet dahinter waren gut einsehbar, aber da war nichts. Kein Fahrzeug weit und breit. Wie war der Typ hierhergekommen? Von West Harbour waren es zwölf Meilen bis zu dieser Stelle, von Newport immerhin zehn.

War er ein Wanderer?

Nein, der Mann trug normale Kleidung und ein Rucksack war auch nirgends zu sehen. Irgendwas an dem Mann war merkwürdig, so wie er dastand und in die Tiefe blickte.

Als sie näher kam, konnte sie mehr Details ausmachen, und obwohl sie sein Gesicht nicht sehen konnte, ließen Kleidung und Figur darauf schließen, dass es sich um einen jüngeren Mann handelte.

Sarah beschloss, anzuhalten und zu fragen, ob er Hilfe brauchte. *Auf gar keinen Fall!*, hörte sie sofort die hysterische Stimme ihrer Mutter. *Als Mädchen allein auf einer einsamen Straße* ... Aber was sollte schon passieren? Es war schließlich mitten am Tag. Doch da war noch etwas anderes, das Sarah auf die Bremse steigen ließ. Auf eine unerklärliche Weise spürte sie, dass es das Richtige war. Sie musste es einfach tun.

Vielleicht lag es an der Art, wie der junge Mann fast andächtig in die Tiefe blickte. Den Kopf gesenkt und die Hände gefaltet, konnte man den Eindruck gewinnen, er würde beten. Aber auf Sarah wirkte es mehr, als ringe er mit sich selbst. Ein Gefühl, das sie so gut kannte ...

Ungefähr zehn Meter vor ihm blieb sie mit laufendem Motor stehen. Der junge Mann schien sie nicht gehört zu haben, denn er veränderte seine Position nicht. Sie überlegte, ob sie hupen sollte, entschied sich aber dagegen. Mit einem Seufzer schaltete sie den Motor ab und stieg aus.

Sofort traf sie ein Hitzeschwall, der einen glauben ließ, man sei in einem Backofen gelandet. Die heiße, staubige Luft trocknete ihren Mund aus und jede freie Stelle ihrer Haut begann zu kribbeln. Sie kniff die Augen gegen die Helligkeit zusammen und ging auf den Typen zu. Zwei Meter von ihm entfernt blieb sie stehen.

Der junge Mann trug trotz der unbarmherzigen Temperaturen eine abgewetzte Lederjacke, Jeans und Boots. Seine Hände waren wie zum Gebet gefaltet, der Kopf andächtig gesenkt.

»Hallo, kann ich Ihnen helfen?«, fragte Sarah und ärgerte sich über das ängstliche Krächzen in ihrer Stimme.

Da endlich drehte er ihr seinen Kopf zu – und Sarah blickte in die grünsten Augen, die sie jemals gesehen hatte. Sie wirkten wie Smaragde und waren von einer unvorstellbaren Klarheit. Und doch lag in diesen Augen ein merkwürdig abwesender Blick, so als habe der Junge Drogen genommen. Er sah sie an und trotzdem irgendwie durch sie hindurch.

Sarah vermutete, dass der Typ in ihrem Alter war. Sein Bart ließ ihn älter wirken, wohingegen seine Haare vollkommen verstrubbelt waren und ihm etwas Jungenhaftes verliehen. Seinem Äußeren nach zu urteilen, bemühte er sich nicht unbedingt um einen aktuellen Style. Doch das musste er auch gar nicht. Der Typ sah auch so unfassbar gut aus!

Offenbar schien er sie nun doch wahrzunehmen, denn er sagte etwas zu ihr, das Sarah erst mit Verzögerung verstand.

»Du kannst mir nicht helfen.« Dann wandte er sich wieder ab, schickte aber noch ein »Danke« hinterher.

Sarah war verwirrt. Die ganze Sache wurde immer merkwürdiger und der Typ war echt seltsam. Sie überlegte, ob sie wieder einsteigen und weiterfahren sollte, aber irgendetwas hielt sie zurück.

»Soll ich dich nach West Harbour mitnehmen? Ich fahre in die Richtung.«

»Hat man dir nicht gesagt, dass so etwas gefährlich ist?«, fragte er, während er erneut über das Brückengeländer in die Tiefe schaute.

»Äh ...«

»Das ist keine Antwort.«

»Du ... du wirkst irgendwie verloren und ich wollte helfen«, murmelte sie und starrte auf seinen Hinterkopf.

Als er sich diesmal umdrehte, richtete er sich auf und

wandte sich ihr komplett zu. Sein Blick war von einer Intensität, die Sarah innerlich erschauern ließ. Plötzlich kam sie sich nackt und entblößt vor. Niemand sollte einen Fremden derartig anstarren, durchfuhr es sie und sie bereute längst, ihm dieses Angebot gemacht zu haben.

»Okay, war eine blöde Idee. Sorry, ich …«, stammelte sie.

Er trat zwei Schritte auf sie zu, sein Blick wurde noch eindringlicher. »Warum sagst du, ich wirke verloren?«

Sie zögerte. »Das ist mir einfach so rausgerutscht. Ich …«

»Wirke ich tatsächlich so?«

»Ja, das heißt, nein …« Sarah senkte den Blick. Verdammt noch mal, was war nur los mit ihr? Dieser Junge brachte sie völlig durcheinander.

»Was jetzt?«, fragte er und sie konnte den Anflug eines Lächelns in seiner Stimme hören.

»Irgendwie schon«, antwortete sie und wagte, wieder aufzuschauen. »So wie du dagestanden und in die Tiefe geschaut hast.«

Er schwieg für einen Moment, dann sagte er: »Es wäre toll, wenn du mich in die Stadt mitnehmen würdest.«

Sarah spürte, wie ihr Herz schneller schlug, doch sie versuchte, sich nichts anmerken zu lassen. »Wie bist du eigentlich hierhergekommen? Hattest du eine Panne? Ich sehe gar kein Auto oder Motorrad.«

»Ich bin gelaufen.«

»Echt jetzt? Bei der Hitze, in den Klamotten?«

»Was stimmt damit nicht?«, fragte er mit gerunzelter Stirn und Sarah musste sich ein kleines Schmunzeln verkneifen.

»Na ja, es hat gefühlte tausend Grad und du läufst rum, als stünden wir kurz vor einem Wintereinbruch.«

Er sah an sich hinab. »Tja, da hast du wohl recht.«

»Wieso hast du dich überhaupt so warm angezogen und was machst du hier auf der Brücke?« Als sie merkte, dass sich seine Miene verschloss, bereute sie ihre Frage sofort.

»Vielleicht bleibe ich doch noch eine Weile hier«, sagte er.

Oh mein Gott, diese Stimme.

Bisher hatte sie so angestrengt seinen Worten gelauscht, dass ihr nicht aufgefallen war, wie tief und dunkel seine Stimme klang. Ein schwermütiger Ton schwang darin mit.

»Entschuldige, ich wollte nicht neugierig sein«, sagte Sarah und versuchte sich an einem Lächeln.

Wieder sah er sie so merkwürdig an. Dann sagte er einfach nur: »Okay.«

»Mein Wagen steht da drüben«, erklärte Sarah.

»Ja, ich weiß.« Ein schiefes Grinsen erschien auf seinem Gesicht. »Es ist der einzige weit und breit.«

Sie wäre am liebsten im Boden versunken und mit Sicherheit war ihr Gesicht jetzt knallrot, aber mit etwas Glück würde er das der Hitze zuschreiben.

»Ich bin Sarah«, sagte sie und streckte ihm die Hand hin.

Er nahm sie in seine und Sarah war erstaunt, dass sie weder verschwitzt noch trocken war. Die Haut, die ihre Finger umschloss, fühlte sich angenehm kühl an.

»Josh Stiller.«

Auf der Rückfahrt schwieg er. Es war kein unangenehmes Schweigen, aber Sarah wollte mehr über diesen fremden Jungen erfahren, der sie auf seltsame Art faszinierte. Während er zum Fenster hinaus auf die vorbeiziehende Landschaft blickte, grübelte Sarah darüber nach, was sie ihn wie fragen konnte, ohne allzu neugierig zu wirken.

»Wohnst du in West Harbour?«, fragte er plötzlich und Sarah hätte vor Schreck beinahe das Lenkrad herumgerissen.

Sie schaute ihn aus dem Augenwinkel an. »Ja. Und du? Kommst du aus Newport?«

Er nickte.

»Ich bin vorhin schon hier vorbeigefahren, habe dich aber nicht gesehen.«

»Bin querfeldein gegangen«, sagte er einsilbig.

»Bei der Hitze?«

»Ja, bei der Hitze. Dass ich zu warm angezogen bin, sagtest du bereits.«

Sarah schluckte. Was war nur mit diesem Jungen los? Ob er immer so ruppig war? Doch so leicht ließ sie sich nicht einschüchtern. »Wo wolltest du denn hin?«

»Zur Brücke.«

Das ergab keinen Sinn. Warum wanderte man bei solchen Temperaturen zu einer gottverlassenen Brücke?

»Darf ich dich was fragen?«

Er verzog den Mund, nickte aber erneut.

»Was wolltest du da?«

Lange Zeit sagte er nichts, dann schließlich räusperte er sich. Seine Stimme klang kratzig, als er sprach.

»Das ist Privatsache.«

»Oh«, sagte Sarah. Aus irgendeinem Grund fühlte sie sich zurückgestoßen. Sie wusste, sie hatte kein Recht, ihm solche Fragen zu stellen, und dennoch ...

»Gehst du noch auf die Schule?«, versuchte sie, ein unverfänglicheres Thema anzuschneiden.

Er zögerte. »Irgendwie schon.«

Irgendwie schon? Was war das jetzt für eine merkwürdige

Aussage? Wie konnte man ›irgendwie‹ auf die Schule gehen?

»In Newport?«

»Nein, ich wechsle gerade.«

»Und wohin?« Bei jeder Frage, die Sarah ihm stellte, hatte sie das Gefühl, einen Schritt zu weit zu gehen. Doch Joshs Stimme hatte etwas von seiner Angespanntheit verloren.

»Ich weiß noch nicht. Auf welche Schule gehst du?«

»West Harbour High.«

»Wie ist es dort?«, wollte er wissen.

»Ganz gut, denke ich.«

»Denkst du?«

»Es ist gut. Mir gefällt es dort.«

»Vielleicht sollte ich mir die Schule mal ansehen.«

Sarah wusste nicht, wie sie darauf reagieren sollte. Auf der einen Seite fand sie es toll, dass so ein Typ wie Josh auf ihre Schule wechseln wollte, aber andererseits beunruhigte er sie auch.

Lona wird in Ohnmacht fallen, wenn sie ihn sieht.

Sarah lächelte innerlich, als sie an ihre Freundin dachte. Lona war verrückt, Josh würde sie mögen. Jeder mochte Lona. Na ja, *jeder* war vielleicht übertrieben, denn es gab da einen Kerl ...

»Was wolltest du in Newport?«, unterbrach Josh ihre Gedanken.

»Ich habe meine Mutter zum Arzt gebracht.«

Er warf ihr einen fragenden Blick zu. »Was Ernstes?«

»Nein, reine Routine«, antwortete sie und versuchte, sich auf die Straße zu konzentrieren. »Meine Mutter hat jede Menge Leberflecken, die sie regelmäßig kontrollieren lässt.«

»Und du?«

»Ich komme mehr nach meinem Vater ... ich bin mehr der robuste Typ.«

Oh mein Gott, Sarah, das hast du jetzt nicht wirklich gesagt, hörte sie Lonas entsetzte Stimme in ihrem Kopf. *Das klingt ja, als wärst du eine russische Bäuerin mit Pferdenatur!*

»So siehst du aber nicht aus«, meinte ihr Beifahrer lächelnd.

Sarah spürte, wie ihr das Blut in die ohnehin schon glühenden Wangen schoss. War das jetzt ein Kompliment?

Einen Moment lang sagte sie nichts, dann fragte sie: »Hast du heute noch was vor? Was machst du in West Harbour?«

Oje, das klingt ja, als wollte ich mich selbst zu einem Date einladen.

»Sorry, ich wollte nicht neugierig sein.«

Innerlich verfluchte sich Sarah für dieses Gespräch.

Warum nur plappere ich so einen Unsinn?

Josh hatte ihr vorhin schon zu verstehen gegeben, dass er nicht gern darüber sprach, was er so trieb, und sie konnte es einfach nicht lassen, ihn danach zu fragen.

Wie kann man nur so blöd sein?

»Was ich so mache, behalte ich lieber für mich«, sagte Josh ruhig.

Diese Antwort hatte sie sich verdient. Sarah biss sich auf die Zunge und schwor sich, ihm keine Fragen mehr zu stellen.

Danach sagten sie beide nichts mehr, und als Josh ihr schließlich bedeutete, rechts ranzufahren und ihn aussteigen zu lassen, war sie erleichtert und traurig zugleich.

Josh öffnete die Tür, blieb dann aber noch einen Moment sitzen. Wieder wandte er ihr sein Gesicht zu.

»Sorry, ich wollte nicht so brüsk sein. Es ist nur ...«

»Schon okay«, wiegelte sie ab.

»Danke fürs Mitnehmen.«

»Gerne.«

Unerwartet streckte er seinen linken Arm aus und öffnete die geschlossene Hand. Eine kleine blaue Wüstenblume lag darin. Unversehrt. Als er ihr die Blume reichte, wusste Sarah nicht, wie sie darauf reagieren sollte. Also sagte sie gar nichts, nahm sie nur stumm aus seiner Hand.

Josh wandte sich ab und stieg aus. Draußen blickte er sich kurz um und ging schließlich Richtung Hafen davon.

Irgendetwas an der Art, wie er sich umgeschaut hatte, verriet Sarah, dass er sich hier nicht auskannte.

Vielleicht wollte er gar nicht hierher und hat sich nur mitnehmen lassen, weil er nichts Besseres vorhatte, überlegte sie.

Nachdenklich hielt sie die kleine Blume an ihre Nase und schnupperte daran. Es war ein wunderbarer, zurückhaltender Duft und sie atmete ihn tief ein. Danach betrachtete sie die winzigen blauen Blütenblätter, die wie ein vollkommenes Ornament wirkten.

Warum hat er mir dieses Geschenk gemacht?

Vorsichtig legte sie die Blume auf den Beifahrersitz, dahin, wo er vor wenigen Augenblicken noch gesessen hatte.

Dann fuhr sie los.

***

Josh beobachtete, wie das fremde Mädchen, das ihn mitgenommen hatte, mitten auf der Straße wendete und damit ein regelrechtes Hupkonzert wütender Autofahrer hervorrief, die gezwungen waren, ihretwegen abzubremsen.

Er lächelte. Dann wurde er wieder nachdenklich. Etwas an diesem Mädchen war anders als an den Menschen, denen er sonst so begegnete.

Es lag in ihrer Art, ihn anzusehen, so als interessiere sie sich wirklich für ihn und das, was ihn beschäftigte. Ihre Fragen waren der Neugierde geschuldet, aber er hatte auch ehrliches Interesse darin gespürt.

Warum hielt ein Mädchen auf einer einsamen Landstraße, um einen Typen wie ihn zu fragen, ob sie ihm helfen konnte?

Das konnte sie nicht. Niemand konnte das.

Aber ihre Hilfsbereitschaft berührte ihn auf eine Art, wie ihn schon lange nichts mehr berührt hatte.

Er sah die Straße entlang, doch das Auto war verschwunden. Da er nun schon einmal in West Harbour war, würde er die Zeit nutzen und versuchen, mehr über Sarah herauszufinden. Dazu musste er die Schule finden, auf die sie ging.

Während er die Straße entlanglief, wunderte er sich über sich selbst. Wollte er ernsthaft nach dieser Schule suchen? Er wusste es nicht. Das Einzige, was er wusste, war, dass er noch einmal spüren wollte, was er gefühlt hatte, als er neben ihr im Auto gesessen hatte.

Es war ein Gefühl, das er schon fast vergessen hatte.

Das Gefühl, jemandem nahe zu sein.

Seit so langer Zeit hatte er niemanden mehr an sich herangelassen, hatte die Menschen, die ihm zu nahe kamen, durch seine abweisende Art auf Distanz gehalten. Und die meisten hatten die Botschaft verstanden, die er ausstrahlte.

Nun gingen sie ihm aus dem Weg. Es war, als umgäbe ihn eine Aura, die die Leute spüren ließ, dass er anders war.

Aber das spielte keine Rolle. Er blieb sowieso niemals lange genug, als dass sie hätten erkennen können, dass er ein ganz normaler Mensch war.

Doch nun war etwas geschehen. Mit ihm geschehen.

Und dieses Mädchen hatte es ausgelöst.

4.

Der Lärmpegel im Bus stieg immer mehr an. Sarah drehte die Musik etwas lauter, aber so ganz ließ sich das Geschrei der Jungs nicht ausblenden. Plötzlich kribbelte es in ihrem Nacken und sie spürte, dass Josh sie ansah.

Langsam drehte sie den Kopf. Der Blick aus seinen grünen Augen traf sie genauso unvorbereitet wie vor drei Wochen an der Brücke und Sarah zuckte innerlich zusammen.

Warum schaut er mich so an?

Dieser Typ war echt merkwürdig. Als er sich wenige Tage nach ihrer gemeinsamen Autofahrt auf ihrer Schule angemeldet hatte, wusste Sarah nicht so recht, was sie davon halten sollte.

Auf der einen Seite freute es sie, ihn wiederzusehen, auf der anderen Seite glaubte sie inzwischen, dass Josh irgendwelche Probleme hatte, von denen sie nichts wissen wollte.

Es lag an der verschlossenen, unzugänglichen Art, die ihn umgab, so als habe er etwas zu verbergen. Etwas Düsteres ging von ihm aus, das selbst sein Lächeln nicht verbergen konnte. Während die meisten Jungs ihn mieden, warfen die

Mädchen ihm heimlich Blicke zu. Doch sobald er sich ihnen zuwandte und sie ansah, schauten sie sofort weg. Diese geheimnisvolle Aura machte ihn in den Augen vieler aber nur noch attraktiver.

Sarah und Josh waren sich schon an seinem ersten Tag an der Schule begegnet.

In der Pause hatte er im Flur vor einem offenen Spind gestanden. Ein Mitschüler erklärte ihm gerade etwas und trat dabei unruhig von einem Fuß auf den anderen. Als Josh nickte, hob der andere kurz die Hand und eilte den Gang zu seinen Kumpels hinab.

Sarah starrte ungläubig zu dem fremden Jungen hinüber. War er das wirklich? War das wirklich der Typ, den sie vor ein paar Tagen in ihrem Auto mitgenommen hatte? Da drehte Josh den Kopf und sah sie an. Sein Blick war ebenso intensiv wie auf der Brücke und plötzlich fühlte Sarah sich gehemmt.

Sie hatte so viel an ihn gedacht und nun stand er da und schaute sie an. Sarah wollte zu ihm hinübergehen, aber etwas in ihr hielt sie zurück. Die Überraschung war zu groß. Sein Auftauchen zu unvermittelt. Schließlich war es Josh, der zu ihr rüberkam. Ein schiefes Grinsen lag auf seinem Gesicht.

»Hi.«

»Hi.«

»Sieht aus, als wären wir nun an der gleichen Schule.«

»Du hast tatsächlich hierhergewechselt?«

»Ja.«

Als er im Auto davon gesprochen hatte, dachte Sarah noch, er mache einen Scherz, aber nun war er hier. An ihrer Schule. Nur noch ein paar Wochen bis zu den Prüfungen –

es war das Abschlussjahr – und er wechselte einfach die Schule?

»Wie kommt's?« Sie versuchte, einen lässigen Tonfall anzustimmen, doch alles in ihr vibrierte.

Er hob die Schultern an, verzog ein wenig das Gesicht. »Sagen wir, ich hatte ein paar Probleme an der anderen Schule.«

Okay, hab's kapiert. Keine blöden Fragen mehr.

»In welche Klasse kommst du?«

Er nickte mit dem Kopf in Richtung einer Tür. Es war ihre Parallelklasse. *Lona wird sich freuen* ... Irgendwie fand es Sarah schade, dass sie nicht denselben Unterricht besuchen würden, aber vielleicht traf man sich ja in ein paar Kursen.

»Bist du hierhergezogen?« Die Frage rutschte ihr über die Lippen, ehe sie es verhindern konnte.

»Nein, ich wohne nach wie vor in Newport.«

»Ganz schön weit. Hast du ein Auto?«

Wie war das noch gleich? Keine blöden Fragen mehr? Er wäre wohl kaum zur Brücke gelaufen, wenn er ein Fahrzeug hätte, schalt sie sich stumm.

Er schüttelte den Kopf. »Meine Tante hat mich gefahren. Ab morgen nehme ich den Bus.«

»Okay.« Sie wollte schon nach der Tante fragen, biss sich aber noch rechtzeitig auf die Zunge. Josh hielt sie wahrscheinlich auch so schon für viel zu neugierig. Der Schulgong ertönte.

»Ich muss dann«, sagte sie.

Er nickte. »Ja, ich auch.«

Gerade als er sich umdrehen wollte, fragte sie mit klopfendem Herzen: »Wie alt bist du eigentlich?«

Josh hielt inne. »Siebzehn.«

»Du siehst älter aus.«

Einen Moment schwieg er. »Ja, ich weiß«, sagte er dann mit leiser Stimme.

Das waren die letzten Worte, die sie miteinander gewechselt hatten. Danach hatte sie ihn kaum noch gesehen. Ein paarmal waren sie sich auf dem Flur begegnet und hatten sich zugenickt, aber zu einem Gespräch war es nicht mehr gekommen.

Lona hatte ihr erzählt, dass er in den Pausen im Unterrichtsraum blieb und über einen MP3-Player Musik hörte. Ein Handy hatte er offensichtlich nicht; zumindest hatte sie ihn noch nie telefonieren sehen.

Im Bus saß er immer ganz hinten, so wie heute auch, aber nun schien er sie zum ersten Mal wahrzunehmen. Ihre Blicke begegneten sich und die Kids, der Schulbus, der miefige Geruch und der Lärm waren vergessen. Es gab einfach nur noch diese grünen Augen, die sie ansahen. Wirklich ansahen. Und dabei tief in ihre Seele drangen.

Sarah musste schlucken, aber sie hielt dem Blick stand. Unerwartet erschien ein Lächeln auf Joshs Gesicht und sie konnte gar nicht anders, als zurückzulächeln. Sein Gesicht wirkte plötzlich völlig verändert.

Glotz ihn nicht so an, dachte Sarah.

Gegen ihren Willen wandte sie sich ab und starrte auf ihr Smartphone, so als müsse sie eine wichtige Nachricht lesen. Dabei nahm sie nichts von dem wahr, was auf dem Display zu sehen war, sondern spürte nur seinen Blick auf sich ruhen.

Bis zum Ende der Fahrt hielt Sarah durch. Als der Bus mit

ächzenden Bremsen vor der Schule zum Stehen kam, drängte sie nach vorn und war eine der Ersten, die ausstieg. Sie drehte sich nicht nach Josh um, aber das Kribbeln in ihrem Nacken war noch immer deutlich zu spüren.

Dann trat sie durch die hohe Glastür und verschwand in den dunklen Gängen der Schule.

5.

Die Pause hatte gerade begonnen. Sarah stand zusammen mit Lona im Innenhof der Schule und genoss die warmen Strahlen der Sonne, die sanft auf ihr Gesicht fielen. Ihre Freundin trat von einem Fuß auf den anderen und kaute dabei einen Kaugummi, mit dem sie immer wieder riesige rosafarbene Blasen erzeugte, die mit einem lauten Knall platzten und ihren Mund verklebten.

»Was ist los mit dir?«, fragte Sarah.

»Ich warte.«

»Auf wen?«

»Auf wen?« Lona verschluckte sich fast an ihrem Kaugummi. »Auf IHN natürlich!«

»Michael Bloom?«

»Wen sonst. Der Gott der männlichen Vollkommenheit trägt seinen Namen.«

»Findest du nicht, du übertreibst ein wenig?«

Lona war seit einer gefühlten Ewigkeit in Michael verknallt, aber der Typ beachtete sie nicht. Er war über eins achtzig groß, hatte braune Haare und eine Hautfarbe, die darauf schließen ließ, dass er den größten Teil seiner Freizeit am Strand beim Beachvolleyball verbrachte. Lona war verrückt nach ihm, aber das waren viele andere Mädchen auch und somit ergab sich ein Problem – wie sich so einen Kerl angeln? Wie jemanden auf sich aufmerksam machen, den die halbe Stadt anhimmelte? Lona war hübsch. Nicht besonders groß, aber süß, mit einer frechen Kurzhaarfrisur, die ihrem Aussehen etwas Verwegenes verlieh.

Und trotzdem beachtete Michael Bloom sie nicht.

Sarah blickte ihre Freundin an.

Lona trug heute ein luftiges Sommerkleid, das ihre schlanke, sportliche Figur perfekt zur Geltung brachte. Das Gesicht, ihre nackten Arme und der sichtbare Teil ihrer Beine waren sonnengebräunt.

Also, wenn ich ein Junge wäre ...

»Wo bleibt der Typ bloß?«, unterbrach Lona ihre Gedanken. »Weißt du, welchen Kurs er vor der Pause hatte?«

Sarah unterdrückte einen Seufzer. Diese Unterhaltung hatten sie schon tausendmal geführt. »Nein, keine Ahnung.«

»Vielleicht ist er auf dem Sportplatz. Da lohnt es sich nicht, für die Pause rüberzukommen.«

»Möglich.« Sarah schloss die Augen und hielt ihr Gesicht in die Sonne. Sie hörte, wie Lona hektisch auf ihrem Kaugummi herumkaute.

»Was machst du heute nach der Schule?«, fragte sie schmatzend. »Ich geh shoppen, will mir einen Bikini kaufen.«

Überrascht öffnete Sarah die Augen. »Bikini? Du? Du trägst doch immer Badeanzüge.«

»Nicht mehr lange. Ich glaube, es ist an der Zeit, meine Spielchips auf den Tisch zu werfen und zu sehen, was passiert.«

»Lona!«

»Was?«

»Das ... das ist doch gar nicht deine Art. Du bist ...«

»... eine kleine graue Maus, die von niemandem beachtet wird.« Mit diesen Worten formte sie eine Riesenblase und brachte sie mit einem lauten Knall zum Platzen.

Sarah schüttelte den Kopf. »Andrew Snyder hat dich zu seiner Geburtstagsparty eingeladen.«

Lonas Augen blitzten sie an. »Willst du eine Beziehung mit jemandem, der Andrew heißt?«

»Er ist ein netter ...«

»Genau! Nett!«, unterbrach Lona sie. »Das andere Wort für langweilig, fad und uninteressant.«

»So habe ich das nicht gemeint. Ich denke ...«

»Michael Bloom ...«

»Wie?«

»... ist der Mann meines Lebens«, hauchte Lona theatralisch.

»Lona, er weiß nicht einmal, dass du existierst.«

»Das wird sich ändern, glaub mir. Lass mich nur machen.«

Sarah stöhnte laut auf. »Genau das bereitet mir Sorge.«

Lona blinzelte in die Sonne. »Wie läuft es denn bei dir?«

»Mit Patrick?«, fragte Sarah unschuldig.

»Pah, du weißt, wen ich meine.«

»Josh Stiller?«

»Ja, diesen gut aussehenden Typen mit den grünen Augen, die dich verhext haben.«

Sarah dachte daran, wie er sie heute Morgen im Bus angesehen hatte. »Da ist nichts. Wir reden nicht einmal miteinander.«

»Und trotzdem ist da etwas zwischen dir und ihm«, ließ

Lona nicht locker. »Ich kann es spüren, wenn ihr euch ansehᵗ.«

»Unsinn, da ist nichts.«

»Schwör auf deine Jungfräulichkeit.«

»Woher willst du wissen, dass ich noch Jungfrau bin?«

Lona lachte. »Babe, ich bin deine beste Freundin, ich weiß alles über dich. Trägst du eigentlich noch diesen giftgrünen Kinderpyjama, aus dem du seit mindestens drei Jahren rausgewachsen bist?«

Sarah musste nun auch lachen und boxte Lona auf den Arm. »Ich verrat dir nie wieder was.«

»Das hältst du nicht durch! Und bitte denk daran, dass ich es war, die dich getröstet hat, als es mit Patrick vorbei war.« Plötzlich kniff sie die Augen zusammen. »Wenn man vom Teufel spricht ...« Sie nickte mit dem Kopf in Richtung Glastür. »Da kommt dein Ex. Ich geh dann mal.«

Mit einem Blick über die Schulter stellte Sarah fest, dass Patrick auf sie zulief. »Kannst du nicht hierbleiben?«, fragte sie flüsternd.

»Oh nein. Ich muss Michael Bloom suchen, um ihm zu sagen, dass ich die Frau seines Lebens bin. Mach du das hier mal schön allein, du Herzensbrecherin.«

Ohne ein weiteres Wort ging Lona davon und Sarah verfluchte sie stumm.

Etwas verkrampft, mit hochgezogenen Schultern, so als wehe ein kalter Wind, kam Patrick auf sie zu. Seine schwarzen Haare waren unter einem Basecap verborgen, das er sich tief ins Gesicht gezogen hatte. Als Patrick vor ihr stand, wirkte er erschöpft. Seine Haut war bleich und er war so gar nicht mehr der Typ, in den sie sich vor sechs Monaten verliebt hatte.

Patrick war ein ungewöhnlicher Junge. Sarah mochte seinen Humor und dass er sein eigenes Ding machte. Er konnte sehr zärtlich sein und hatte ein gutes Herz. Aber es gab auch eine dunkle Seite an ihm, die sie erst nach und nach kennengelernt hatte. Patrick war wankelmütig und manchmal waren seine Emotionen völlig unberechenbar. Oft schwieg er nach einem Streit stundenlang, ein anderes Mal schritt er wie ein Raubtier im Käfig auf und ab und brüllte sie an, sie würde ihn nicht verstehen.

Obwohl er es nicht wusste, hatte er recht damit. Sarah verstand ihn nicht, wusste oftmals nicht, wie sie mit ihm umgehen sollte. Irgendwann hatte sie dann beschlossen, dass er erst mal lernen musste, mit sich selbst klarzukommen. Er musste herausfinden, wer er war und was er vom Leben erwartete. Dabei konnte Sarah ihm nicht helfen.

»Hallo«, sagte er, ohne sie direkt anzusehen. Er fixierte einen Punkt links über ihrer Schulter.

»Hi, Pat.«

»Alles klar bei dir?«

»Ja.«

»Können wir reden?«

»Ach, Patrick«, seufzte Sarah und gab sich Mühe, nicht allzu genervt zu klingen. »Was sollen wir denn noch sagen, was nicht schon längst gesagt wurde?«

»Lass es uns doch versuchen ... einfach reden, meine ich«, stammelte er.

Plötzlich tat er Sarah leid. Und trotzdem hatte sie keine Lust, sich noch einmal mit ihm zu treffen. Sie schwieg und ließ ihren Blick über den Schulhof schweifen. Als sie Josh entdeckte, der lässig an einer Hausmauer lehnte und zu ihr herübersah, zuckte sie leicht zusammen. Er war allein, so wie immer, und Sarah wäre jetzt gern zu ihm hinübergegangen und hätte mit ihm gesprochen.

Durch das Erlebnis im Bus glaubte sie, dass er vielleicht doch Kontakt zu ihr suchte. Sie wollte herausfinden, warum er sie so aus der Fassung brachte. Wollte ihn entzaubern, damit sie nicht mehr ständig an ihn denken musste.

Ihr Schweigen schien Patrick jedoch nicht abzuschrecken – im Gegenteil.

»Komm doch heute Nachmittag zu mir«, sagte er. »Wir setzen uns in den Garten auf die alte Hollywoodschaukel und chillen ein bisschen.«

Sarah wandte sich wieder Patrick zu. »Ich kann nicht. Du weißt doch, dass mittwochs die Theatergruppe probt. Wir wollen zum Abschlussfest unser Stück aufführen, da gibt es noch viel zu tun.«

»Du hast die Hauptrolle bekommen, hab ich gehört. Gratuliere.«

Sarah schenkte ihm ein kleines Lächeln. »Danke.«

»Tja, die Hauptrolle in meinem Leben hast du auch.« Er zögerte, dann fügte er noch ein »leider« hinzu.

Gegen ihren Willen rührte Sarah dieser Satz. Manchmal konnte Patrick richtig charmant sein. *Wahrscheinlich habe ich mich deswegen in ihn verliebt ...*

Und wahrscheinlich war es nur fair, ihm zu helfen, die Sache besser zu verstehen.

»Okay«, gab sie schließlich nach. »Heute Abend um sechs. Im Harbour Café. Aber ich habe nicht allzu viel Zeit, ich muss noch lernen.«

Ein Strahlen ging über sein Gesicht. »Cool.«

»Hey, Pat, das heißt nicht, dass noch etwas läuft. Ist das klar?«

»Klar!«

Sie zeigte mit dem Kopf Richtung Glastür. »Ich muss wieder rein.«

Er verstand den Wink. »Bye. Bis heute Abend.« Dann ging er.

Sarah sah ihm nach, dann schaute sie in die andere Richtung.

Josh war nirgendwo mehr zu sehen.

Mist, fluchte sie stumm. Wieder eine Chance vertan.

6.

Es war heiß unter der schwarzen Skimaske. Sarah spürte, wie ihr der Schweiß über das Gesicht lief und den Baumwollstoff durchfeuchtete, während sie auf ihren Einsatz wartete. Da, wo ihr Mund hinter der Maske lag, hatte sich ein feuchter Fleck gebildet. Unzählige Fusseln klebten an ihren Lippen und Sarah konnte dem Drang, sich die Maske vom Kopf zu reißen, nur schwer widerstehen.

Die Proben gingen jetzt schon über zwei Stunden. Nun kam endlich die Schlussszene, die den Höhepunkt der Aufführung darstellen sollte.

In dem Stück wurde das Massaker von Greenwich aufgearbeitet, bei dem Ende der Neunzigerjahre zwölf Schüler gestorben und über zwanzig verletzt worden waren. Das Ungewöhnliche an dieser Tat war der Umstand gewesen, dass es zum ersten Mal in der Geschichte der USA eine Täterin gewesen war, die maskiert und schwer bewaffnet die Schule gestürmt und wild um sich geschossen hatte.

Hanna Kilroy, neunzehn Jahre alt, hatte zwei vollgeladene Automatikwaffen ihres Vaters gestohlen, war zu ihrer früheren Highschool gefahren und hatte ohne Vorwarnung zu schießen begonnen.

Eine Videokamera hatte das Geschehen aufgezeichnet. Die Bilder - stumm und in grobkörniger Schwarz-Weiß-Optik - hatten gezeigt, wie Hanna systematisch durch die Flure der Schule schritt, Jungs und Mädchen aufstöberte und sie kaltblütig erschoss, egal wie sehr sie um ihr Leben flehten.

Bis heute wusste niemand, warum sie das getan hatte. Niemand kannte den Grund dieser unfassbaren Tat und Hanna konnte man nicht fragen. Sie war von einem Sondereinsatzkommando bei der Befreiungsaktion der noch lebenden Schüler erschossen worden.

Ihre Eltern wurden befragt, Lehrer, Mitschüler, Psychologen, keiner hatte auch nur den Ansatz einer Erklärung. Erst Jahre später hatte ein Journalist herausgefunden, dass Hanna Kilroy ein tief unglückliches Mädchen gewesen war, das vordergründig lächelte, aber innerlich zerbrochen war. Ihre tragische Geschichte war leise, ja still abgelaufen und niemand hatte gemerkt, wie sehr sie litt.

Das Theaterstück war nun der Versuch, Hanna zu zeigen und nachzuspüren, wie es so weit kommen konnte. Das Ende der Geschichte war der Augenblick, in dem sich Hanna Kilroy der Überwachungskamera zuwandte und die Skimaske vom Kopf zog, damit jeder wusste, wer für diese grausame Tat verantwortlich war.

Da die Aufzeichnung keinen Ton hatte, war ein Lippenleser hinzugezogen worden, der Hannas letzte Worte an die Welt entschlüsselte. Und nun war der Moment gekommen, in dem Sarah diese Worte nachsprechen sollte.

Vor ihr auf dem Boden kniete Peter Thomsen, ein zwölfjähriger Mitschüler, der den kleinen Jesse Vaughenhart spielte, der von Hanna als Letzter erschossen worden war. Stumm, ohne jedes Flehen, hatte er Hanna angesehen, dann hatte er die Hände geöffnet, so als wolle er der Attentäterin zeigen, dass er nun bereit war, und Hanna Kilroy hatte ihm kaltblütig in den Kopf geschossen.

Als Peter es Jesse nachtat, richtete Sarah ihre Waffenattrappe auf seine Stirn. Sie gab vor, den Abzug zu ziehen, und Jesse sackte in sich zusammen. Für ein paar Sekunden schaute sie auf ihn herab, dann wandte sie sich dem Publikum zu, das heute nur aus wenigen Mitschülern bestand, die zum größten Teil selbst eine Rolle in dem Stück hatten.

Mit einer langsamen, fast andächtigen Bewegung zog sich Sarah die Skimaske vom Kopf. Die Haare klebten an ihrer Stirn, aber das hatten sie bei Hanna Kilroy auch getan. Zunächst stumm starrte sie in den Raum hinein, so wie die Mörderin in die Kamera geblickt hatte, dann sagte sie den Satz, den niemand jemals vergessen würde, der ihn gehört hatte:

»Heute werdet ihr mit mir sterben!«

Als sich der Klang ihrer Stimme mit dem letzten Ton auflöste, wurde im Auditorium geklatscht. Jemand machte ein Foto von ihr und für einen Moment war Sarah geblendet, dann lächelte sie ins Publikum. Das Licht ging an und sie sah, dass einige ihrer Mitschüler Handys hochhielten und die Szene gefilmt hatten.

Sarah war darüber nicht glücklich. Sie befürchtete, jemand könnte die Aufnahmen in Umlauf bringen, bevor die Aufführung stattgefunden hatte. Und dann auch noch ausgerechnet die Schlussszene! Sie dachte darüber nach, ob sie

Mr Stevens, dem Leiter des Projekts, einen Hinweis geben sollte, aber der Gedanke verflog, als sie Josh Stiller im Publikum ausmachte.

Er saß abseits von den anderen, nahe der Wand. Den Stuhl, auf dem er saß, musste er dorthin geschoben haben, denn ansonsten waren alle Stuhlreihen ordentlich ausgerichtet. Er schaute sie an und machte eine Geste, als würde er langsam klatschen. Sarah schoss das Blut ins Gesicht. Hitze strömte durch ihren Körper und ihr wurde bewusst, dass sie mit den nass geschwitzten Haaren wahrscheinlich schrecklich aussah. Etwas verkrampft lächelte sie ihn an und fuhr sich mit einer Bewegung durch die Haare, die unbewusst und natürlich aussehen sollte, es aber wahrscheinlich nicht war.

Eine Weile stand sie so da und rührte sich nicht, dann wurde ihr klar, dass sie irgendwann die Bühne verlassen musste, denn ein paar andere Schüler wollten noch einmal verschiedene Szenen spielen, die bei der Probe nicht so geklappt hatten.

Als sie die Stufen zum Auditorium hinabstieg, hörte sie, wie Mr Stevens ihr ein »Bravo, Sarah!« hinterherrief, aber sie hatte nur Augen für Josh, der sich langsam erhob und auf sie zukam.

Oh Gott, ich sehe bestimmt schrecklich aus!, schoss es Sarah durch den Kopf. Was soll ich denn nur machen? Einfach umdrehen und so tun, als hätte ich ihn nicht gesehen? Ich ...

Dann war er da.

»Das war toll«, sagte Josh leise. »Sehr eindrücklich. Du hast großes Talent.«

Sarah räusperte sich verlegen. »Findest du?«

»Ja, wirklich. Ich würde es nicht sagen, wenn es nicht so wäre.«

Ja, das glaube ich. Du würdest überhaupt nichts sagen.

»Was hat dich hierher verschlagen? Hast du keinen Unterricht?«, fragte Sarah im Plauderton und versuchte verstohlen, ihre verschwitzten Haare zu ordnen.

»Ich bin wegen dir hier. Ich wollte dich sehen.«

Seine Offenheit verschlug ihr den Atem.

»Warum ... ich meine, gibt es einen Grund?«

Er schaute ihr direkt in die Augen. »Ich wollte dich fragen, ob du heute schon was vorhast.«

»Nein ... das heißt ja, doch.«

Ärger stieg in Sarah auf. Warum bloß hatte sie sich zu dem Treffen mit Patrick breitschlagen lassen? Aber deswegen würde sie nicht auf ein Date mit Josh Stiller verzichten. Niemals!

»Ich treffe um sechs einen Freund im Harbour Café, aber das dauert nicht lange. Wir müssen bloß kurz was bequatschen«, sagte sie und versuchte, so lässig wie möglich zu klingen. »Hast du was Besonderes vor?«

Er grinste sie an. »Was meinst du, sollen wir zum alten Vergnügungspark unten am Hafen gehen und uns ein bisschen gruseln?«, fragte er lachend. »Ich war noch nie dort.«

»Du willst in den Park?«, fragte sie überrascht. »Der ist doch längst stillgelegt. Wir wären bestimmt die Einzigen, die sich da herumtreiben.«

Plötzlich begriff sie, dass Josh sie neckte und genau darauf angespielt hatte. Sarah spürte, wie die Hitze in ihr Gesicht schoss. Mal wieder.

»War bloß Spaß«, sagte Josh. »Wir machen, worauf du Lust hast, okay?«

Sie atmete tief aus. »Okay. Wir können uns ja noch was überlegen, vielleicht zum Hafen runtergehen, Boote zählen und daraus die Quersummen errechnen oder so.«

»Oder wir leihen uns ein Boot und fahren hinaus in den Sonnenuntergang«, stieg Josh auf ihr Herumgealber ein.

»Kannst du segeln?«, fragte Sarah.

»Nein«, gab Josh zu. »Du?«

»Mein Dad hat mich ein paarmal mit rausgenommen, er hat es von seinem Vater gelernt und mir einiges gezeigt.«

»Dann bist du der Skipper und ich bin dein Bootsmann.«

»Deal!«, sagte Sarah cool, obwohl ihr das Herz bis zum Hals schlug. »Aber zuvor trinken wir noch eine Buddel voll Rum und besprechen, welchen Kontinent wir anlaufen wollen.«

Er lächelte. »Klingt großartig. Ich komme dann ins Café und hole dich ab.«

Sarah wurde bewusst, dass er so vielleicht Patrick begegnen würde, und das wollte sie nicht. Ebenso wenig wollte sie, dass Patrick ihr Fragen zu Josh stellte.

»Sagen wir um sieben«, schlug sie vor. »Ich komme dann raus.«

Er sah sie nachdenklich an. »Alles klar. So machen wir's.«

Beide schwiegen und Sarah fühlte Joshs Nähe, roch den warmen Duft seiner Haut. Ein Kribbeln lief durch ihren Magen. Dann wurde ihr bewusst, wo sie sich befand und dass andere Schüler sie beobachteten.

Als Sarah verlegen auf die Uhr blickte, merkte sie, dass es schon spät war. Sie musste sich beeilen, wenn sie Patrick pünktlich treffen wollte. Eine gute Möglichkeit, das Gespräch an dieser Stelle zu beenden, bevor sie endgültig die Fassung verlor. Du meine Güte, sie sah sich schon fast in

Joshs Armen und stellte sich vor, wie er sie küsste. Sie musste hier weg. Eindeutig.

Als sie die Tür des Theaterraums öffnete, stand plötzlich Lona vor ihr und grinste sie an.

»War das nicht gerade Mr Lover Lover, der sich da an mir vorbeigedrängt hat?«, fragte sie mit einem anzüglichen Zwinkern.

»Er war es«, antwortete Sarah.

»Sag bloß, er hat sich die Proben angesehen.«

Sarah spürte, wie sich ein Lächeln auf ihr Gesicht stahl. »Noch viel besser.« Sie sah Lona bedeutungsvoll in die Augen. »Er will sich heute Abend mit mir treffen.«

»Nein. Echt jetzt? Wie hast du das gemacht? Ihn unter Drogen gesetzt?«

»Ich glaube, es liegt an meinen himmelblauen Augen.«

Lona grinste frech. »Darling, *ich* bin diejenige mit den tollen blauen Augen, deine haben dieses langweilige Braun, das an überfahrene Eichhörnchen erinnert.«

»Okay, jetzt mal ernsthaft, Lona. Was mache ich heute Abend?«

»Du wirst ihn natürlich verführen.«

»Auf dem Bootssteg?«, spielte Sarah das Spiel mit.

»Der Schattenriss eurer nackten Körper wird vor der untergehenden Sonne richtig gut kommen«, schwärmte Lona.

»Dann wäre das geklärt. Rufst du die West Harbour News wegen der Fotos an?«

Lona winkte ab. »Ach was! Ich werde dieses Ereignis für die Nachwelt höchstpersönlich festhalten und auf meinen Facebook-Account stellen. Ab morgen werde ich viele neue

Freunde haben – die brauche ich auch, denn du schwebst ja mit Josh direkt ins Paradies.«

»Ach, Lona«, seufzte Sarah nun. »Mal ehrlich, was soll ich denn mit ihm machen? Worüber soll ich mit ihm reden? Mein Leben ist todlangweilig und ich werde bestimmt wie eine doofe Kuh rüberkommen.«

»Quatsch! Nach mir und Michael Bloom bist du der aufregendste Mensch, den ich kenne. Du bist hübsch, intelligent und hast Humor. Und außerdem«, Lona legte ihren Arm um Sarahs Schulter, »wer außer dir trägt schon so viel Kajal auf, dass es für zwei Leben reicht!«

»Findest du mich wirklich hübsch?«

Lona zog sie zu sich heran und drückte ihr einen festen Kuss auf die Stirn. »Baby, du bist der Hammer und dieser Josh Stiller muss blind sein, wenn er das nicht auch bemerkt.«

Sarah lächelte. »Danke, Lona.«

»Dafür nicht.«

»Aber jetzt mal ganz im Ernst: Über was soll ich mit ihm reden?« Das nervöse Ziehen, das sie seit dem Gespräch mit Josh in ihrem Magen spürte, wollte einfach nicht weichen.

Lona legte ihre Stirn in Falten. »Hhmmmm«, machte sie. Und noch mal »Hhmmmm«. Dann sah sie Sarah ernst an. »Du solltest ...« Sie brach ab.

»Was?«

»Du solltest ...«

»Lona!«

»Du solltest dein Tagebuch mitnehmen und deine Einträge aus der ersten Klasse vorlesen, als du in Jeremy Olsen verliebt warst und dich vor ihm hingekniet hast, um ihn zu fragen, ob er dein Mann werden will.«

Sarah prustete laut los. »Daran kann ich mich gar nicht mehr erinnern.«

»Aber ich.«

»Und, was hat Jeremy gesagt?«

»Er sagte ›Nein‹.«

»›Nein‹?«, fragte Sarah mit gespielt verletztem Stolz. »Und dann?«

»Hast du ihn verprügelt.«

»Im Ernst?«

»Mmhmm.«

»Na, hoffentlich läuft es heute Abend besser«, stöhnte Sarah.

Unvermittelt sprang Lona einen Schritt zurück. Dann hob sie beide Hände auf Brusthöhe, ballte sie zu Fäusten und machte ein paar Boxhiebe in die Luft.

»Wenn es so weit ist, musst du auf deine Deckung achten. Wenn mein Dad und ich zusammen einen Boxkampf anschauen, sagt er immer, die Deckung sei das Wichtigste. Und dann Kombinationen schlagen. Links, rechts, Gerade und Uppercut.«

»Lona, du bist unmöglich«, kicherte Sarah.

»Ja, ich finde mich auch toll.« Sie trat zu Sarah und nahm sie in den Arm. »Das wird schon klappen. Josh hat den ersten Schritt gemacht, er interessiert sich für dich. Sei einfach du selbst und alles wird gut.«

»Weißt du, das ist ziemlich schwer«, sagte Sarah leise.

»Was?«

»Das mit dem ›man selbst sein‹.«

»Baby, niemand hat gesagt, dass es einfach ist. In der Fachsprache nennt man das ›Pubertät‹.«

Sarah versetzte ihr einen Knuff in den Oberarm. »Du und deine Sprüche.«

»Ja, nicht wahr?«

»Ach, Lona«, seufzte Sarah.

»Ach, Sarah.«

»Dann ... gehe ich jetzt mal, was?«

»Ja.«

Sarah schaute Lona noch einmal verzweifelt an, aber die verdrehte nur genervt die Augen.

»Bye.«

7.

Das Café war fast voll, als Sarah eintraf, aber das war es eigentlich fast immer. Besonders die Jugendlichen des kleinen Städtchens hatten sich diesen Ort als Treffpunkt auserkoren. Ein Schwall abgestandener Luft wehte ihr entgegen, als sie die altmodische Glastür öffnete und eintrat.

Es war warm hier drin und laut. Gesprächsfetzen drangen an ihre Ohren, wie Blätter, die der Wind im Herbst davontrug. Sie schaute sich um, nickte ein paar Bekannten zu. Patrick war noch nicht da.

Sarah entdeckte einen kleinen freien Tisch in einer Ecke nahe dem Flur, der zu den Toiletten führte. Sie ging hinüber, zog ihre Jacke aus und setzte sich. Vor ihr auf dem Tisch lag die Getränkekarte. Sie nahm sie in die Hand und schlug sie auf, aber eigentlich wusste sie schon, was sie bestellen würde. Ein großes Wasser. Nach den Proben war ihr Mund staubtrocken und sie wollte erst einmal ihren Durst löschen. Als sie von der Karte wieder aufblickte, stand Patrick vor ihr.

Er hatte sich umgezogen, trug schwarze Dockers-Hosen

und ein schwarzes T-Shirt mit dem Aufdruck »Legalize it!« in einem Cannabisblatt. Das Baseballcap hatte er zu Hause gelassen.

Sarah betrachtete das T-Shirt und schmunzelte innerlich. Patrick sah gut aus, aber von Mode hatte er definitiv keine Ahnung.

Patrick bemerkte ihren Blick und grinste verlegen, dann nahm er Platz.

»Hi, Sarah.«

»Wie ich sehe, hast du dich in Schale geworfen.«

»Ach, das.« Er blickte demonstrativ an sich herab. »Ist mir gerade so in die Hände gefallen.«

»Du weißt, dass seit den Achtzigern keiner mehr solche Shirts trägt. Unsere Eltern sind so rumgelaufen – wir sind die Generation mit den farbigen Hemden.«

»Sarah, bleib mal locker«, sagte er und klang eine Spur verletzt. »Das ist bloß ein Shirt.«

»Ja, ich weiß.« Sarah schaute ihn an und lächelte entschuldigend. Sie war nicht hergekommen, um Patrick zu kritisieren.

»Hast du dir schon was zu trinken bestellt?«, fragte er.

Sarah schüttelte den Kopf und betrachtete ihn verstohlen, während er einen Blick in die Karte warf.

Patrick war charmant, aber er strahlte die Hilflosigkeit eines Hundewelpen aus. Und vielleicht lag genau da das Problem. All die Monate, die sie zusammen gewesen waren, hatten sie einander nicht nähergebracht. Im Gegenteil, die Distanz zwischen ihnen war immer weiter gewachsen, vor allem in den Momenten, in denen Sarah nichts mit Patricks Verhalten anzufangen wusste.

Warum ist alles so gekommen?

Sie wusste es nicht.

Irgendwas ist mit uns passiert und wir konnten es nicht aufhalten und dann war es zu spät.

Er legte die Karte beiseite und schaute sie an.

Es ist so einfach, sich in dich zu verlieben, Pat, und so schwer, dich zu lieben.

»Hi, Patrick. Was kann ich euch bringen?« Die Stimme des Kellners riss Sarah aus ihren Gedanken.

Als sie aufschaute, stand ein junger Mann mit braunen Haaren vor ihr. Er trug ein weißes Shirt und hatte sich eine blaue Schürze mit Harbour-Café-Schriftzug umgebunden.

Patrick zeigte auf Sarah.

»Ein großes Wasser, bitte«, sagte sie.

Patricks Augenbrauen ruckten hoch. »Im Ernst?«

»Ja.«

»Okay, für mich ein Bier. Ein Heineken.«

Der Typ nickte und verschwand wieder. Dabei hinkte er stark und zog das rechte Bein nach, das steif wie ein Stück Holz wirkte.

»Kennst du Lorenzo?«, fragte Patrick. Sarah schüttelte den Kopf. »Der Typ ging mal auf unsere Highschool. War so was wie ein Baseballstar. Man sagt, Lorenzo Carmisano wäre der beste Batter, den dieser Staat je gesehen hat, aber er hat sich verletzt und damit war der Traum von der Major League vorbei. Jetzt bedient er hier.« Patrick lehnte sich zurück und warf ihr einen Blick zu. »Schon komisch, wie das Leben manchmal so spielt.«

»Was für eine Verletzung war das?«, wollte Sarah wissen.

»Eigentlich nichts Besonderes. Irgendwas mit seinem Knie. Sie haben ihn operiert, aber Mist gebaut, wie man sehen kann.«

So schnell kann ein Traum zerplatzen, dachte Sarah.

Manchmal waren es nur Kleinigkeiten, die ein Leben für immer verändern konnten. Wie auch immer sich Lorenzo die Verletzung zugezogen hatte, wäre die Operation normal verlaufen, wäre er vielleicht heute ein gefeierter Star. Stattdessen bediente er jetzt Touristen und gelangweilte Teenager in einem Café ...

Patrick schnippte mit den Fingern. »Hallo! Ich bin auch noch da.«

»Entschuldige, ich habe über Lorenzo nachgedacht.« Sie strich sich eine Haarsträhne aus der Stirn und sah Patrick direkt an. »Worüber wolltest du mit mir reden?«

Plötzlich wirkte Patrick verlegen. Er rutschte auf seinem Stuhl herum und machte ein gequältes Gesicht. »Ehrlich gesagt ... wollte ich über uns sprechen.«

»Ach, Patrick, darüber haben wir doch schon so oft geredet. Du weißt, dass ich dich mag, aber ich denke, wir beide passen nicht zueinander. Daran hat sich nicht geändert.«

Patrick schwieg einen Moment. Dann sagte er leise: »Das mit uns ... es war gut.«

»Ja ...«

»Und es könnte wieder so werden«, beharrte er.

»Nein, das glaube ich nicht.« Sarah hatte geahnt, dass das Gespräch in diese Richtung gehen würde. Nun bereute sie, dass sie hergekommen war. »Tut mir leid«, sagte sie spitzer als beabsichtigt.

»Ist da echt nichts mehr? Keine Gefühle?« Patricks Stimme klang gequält.

Sarah starrte auf die Tischplatte und schob wortlos ein paar Zuckerkrümel zu einem kleinen Häufchen zusammen.

»Warum können wir nicht darüber reden? Warum sprichst du nicht mit mir?«

»Was erwartest du von mir?« Mit einer Handbewegung fegte sie das Zuckerhäufchen vom Tisch. »Du hast mich hierhergelockt in dem Glauben, dass du nur was mit mir trinken möchtest, und jetzt setzt du mich unter Druck.«

»Das wollte ich nicht«, sagte Patrick. »Es ist nur so ...«

Sarah sah ihn schweigend an.

»... dass ich dich noch immer liebe.«

»Ach, Patrick«, murmelte Sarah. »In der ganzen Zeit, die wir zusammen waren, habe ich mir gewünscht, dass du das zu mir sagst. Und jetzt, wo es vorbei ist, fängst du damit an.«

»Tut mir leid.« Patrick räusperte sich. »Mir ist erst jetzt bewusst geworden, wie viel du mir bedeutest ... nachdem du gegangen bist.«

Was sollte sie jetzt sagen? Ihr fehlten die Worte, die ausdrücken konnten, dass ihre Liebe zu ihm erloschen war. Freundschaft, ja, alles andere hingegen konnte sie sich mit Patrick einfach nicht mehr vorstellen.

Vor allem, seit Josh in meinem Leben aufgetaucht ist, schoss es ihr durch den Kopf. Und noch ein anderer Gedanke machte sich in ihr breit.

Gott sei Dank haben wir nicht miteinander geschlafen! Das würde alles noch viel komplizierter machen.

Sarah wusste selbst nicht, warum es nie dazu gekommen war. Irgendwie war nie der richtige Moment da gewesen. Oder das Gefühl. Darüber war Sarah jetzt froh.

Sie fasste all ihren Mut zusammen. »Patrick, es ist aus. Bitte akzeptiere das.«

Der junge Kellner kam zurück und stellte wortlos die Bestellung auf ihrem Tisch ab. Als er ging, sah ihm Sarah erneut nach – und entdeckte Josh an der Bar. Er saß auf einem Barhocker und schaute zu ihr herüber.

Mist, jetzt hat er dich mit Patrick gesehen! Aber okay, du hast ja gesagt, du triffst einen Freund ...

In diesem Moment fasste Patrick nach ihrer Hand, legte seine Finger über ihre. Wütend riss Sarah ihre Hand zurück.

Sie wollte ihm sagen, er solle das lassen, aber dann geschahen mehrere Dinge gleichzeitig. Mit ihrem Ellenbogen stieß sie das volle Wasserglas um, das zu Boden fiel und in tausend Stücke zerbrach. Im selben Moment begann der Boden zu beben und ihr ganzer Körper vibrierte. Angst erfasste sie.

Sie riss die Augen auf, sah Patrick an, suchte nach einem Hinweis, dass er es auch spürte, aber er blickte sie nur nachdenklich an.

Die Zeit dehnte sich. Plötzlich schien alles wie in Zeitlupe abzulaufen. Jede Bewegung im Raum wirkte langsam und zäh. Menschen gingen durch das Café, als bewegten sie sich unter Wasser. Alle Töne waren verzerrt, die Musik war nur noch ein einziger lang gezogener Laut.

Sarah drehte den Kopf. Blickte zu Josh. Erkannte den Schrecken in seinen Augen, während all die anderen Leute im Café völlig unbekümmert wirkten. Sah, wie er unendlich langsam vom Barhocker glitt und auf sie zurannte, ohne dass er sich wesentlich vorwärtsbewegte. Es wirkte, als trete er auf der Stelle.

Was ist los mit mir?, fragte sich Sarah. Was geschieht hier? Habe ich einen Herzinfarkt? Einen Schlaganfall? Muss ich jetzt sterben?

Schwindel erfasste sie. Sie wollte etwas sagen, konnte es aber nicht.

Ich muss hier raus.

Sarah versuchte, sich zu erheben. Ihre Glieder waren

plötzlich unendlich schwer, ein Schleier legte sich über ihre Gedanken, sie entglitten ihr, bevor sie gedacht werden konnten.

Sie taumelte.

Fühlte, dass sie fiel.

Dann war da Josh, der sie auffing.

Und danach nur noch Schwärze.

8.

Sonnenstrahlen fielen durch die Schlitze der Jalousien. Sarah konnte sie hinter ihren Lidern spüren. Sie erwachte und schlug die Augen auf.

Ihr Mund war trocken. Kopfschmerzen tobten hinter ihrer Stirn und sie stöhnte leise, als sie sich im Bett aufrichtete.

Sie fühlte sich benommen, konnte keinen klaren Gedanken fassen. Wie eine alte Frau schwang sie sich mühsam aus dem Bett und erhob sich auf wackeligen Beinen. In ihrem Kopf drehte sich alles.

Als hätte ich eine Woche lang durchgefeiert ...

Sie versuchte, sich zu erinnern, was sie am Abend zuvor gemacht hatte. *Patrick* ... Genau, sie hatte sich mit Patrick im Harbour Café getroffen und sie hatten sich gestritten. Josh Stiller war auch dort gewesen. Wirre Bilder tauchten in ihrem Geist auf.

Dann nichts mehr.

Hat mir jemand K.-o.-Tropfen in mein Glas getan?

Nein, sie erinnerte sich, dass das Wasserglas umgefallen war, ohne dass sie davon getrunken hatte.

Bin ich gestürzt? Habe ich vielleicht eine Gehirnerschütterung?

Sie hatte mal gelesen, dass es bei einer schweren Gehirnerschütterung zu einer kurzfristigen Amnesie kommen konnte. Sarah befühlte ihren Kopf. Kein Verband, keine Wunde, nicht einmal eine Beule. Was war bloß los hier?

Das Denken fiel ihr schwer und sie tappte ins Badezimmer hinüber, um sich kaltes Wasser ins Gesicht zu spritzen.

Auf dem Weg dahin schaltete sich der Radiowecker ein, aber diesmal war es nicht Randy Brandsom, der sie mit seiner fröhlichen Stimme begrüßte. Eine unbekannte Männerstimme murmelte etwas von aktuellen Meldungen, die gerade hereinkamen. Irgendwo schien wieder etwas Schlimmes passiert zu sein. Sarah war sich nicht sicher, ob sie das jetzt vertragen konnte.

Im Flur lauschte sie nach unten. Nichts zu hören. Nicht einmal Ben brabbelte. Und es roch auch nicht nach Frühstück. War es schon so spät? Hatten ihre Eltern bereits das Haus verlassen? Waren sie zur Arbeit gegangen und hatten Ben in den Kindergarten gebracht? Nein, ihr Radiowecker hatte sich wie jeden Morgen um 7.00 Uhr eingeschaltet, das konnte also nicht der Grund sein.

Egal was los war, sie musste sich erst frisch machen, bevor sie den Rätseln des Lebens auf den Grund ging.

Im Bad angekommen, zeigte ihr das Spiegelbild, was sie befürchtet hatte: eine Horrorausgabe ihrer selbst. Sie sah verdammte zwanzig Jahre älter aus, als sie war, und noch dazu sah sie gar nicht gut aus. Die Augen tief in die Höhlen eingefallen, dunkle Ringe darunter und Wangen, die regelrecht hohl wirkten. Ihre Lippen waren trocken. Rissig. Als sie mit der Zunge darüberfuhr, fühlte es sich an, als würden sie aus Papier bestehen. Aber am schlimmsten waren die Haare. Sie klebten an ihrem Schädel, als hätte sie dort jemand festgetackert.

Mist!

Die Stimme des Radiomoderators drang ins Badezimmer hinüber. Aufgeregt berichtete der Mann davon, dass es an einer amerikanischen Highschool einen Amoklauf gegeben habe, aber wo das passiert war, erfuhr Sarah nicht. Sie hatte den Anfang der Meldung verpasst. Ihr Aussehen beschäftigte sie so sehr, dass sie nur mit halbem Ohr zuhörte, und schließlich wurde die Stimme zu einem murmelnden Hintergrundgeräusch.

Als sie sich gewaschen und angezogen hatte, war sie bereit, nach unten zu gehen.

Es war seltsam still im Haus.

»Mom?«

Keine Antwort.

»Dad?«

Nichts.

Schon während sie die Treppe hinabstieg, spürte Sarah, dass sie allein war. Unruhe machte sich in ihr breit.

Wo waren ihre Eltern?

Wo war Ben?

Als sie auf die letzte Stufe der Treppe trat, stutzte sie kurz. Solange sie denken konnte, knarrte diese Stufe schon. Ihr Vater hatte ihrer Mutter mindestens eintausend Mal versprochen, die Stufe zu reparieren, aber das war nie geschehen. Sein Job als Architekt nahm ihn bis spätabends in Beschlag und an den Wochenenden schraubte er an einer alten Corvette herum, die er für zweitausend Dollar von einem zwielichtigen Gebrauchtwagenhändler erstanden hatte. Der Typ hatte behauptet, man müsse nur ein paar Verschleißteile auswechseln und der Motor würde wieder schnurren wie ein junges Kätzchen.

Das war vor zwei Jahren gewesen und die Karre lief immer noch nicht. Der Motor machte keinen Mucks, dabei hatte ihr Dad schon weitere zweitausend Dollar in Ersatzteile investiert, was wiederum ihre Mutter auf die Palme brachte, die mit ihrem Halbtagsjob als Erzieherin in einem Kindergarten gerade mal sechshundert Dollar im Monat verdiente.

Sarah machte den letzten Schritt.

Die Küche lag kalt und leer vor ihr. Weder in der Spüle noch auf dem Tisch stand Geschirr. Keine Tassen, keine Teller, nichts. Der Kaffeevollautomat glänzte, als sei er noch nie benutzt worden. Insgesamt hatte das Haus eine Wirkung, als wären alle Bewohner ausgezogen und es stünde nun zum Verkauf.

Sarah suchte nach einer Nachricht. Einem Zettel.

Nichts.

Ihr Blick fiel auf den Anrufbeantworter. Kein Lämpchen, das blinkte, kein verpasster Anruf.

In ihrem Magen setzte ein Ziehen ein, als würde sie in einer Achterbahn sitzen und in die Tiefe rasen. Übel war ihr jetzt auch, vielleicht weil sie noch nichts gefrühstückt hatte. Wann hatte sie überhaupt das letzte Mal etwas gegessen? Sie wusste es nicht.

Was mache ich denn jetzt?

Ratlos schaute sie sich um. Als ihr Blick auf den Anrufbeantworter fiel, schüttelte sie den Kopf über sich selbst. Was war heute Morgen nur los mit ihr? Sie schnappte sich das Telefon von der Station und suchte im Display nach der

Handynummer ihrer Mutter, aber die war nicht eingespeichert. Sonderbar. Sarah tippte die Nummer aus dem Gedächtnis ein und hielt das Telefon ans Ohr.

Erst geschah nichts, dann kam die Meldung, dass diese Nummer nicht vergeben sei.

Sarah drückte die Wahlwiederholung.

Das gleiche Ergebnis.

Sie musste sich verwählt haben. Ziffer für Ziffer tippte sie die Nummer von Neuem ein.

»Diese Rufnummer ist nicht vergeben.«

Hatte ihre Mutter ein neues Handy und vergessen, ihr Bescheid zu geben? Unwahrscheinlich. In dieser Hinsicht war ihre Mutter pedantisch. Für den Fall, dass etwas mit ihr oder Ben war, versuchte sie, immer und überall erreichbar zu sein.

Der Knoten in ihrem Magen zog sich noch enger zusammen.

Dad!

Er würde fluchen, wenn er gerade in einer Konferenz war, aber darauf konnte sie jetzt keine Rücksicht nehmen. Sie musste erfahren, was hier los war.

Hastig gab sie die Nummer ein.

Gott sei Dank, ein Freizeichen.

Gleich würde ihr Vater abheben und ihr sagen, dass alles okay war. Sie fieberte dem Moment entgegen, wenn er sich mit »Bill Layken« melden würde.

Es tutete weiter im Hörer. Vielleicht war sein Handy auf lautlos gestellt oder er war gerade nicht in der Nähe.

Bleib ruhig, Sarah. Gleich wird er rangehen.

Dann wurde abgehoben.

Eine fremde Stimme meldete sich.

»Autowerkstatt Miller, Peter Miller am Apparat. Was kann ich für Sie tun?«

Sarah musste schlucken. »Entschuldigung, ich glaube, ich habe mich verwählt.«

»Wen wollten sie denn anrufen?«

»Bill Layken.«

»Kenne ich nicht. Welche Nummer haben Sie gewählt?«

Sie sagte sie ihm und kontrollierte das Display, ob sie sich vertippt hatte. Nein.

»Das ist meine Nummer«, sagte der Mann. »Und das schon seit fünfzehn Jahren.«

»Aber ...«

»Miss, dafür habe ich jetzt keine Zeit. Bitte rufen Sie die Auskunft an.«

Dann knackte es in der Leitung und er war weg.

Sarah starrte auf das Telefon und konnte es nicht fassen. Eine Störung beim Netzanbieter konnte schon mal vorkommen, aber dass gleich zwei Nummern plötzlich nicht mehr stimmten, war unwahrscheinlich.

Verwirrt legte Sarah den Hörer zurück auf die Station. Ihr Blick fiel auf das gerahmte Foto, das direkt neben dem Telefon stand. Es zeigte ihre Eltern und sie auf einem Ausflug in den Bergen. Lange vor Bens Geburt.

Sarah konnte sich noch gut an diesen wundervollen Tag erinnern.

Sie waren zu dritt wandern gegangen, hatten aus kühlen Bergbächen frisches Wasser getrunken und herzhaft belegte Brote gegessen. An diesem Rastplatz waren sie zwei Studenten begegnet und ihr Vater hatte einen der beiden gebeten, ein Foto von seiner Familie zu machen. So hatten sie alle drei fröhlich in die Kamera gelacht.

Sarahs Gedanken kehrten ins Hier und Jetzt zurück.

Sie grübelte darüber nach, was sie nun tun sollte, als ein Geräusch sie aufschreckte und herumwirbeln ließ.

Ihre Blicke jagten durch den Raum. Sie war noch immer allein, aber seltsamerweise hatte sich der kleine Fernseher auf der Anrichte eingeschaltet. Sarah überlief eine Gänsehaut. Der Ton war aus, aber über den Bildschirm flackerten die Bilder einer Nachrichtensendung.

Ganz ruhig, sagte Sarah sich. Das Gerät hat bestimmt nur einen Wackelkontakt. Aber für einen Moment hatte sie sich wirklich erschreckt. Sie wollte den Fernseher schon wieder ausschalten, als unter dem Sprecher ein Laufband eingeblendet wurde. Sie hielt inne.

+++ AMOKLAUF AN HIGHSCHOOL +++ 6 SCHÜLER ERSCHOSSEN +++ ZAHLREICHE VERLETZTE +++

Schlagartig erinnerte sie sich daran, dass der Radiomoderator vorhin davon gesprochen hatte. Das Bild wurde ausgewechselt. Der Sprecher verschwand, stattdessen erschien die verwackelte Aufnahme eines Gebäudes. Polizeifahrzeuge standen davor, Blinklichter zuckten über Menschen hinweg, die panisch durcheinanderliefen. Es musste sich bei den Bildern um Aufnahmen aus einem Helikopter handeln, denn man konnte nur wenig Details ausmachen. Dennoch kam ihr der Gebäudekomplex irgendwie bekannt vor. Irgendetwas ...

Sarah fasste nach der Fernbedienung und drehte den Ton auf. Ein Reporter, der in dem Helikopter saß, sprach hastig in ein Mikrofon. Die Windgeräusche des Rotors waren ziemlich laut, aber man konnte den Mann trotzdem verstehen.

»... hatte eine maskierte Person gestern am späten Nachmittag die West Harbour High betreten und sofort zu schießen begonnen. Wie wir bereits berichtet haben …«

In Sarahs Ohren begann es zu rauschen. Hatte sie richtig gehört? West Harbour High? Aber das … das war ihre Schule! An ihrer Highschool hatte es einen Amoklauf mit sechs Toten gegeben …?

Plötzlich hatte sie das Gefühl, keine Luft mehr zu bekommen. Ihre Gedanken jagten wild durcheinander.

Wer war gestorben? Waren Freunde von ihr unter den Opfern? Oder jemand, den sie kannte? Auf so einer kleinen Schule kannte praktisch jeder jeden. Handelte es sich bei den Opfern nur um Schüler oder waren auch Lehrer darunter? Sarah versuchte, den Worten des Berichterstatters irgendeinen Sinn abzugewinnen. Nein, er sprach nur von toten Schülern. Und wer war der Täter? Hatte man ihn gefasst?

Dann traf sie ein weiterer Gedanke wie ein Blitz. Gestern noch hatten sie das Theaterstück geprobt, das sich mit dem Greenwich-Massaker beschäftigte, und nur wenige Stunden später war es an ihrer eigenen Highschool Wirklichkeit geworden …

Sarah schüttelte heftig den Kopf. Das konnte doch nicht sein. Das durfte nicht sein. Nicht hier, nicht an ihrer Schule.

Der Reporter im Helikopter sprach unablässig weiter, aber Sarah nahm seine Worte nicht mehr wahr.

Waren ihre Eltern deswegen nicht zu Hause? Funktionierte das Telefonnetz aus diesem Grund nicht richtig? Waren die Leitungen überlastet? Das Netz zusammengebrochen? Aber wenn es bereits gestern passiert war, warum hatte man sie dann so lange schlafen lassen? Und wie war sie nach der Sache im Café verdammt noch mal nach Hause gekommen?

Als Panik sie zu erfassen drohte, zwang sie sich, die Augen zu schließen und tief durchzuatmen. *Ganz ruhig, Sarah. Das wird sich alles aufklären lassen.*

Als sie die Augen wieder öffnete, erschien gerade ein Studiosprecher und kündigte Aufnahmen von der Überwachungskamera der Schule an. Eine grobkörnige Aufnahme in Schwarz-Weiß erschien und man sah eine dunkel gekleidete, mit einer Skimütze maskierte Person, die langsam durch die Flure ging und wahllos auf die Kinder schoss.

Das ist ja wie bei dem Massaker von Greenwich, dachte Sarah. Die Bilder ähnelten sich frappierend, aber die Aufnahme endete, als der Täter einen kleinen Jungen stellte und ihn zwang, sich hinzuknien.

Oh mein Gott, mach, dass das nicht wahr ist.

Am liebsten hätte Sarah den Fernseher ausgeschaltet, aber sie fühlte sich wie gelähmt und starrte mit weit aufgerissenen Augen auf den Bildschirm.

Erneut ging es zurück ins Studio. Diesmal sprach der Moderator von Hinweisen, die aus der Bevölkerung kamen und die von der Polizei mit dem Aufruf um Aufklärung freigegeben worden waren.

Eine vergrößerte, wackelige Handyaufnahme wurde gezeigt. Man sah den Täter, wie er auf den erschossenen Jungen herabblickte. Es war die Fortführung der Szene der Überwachungskamera. Dann hob der Maskierte den Kopf und schaute direkt in die Kamera, die an ihn heranzoomte, bis Kopf und Schultern das gesamte Bild beherrschten.

Eine Hand fasste nach der Skimaske und zog sie langsam herunter. Das Bild wurde leicht unscharf, dann fokussierte sich die Linse neu.

Der Täter war ein Mädchen mit schwarzen Haaren, die nass geschwitzt an seiner Stirn klebten. Einen Moment blickte es stumm in die Kamera. Dann erklang eine Stimme und sie klang, als wäre sie weit entfernt, aber man verstand trotzdem jedes Wort:

»Heute werdet ihr mit mir sterben!«

Sarah starrte fassungslos ihr eigenes Gesicht an, dann erbrach sie sich auf den Boden zu ihren Füßen.

Als das Würgen nachließ, keuchte sie sekundenlang atemlos. Die Kopfschmerzen waren zurückgekehrt und tobten nun brüllend in ihrem Schädel. Außerdem hatte sie einen sauren Geschmack im Mund. Sarah taumelte zum Küchenwaschbecken, drehte den Hahn auf, spülte sich den Mund aus und trank dann wie eine Verdurstende.

Das kann nicht sein, hämmerte es in ihrem Kopf.

Nein, unmöglich. Das alles war nicht wahr. Es hatte keinen Amoklauf an ihrer Schule gegeben und niemand verdächtigte sie, eine Mörderin zu sein.

Gleich würde die Tür aufgehen und ihre Eltern würden heimkehren. Ben würde sich kreischend an ihre Beine werfen und versuchen, sie aus dem Gleichgewicht zu bringen. Alles war gut. Sie musste sich nur beruhigen.

Aber ihr Herz klopfte weiter wie verrückt, so als versuche es, aus ihrer Brust zu fliehen.

Stöhnend richtete sie sich wieder auf, doch ihre Beine versagten ihr den Dienst. Schließlich ließ Sarah sich einfach auf den Küchenboden gleiten. Minutenlang versuchte sie zu verstehen, was geschehen war.

Laut der Nachrichten hatte es einen Amoklauf an ihrer Schule gegeben. Sechs Schüler waren tot, mehrere verletzt. Die Medien verfügten über eine Handyaufnahme, die sie als wahrscheinliche Täterin zeigte. Die Bilder waren während der Theaterprobe aufgenommen worden, so viel stand fest. Wenn man sie genauer analysierte, würde sich vielleicht beweisen lassen, dass sie nicht die Täterin zeigten.

Allerdings war die Aufnahme verwackelt und etwas unscharf gewesen, es ließ sich nichts mit Bestimmtheit sagen, aber viel hineininterpretieren. Im Moment sah es so aus, als wäre sie eine kaltblütige Mörderin, die unschuldige Kinder erschossen hatte.

Allein bei dem Gedanken wurde ihr wieder schlecht, doch obwohl es ihr schwerfiel, zwang sie sich zur Ruhe. Was konnte sie jetzt tun? Was sollte sie jetzt tun?

Sarah hätte gern mit ihren Eltern gesprochen, bevor sie eine Entscheidung traf, aber die waren nicht da und irgendetwas musste sie unternehmen. Sie war unschuldig, doch was nutzte ihr dieses Wissen? Es würde nicht lange dauern, bis jemand sie auf der Aufnahme identifizierte und die Polizei hier auftauchte.

War es nicht besser, sie stellte sich freiwillig, bevor man sie festnahm? Es würde ihre Unschuld unterstreichen, zeigen, dass sie nicht die Täterin war.

Ja, so würde sie es machen. Es war die einzige Möglichkeit, die sie hatte.

Es war das einzig Richtige.

Sarah erhob sich und ging zum Telefon hinüber. Sie wollte gerade den Notruf wählen, als ihr Blick noch einmal auf den Fernseher fiel.

Die Nachrichten hatten inzwischen das Thema gewechselt und die Kamerabilder des örtlichen Lokalsenders zeigten nun eine kleine Menschenansammlung, die vor einem mehrstöckigen Gebäude stand und nach oben blickte. Viele riefen irgendetwas, andere deuteten mit der Hand auf etwas, das im Bild nicht zu sehen war. Schließlich folgte die Kamera den Blicken der Menge und vor dem Hintergrund des morgendlichen Himmels wurde eine Gestalt sichtbar, die an der Dachkante des Hauses stand und nach unten in die Kamera schaute.

Der Moderator sprach von einem vermeintlichen Selbstmörder und spekulierte darüber, ob dieser Vorfall in einem Zusammenhang mit dem gestrigen Amoklauf stand.

Die Linse zoomte heran und Sarah hielt den Atem an, als das Bild deutlicher wurde und die Umrisse einer Person zeigte, die ihr merkwürdig bekannt vorkam. Der Kontrast wurde neu justiert – und Sarah zuckte zusammen.

Die Person auf dem Dach war Josh Stiller. Sein Gesicht war angespannt. Er wirkte ernst, blickte fast starr nach unten. Dann machte er einen Schritt nach vorn. Es sah aus, als wolle er sich in die Tiefe stürzen.

Entsetzt stieß Sarah einen Schrei aus, aber als die Kamera den Ausschnitt weiter vergrößerte, erkannte sie, dass Josh einen Pappkarton in den Händen hielt, auf dem etwas geschrieben stand.

Sarah ging näher an den Fernsehapparat heran. Sie kniff ihre Augen zusammen. Was stand da?

Skipper, du bist in Gefahr. Sprich mit niemandem. Geh dahin, wo man sich gruseln kann, und triff mich dort.

Sarah war verwirrt. Was machte Josh da? Wollte er sich umbringen? Und warum hielt er ein Schild mit einer merkwürdigen Nachricht in die Kamera?

Irgendetwas an dieser Botschaft kam ihr vertraut vor, aber sie kam nicht darauf, was. In ihrem Kopf wirbelten die Gedanken durcheinander, sie konnte sich einfach keinen Reim auf die Sache machen. Und dennoch war da etwas. Sarah las die Aufschrift auf dem Karton ein weiteres Mal – und erinnerte sich plötzlich an das Gespräch, das sie mit Josh nach der Probe geführt hatte.

»Dann bist du der Skipper und ich bin dein Bootsmann«, hatte er gesagt.

Skipper ...

Langsam dämmerte ihr, dass diese Botschaft an sie gerichtet war. Josh wollte sie vor einer Gefahr warnen. Aber wovor? Fast hätte sie gelacht. Es war ja auch so schon alles schlimm genug. Dann betonte er, sie solle mit niemandem sprechen. Was hatte das zu bedeuten? Meinte er damit auch die Polizei?

Sprich mit niemandem.

Die Nachricht war unmissverständlich. Also keine Polizei. Aber warum nicht?

Geh dahin, wo man sich gruseln kann, und triff mich dort.

Der letzte Satz war seltsam. Gruseln? Wieso gruseln? Man gruselte sich vor Dingen, vor denen man Angst hatte oder die man eklig fand, aber Josh kannte sie nicht gut genug, um auch nur zu ahnen, was derartige Gefühle bei ihr auslöste.

Meinte er damit vielleicht die Brücke, auf der sie sich das erste Mal begegnet waren? Nein, Josh wusste nicht, dass sie nicht gern über dieses Metallungetüm fuhr. Es musste etwa sein, worüber sie sich unterhalten hatten ...

In Gedanken ging sie noch einmal die Unterhaltung mit ihm durch. Und dann verstand Sarah plötzlich, was Josh von ihr wollte. Sie sollte zum alten Vergnügungspark am Hafen kommen und ihn dort treffen.

Alles an dieser Botschaft verunsicherte sie. Sie war kaum fähig, einen klaren Gedanken zu fassen. Wenn doch nur ihre Eltern da wären! Oder Lona …

Lona, oh mein Gott! Sarahs Gedanken rasten. *Was, wenn Lona bei dem Amoklauf gestern …*

Unfähig, den Gedanken zu Ende zu führen, schnappte sie sich die Fernbedienung. Sie musste unbedingt die Namen der Opfer herausfinden! Gerade als sie den Videotext einschalten wollte, war Joshs Gesicht in Großaufnahme zu sehen. Sarah hatte das Gefühl, als würde er ihr direkt in die Augen schauen.

Kraftlos ließ sie die Hand mit der Fernbedienung sinken. Was sollte sie nur tun? Konnte sie Josh Stiller vertrauen? Sie kannte ihn doch kaum! Andererseits wirkte sein Blick aufrichtig verzweifelt. Er schien sie geradezu anzuflehen, seine Botschaft ernst zu nehmen. Aber warum tat er das? Warum wollte er ihr helfen?

Vielleicht weil ich ihm einmal helfen wollte, schoss es ihr durch den Kopf.

Josh musste etwas wissen, das für sie wichtig war. Warum sonst sollte er versuchen, auf so dramatische Art und Weise auf sich aufmerksam zu machen? Er wusste etwas und wollte es ihr mitteilen, noch bevor sie mit anderen sprach.

Sprich mit niemandem.

Was sollte sie jetzt tun? Die Frage tauchte wie eine Endlosschleife in ihrem Kopf auf. Doch noch bevor sie eine Entscheidung treffen konnte, war draußen auf der Straße eine Polizeisirene zu hören. Schlagartig erwachte Sarah aus ihrer Schockstarre. Was hatte sie schon zu verlieren? Sich stellen konnte sie immer noch. Erst musste sie herausfinden, was es mit Joshs Botschaft auf sich hatte.

Als ein weiterer Polizeiwagen an ihrem Haus vorbeifuhr, duckte Sarah sich instinktiv. Es würde nicht einfach werden, zu dem Treffpunkt zu gelangen. Immerhin wurde sie gesucht. Ihr einziger Vorteil war der Umstand, dass es nur dieses verwackelte Bild gab und bislang niemand wusste, wer sie war. Aber das konnte sich schnell ändern ...

Ihr Blick wanderte wieder zum Bildschirm. So wie es aussah, dürfte auch Josh ein Problem damit haben, zu dem alten Vergnügungspark zu kommen. Schließlich befand er sich auf einem Hochhaus, umgeben von Polizei und Feuerwehrmännern ... Wie wollte er da wieder runterkommen?

Mittlerweile war ein weiteres Feuerwehrfahrzeug eingetroffen. Mit zuckenden Blaulichtern stand es nun vor dem Gebäude. Männer in feuerfester Uniform sprangen ab und breiteten ein riesiges Sprungtuch aus. Dann wurde eine Leiter ausgefahren. Ein Feuerwehrmann stieg die in der Sonne glänzenden Sprossen hoch. Offensichtlich wollte er mit Josh sprechen. Sarah war sich sicher, dass inzwischen auch andere Sicherheitskräfte innerhalb des Gebäudes auf dem Weg zu ihm waren.

Und tatsächlich. Sie sah, wie Josh den Kopf drehte und mit jemandem sprach, der nicht im Bild zu sehen war. Obwohl er seine Position nicht veränderte, hatte Sarah das Gefühl, als würde Josh von der Dachkante zurücktreten.

Der Feuerwehrmann hatte ihn nun ebenfalls erreicht und sagte etwas zu ihm. Josh schüttelte den Kopf. Eisern hielt er das Pappschild in den Händen. Dann trat er erneut einen Schritt vor und ein Aufschrei ging durch die Menge. Die Kamera zoomte dicht heran, bis sein Gesicht wieder den gesamten Bildschirm ausfüllte.

Und wieder hatte Sarah das Gefühl, als blicke er sie direkt an. In seinen Augen stand diesmal eine deutliche Botschaft:

Lauf, Sarah Layken! Lauf!

Und da spürte sie es, ihr blieb nicht mehr viel Zeit. Sarahs Entschluss stand fest. Sie musste weg hier. Raus aus dem Haus. Sofort.

Ihre Augen suchten nach ihrer schwarzen Sweatshirtjacke. Während sie in die Ärmel schlüpfte und die Taschen nach ihrem Portemonnaie abklopfte, zwängte sie die Füße in ihre Sneakers, ohne die Schnürsenkel zu öffnen. Dann riss sie die Tür auf und die Hitze des kommenden Tages schlug ihr mit voller Wucht entgegen.

9.

Sie lief zur Doppelgarage, die sperrangelweit offen stand. *Verdammt!* Beide Fahrzeuge waren weg. Ihre Eltern hatten sich also mit dem Auto auf den Weg gemacht. Nur, wohin? Sarah hatte noch immer keine Ahnung, wo sie eigentlich steckten.

Okay, dann zu Fuß.

Ohne zu zögern, wandte sie sich nach rechts und rannte am Haus der Browns vorbei, einem älteren Ehepaar, das sie sehr mochte und das in ihrer Kindheit öfter auf sie aufgepasst hatte, wenn ihre Mom und ihr Dad ausgegangen waren. Mrs Brown erschien in der Tür. Als sie Sarah entdeckte, riss sie ihre Augen weit auf.

Sie weiß es schon, war das Einzige, was Sarah in dieser Sekunde denken konnte.

Sie winkte der alten Dame zu, wollte rufen, dass alles ein Missverständnis war, sie hatte niemanden getötet, aber dann war sie schon an dem alten Haus mit den ausgeblichenen weißen Holzwänden vorbei.

Das klatschende Geräusch der Sneakers dröhnte in ihren

Ohren, während sie Abstand zwischen sich und ihr Zuhause brachte.

Nachdem sie eine Meile zurückgelegt hatte, wurde sie langsamer, lief kontrollierter.

Wie komme ich zum Hafen?

Egal wie tief sie die Kapuze ins Gesicht zog, sie konnte auf keinen Fall den Bus nehmen. Man würde sie trotzdem erkennen und die Behörden benachrichtigen.

Wie weit ist es?

Während ihre Schuhsohlen monoton auf den Asphalt klatschten, versuchte Sarah schnaufend, die Entfernung abzuschätzen.

Zwei Meilen bis zur Main Street, dann runter in die Harbour Avenue.

Sie musste nicht direkt zum Hafen, sondern konnte vorher links abbiegen. Trotzdem, von dort waren es bestimmt immer noch drei Meilen bis zum Vergnügungspark. Also hatte sie insgesamt noch fünf beschissene Meilen vor sich – und es wurde immer heißer.

Sarah überquerte mehrere Straßen und hielt sich dicht an irgendwelche Hauswände oder Gartenhecken gedrückt. Es war kaum etwas los auf New Harbours Straßen. Seltsam, denn normalerweise machten sich die meisten Menschen um diese Uhrzeit auf den Weg zur Arbeit. Ob das an dem Amoklauf lag? Entschieden schob sie den Gedanken daran beiseite.

Schweiß rann über ihr Gesicht und lief ihr den Nacken hinunter. Das T-Shirt unter der Sweatshirtjacke klebte inzwischen auf ihrer Haut und der verdammte BH fühlte sich wie ein Metallband an, das ihr die Luft abschnürte.

Ich hätte öfter mit Mom und Dad joggen sollen, dann wäre ich jetzt fitter.

Ihr Atem keuchte und Sarah glaubte, ein Rasseln in ihrer Lunge zu spüren. Sie hatte noch nicht einmal die Hälfte der Strecke hinter sich und war jetzt schon fix und fertig.

Der erste Streifenwagen kündigte sich durch seine heulende Sirene an. Sarah hörte ihn schon von Weitem. Ihre Augen suchten die Umgebung nach einem Versteck ab, aber viele Möglichkeiten gab es nicht, wenn sie nicht unnötig Aufmerksamkeit auf sich ziehen wollte. Schließlich verbarg sich Sarah hinter einer Hecke.

Sie kniete sich nieder und tat so, als müsse sie ihre Schnürsenkel binden. Falls sie aus einem der Häuser beobachtet wurde, war es besser, natürlich zu wirken, auch wenn sie bei den Temperaturen in ihrer schwarzen Kapuzenjacke bestimmt einen merkwürdigen Anblick bot.

Die Sirene wurde immer lauter, dann jagte das Polizeifahrzeug mit hoher Geschwindigkeit vorbei. Sarah seufzte auf und erhob sich.

Eines war nun klar: Die Behörden wussten inzwischen, nach wem sie suchen mussten. Der Streifenwagen war in die Richtung gefahren, in der ihr Haus lag. Vielleicht hatten sogar die Browns von nebenan die Polizei verständigt. Wie auch immer, sie musste weiter.

Zunächst ging sie mit großen, weit ausholenden Schritten, um Luft zu schöpfen, aber dann wurde ihr klar, dass dieses Verhalten auffälliger war, als wenn sie joggte. Die Kapuze tief in die Stirn gezogen, trabte sie weiter.

Sie hatte noch keine fünfhundert Meter zurückgelegt, als der nächste Streifenwagen mit quietschenden Reifen um eine Ecke bog. Das Blaulicht blinkte, aber die Sirene war nicht eingeschaltet. Dementsprechend überrascht, blieb Sarah nicht viel Zeit zu reagieren. Sie konnte sich lediglich abwenden und so tun, als betrachte sie eine Plakatwand, die Werbung für den örtlichen Supermarkt machte.

Alles ging gut. Der Wagen hielt nicht an, verzögerte nicht einmal sein Tempo, sondern raste in die gleiche Richtung wie das andere Polizeifahrzeug zuvor.

Plötzlich kam Sarah ein Gedanke. Was geschah, wenn die Polizei feststellte, dass sie nicht im Haus war? Mrs Brown konnte ihnen sagen, in welche Richtung sie gelaufen war. Nicht nur, dass man sofort die Verfolgung aufnehmen würde, vielleicht wurden sogar Straßensperren im ganzen Umkreis aufgebaut.

Wie viel Zeit bleibt mir noch?

Sarah überschlug im Kopf, wie lange es wohl dauern mochte, bis die Behörden so weit waren, die Gegend abzuriegeln. Wenn alles schnell ging, und davon musste sie ausgehen, nicht mehr als zehn Minuten, höchstens eine Viertelstunde. Und sie hatte noch immer viereinhalb Meilen vor sich ... Das schaffe ich nie im Leben, dachte sie verzweifelt. Sie musste schleunigst weg von hier. Aber wie?

Als Sarahs Blick auf ein Taxi fiel, das zweihundert Meter weiter am Straßenrand stand, beschloss sie, alles auf eine Karte zu setzen. Sie verlangsamte ihr Tempo und ging vorsichtig auf das Taxi zu. Alles hing jetzt davon ab, dass der Fahrer keinen Verdacht schöpfte. Wenn sie Glück hatte, war er schon seit Stunden im Dienst und hatte noch keine Gelegenheit gehabt, die Nachrichten zu sehen. Andererseits konnte er auch gerade eben erst seine Schicht angetreten haben, dann wusste er, wie Sarah aussah und weswegen sie gesucht wurde.

Obwohl alles in ihr protestierte, so ein hohes Risiko einzugehen, spürte sie doch, dass dieses Taxi ihre einzige Chance war. Wenn sie mit Josh sprechen wollte, blieb ihr keine Wahl.

Sarah schob die Kapuze wieder ein Stück aus ihrem Gesicht, ohne sie allerdings ganz herunterzuschieben. Sie wollte nicht auf den ersten Blick erkennbar sein, aber auch nicht bedrohlich wirken. Schritt für Schritt ging sie auf das Taxi zu. Dann stand sie davor.

Entschlossen klopfte sie mit dem Fingerknöchel gegen die Scheibe. Der Fahrer war gerade mitten in einem Telefongespräch und sah nur flüchtig zu ihr auf.

»Sind Sie frei?«, formulierte sie mit den Lippen.

Er nickte und wedelte mit der Hand als Zeichen dafür, dass sie einsteigen sollte. Sarah öffnete die Tür und ließ sich erleichtert in die dicke Polsterung fallen.

»Ich muss jetzt Schluss machen, Maria«, hörte sie seine Stimme von vorn. »Ich habe einen Fahrgast ... Ja, wir reden heute Abend darüber ... Nein, ich verspreche es. Okay, bye.«

Er legte sein Handy weg, drehte sich im Sitz um und sah ihr direkt ins Gesicht. Sarah hielt den Atem an.

»Wo soll es denn hingehen?«, fragte der Mann und Sarah hörte einen osteuropäischen Einschlag heraus.

Der Taxifahrer war nicht sehr groß, obwohl man das im Sitzen kaum beurteilen konnte. Er hatte braunes, an der Schädeldecke lichter werdendes Haar und einen Dreitagebart, der ihm nicht stand, sondern ihn lediglich ungepflegt wirken ließ. Im Normalfall wäre Sarah sofort wieder ausgestiegen, aber dies war kein normaler Fall. Sie musste hier weg, so schnell es ging.

Die Luft im Fahrzeug war muffig und es war viel zu warm hier drin, was allerdings daran liegen mochte, dass sie vollkommen verschwitzt war.

»Und, wie ist es jetzt? Fahren wir irgendwohin oder bleiben wir hier stehen und genießen den Tag?«

Sarah schreckte aus ihren Gedanken auf. »Zum Hafen bitte.«

»Na also«, brummte der Fahrer und startete den Wagen.

Während sie langsam durch die Straßen rollten und Sarah schon glaubte, der Mann am Steuer versuche, einen neuen Rekord im Langsamfahren aufzustellen, bemerkte sie, dass er sie im Rückspiegel beobachtete. Schnell wandte sie den Kopf ab und schaute zum Fenster hinaus. Als sie kurz darauf vorsichtig wieder nach vorn blickte, sah er sie immer noch an.

Ein Streifenwagen raste mit Blaulicht und laut heulenden Sirenen an ihnen vorbei. Dann ein weiterer.

»Ganz schön was los nach dem Amoklauf gestern«, meinte der Taxifahrer. »Ich habe im Radio gehört, dass sie nach einer jungen Frau suchen. Das sind nicht zufällig Sie?«

Sarah schluckte schwer. Der Typ lachte meckernd und sie merkte, dass er nur einen Scherz gemacht hatte. Sie überlegte, ob sie auf den blöden Spaß eingehen sollte, entschied sich aber dagegen.

»Ich habe davon gehört«, sagte sie stattdessen.

Am liebsten hätte sie ihn angeschrien, er solle schneller fahren, aber das hätte verdächtig gewirkt. Also biss sich Sarah auf die Lippen und betete stumm, dass diese Fahrt bald vorbei war.

Während sie Richtung Hafen fuhren, wanderten ihre Gedanken immer wieder zurück zum Amoklauf an ihrer Schule. So viele Fragen waren damit verbunden.

Wer hatte all die Schüler getötet? Und warum? Der wahre Täter lief irgendwo frei draußen herum, während alle Welt sie für die Schuldige hielt ... Das brachte sie zu der Frage, wer das Video von der Theaterprobe den Medien zugespielt haben mochte. Wer hasste sie so sehr, dass er ihr so eine Tat anhängte?

Sie grübelte, kam aber zu keinem Ergebnis. Ihr wollte einfach niemand einfallen, der derart wütend auf sie sein könnte.

Für einen Moment zuckte Patricks Name durch ihr Bewusstsein, aber das war vollkommen undenkbar. Nein, auch wenn es mit ihrer Beziehung vorbei war, Patrick würde ihr niemals so etwas antun und außerdem war er nicht bei den Proben gewesen.

Sarah spielte den gestrigen Nachmittag noch mal in Gedanken durch. Ja, da waren ein paar Mädchen aus ihrer Klasse gewesen und auch ein paar, die sie nur flüchtig kannte. Irgendjemand hatte sie mit dem Handy gefilmt oder fotografiert, aber das war doch vollkommen normal. Soweit sie wusste, hatte keiner der Anwesenden etwas gegen sie; die Theatergruppe war eine eingeschworene Gemeinschaft, sie verstanden sich alle gut, unternahmen öfter was zusammen.

Okay, an der Stelle komme ich nicht weiter ...

Ihre nächsten Überlegungen gingen zurück zu den Ereignissen im Café.

Was war da geschehen?

Sie und Patrick hatten sich gestritten. Na ja, nicht unbedingt gestritten, aber doch mit unterschiedlicher Motivation über ihre Beziehung gesprochen.

Sarah wusste noch, dass sie Josh entdeckt hatte, der viel zu früh im Harbour Café aufgetaucht war. Ihr war das ein wenig unangenehm gewesen, vor allem, nachdem Patrick nach ihrer Hand gefasst hatte. Das hatte sie wütend gemacht und sie wusste noch, dass sie ihm gesagt hatte, er solle das lassen. Dann war irgendetwas zu Bruch gegangen und ihr war schwindlig geworden. Danach ... nichts mehr. Bis zu dem Augenblick heute Morgen, als sie in ihrem Bett erwacht war.

Was war dazwischen geschehen?

Bin ich ohnmächtig geworden? War ein Arzt da? Wer hat mich nach Hause gebracht?

Verdammt, sie erinnerte sich an nichts.

Filmriss. Kompletter Filmriss.

Es war zum Verrücktwerden.

»Mal hören, was es Neues gibt«, unterbrach der Fahrer ihre Gedanken. Sein Finger drückte den Einschaltknopf am Radio und schon erfüllte die Stimme eines Nachrichtensprechers das Fahrzeug.

»... ist die Identität der Täterin nun geklärt. Hinweisen aus der Bevölkerung zufolge handelt es sich bei der Amokläuferin um die siebzehn Jahre alte Sarah Layken aus West Harbour ...«

In Sarah stieg Galle auf, als sie ihren Namen hörte. Das alles war ein einziger Albtraum! Aber für sie gab es kein Erwachen, nur die Hoffnung, dass sich alles aufklärte. In ihrem Magen rumpelte es und ihr wurde erneut übel.

»Laut Informationen der Polizei ist Sarah Layken weder vorbestraft noch sonst auffällig geworden. Was dieses unscheinbare Mädchen dazu gebracht hat, diese schreckliche Tat zu begehen, ist völlig unklar, ebenso wie ihr derzeitiger Aufenthaltsort. Die Behörden vermuten, dass die Täterin versuchen wird, die Stadt zu verlassen, und hat weiträumige Straßensperren errichtet ...«

Wie ich es mir gedacht habe.

»… sind jetzt auch die Namen der Opfer bekannt.«

Sarah hielt den Atem an. Bitte, flehte sie stumm, bitte nicht Lona!

»Es handelt sich um den zwölfjährigen Peter Thomsen …«

Peter? Peter Thomsen? Oh mein Gott!

Ein unwirkliches Gefühl erfasste sie und kalter Schweiß trat ihr auf die Stirn, während der Sprecher die Namen der weiteren Todesopfer aufzählte. Doch bis auf Peter und ein Mädchen, dessen Vater im Senat saß, sagten ihr die Namen nichts. Zu der Erleichterung, dass Lona nichts zugestoßen war, gesellte sich augenblicklich eine tiefe Trauer. *Peter Thomsen … Wie war das nur möglich?* Sarah schwirrte der Kopf, während sie stumm für die Opfer betete.

»… ist nun der republikanische Abgeordnete John Hancock bei unserer Reporterin Jennifer Malley. Seine Tochter, die zwölf Jahre alte Emily Hancock, starb gestern durch einen Kopfschuss in den Fluren der örtlichen Highschool. Hancock hat seit vielen Jahren einen Abgeordnetensitz im Senat und gilt als der reichste Mann des Staates. Der Verlust seines einzigen Kindes hat ihn schwer getroffen. Dennoch hat er sich bereit erklärt, dieses Interview mit uns zu führen.«

Ein lautes Knacken ertönte, dann meldete sich die Stimme einer Frau.

»Abgeordneter Hancock, wir alle von AFB möchten Ihnen unser Beileid zu Ihrem schweren Verlust aussprechen. Unsere Gebete sind bei Ihnen und Ihrer lieben Frau.«

»Danke, das ist sehr freundlich von Ihnen«, ertönte die Stimme von Mr Hancock.

»Trotz allem haben Sie diesem Gespräch zugestimmt. Darf ich fragen, warum Sie das getan haben?«

Sarah hatte John Hancock schon mehrfach von Plakatwänden herablächeln sehen und einmal hatte er sogar ihre Schule besucht und im Auditorium über die Zukunft des Landes gesprochen. Er war ein gut aussehender, schlanker Mann mit grauen Haaren, die in faszinierendem Kontrast zu seiner sonnengebräunten Haut standen. Obwohl schon fünfundfünfzig Jahre alt, war er immer noch ein Hingucker. Sarah wusste, dass er aus einer reichen Familie stammte, ein ehemaliger Collegefootballstar war und nun dem größten Privatkonzern des Staates vorstand, der ihn zu einem reichen und mächtigen Mann gemacht hatte. Hancock war Republikaner und in jeder Hinsicht konservativ. Er stand für Begriffe wie Kirche und Familie, wandte sich gegen Abtreibung und kostenlose Gesundheitsvorsorge und war ein gefragter Gesprächspartner für die Waffenlobby. Sarah hatte nicht viel übrig für seine Positionen, aber das alles spielte nach dem Tod seiner einzigen Tochter keine Rolle mehr. Sie ahnte, wie er sich fühlen musste.

»Zunächst möchte ich den Menschen danken, die uns in dieser schweren Stunde beistehen, uns ihr Mitgefühl aussprechen und für Emily beten.« Er rang kurz um Fassung, doch als er schließlich weitersprach, klang seine Stimme hart.

»Ich habe eine Botschaft an die Täterin.«

Sarah zuckte zusammen, als sie den Hass hörte, der in seinen Worten mitschwang.

»Wo immer du dich auch befindest, Sarah Layken, es gibt für dich kein Entkommen. Für das, was du getan hast, wirst du sterben.«

»Abgeordneter ...«, versuchte die Reporterin, Hancock zu unterbrechen, aber er ließ sich nicht aufhalten.

»Ich setze ein Kopfgeld von zehn Millionen Dollar auf Sarah Layken aus. Bringt mir ihren Leichnam, damit der Gerechtigkeit genüge getan wird, so wie es schon in der Bibel steht: Auge um Auge, Zahn um Zahn.«

»Mr Hancock«, ereiferte sich die Reporterin. »Das ... das können Sie nicht tun. Das ist ein Aufruf zu einer Straftat. Aufruf zu Mord an einer Person, deren Schuld noch nicht erwiesen ist. Sie schaden mit diesem Verhalten Ihrer eigenen Person und ...«

»Denken Sie etwa, das weiß ich nicht?«, unterbrach Hancock die Reporterin scharf. »Natürlich werde ich meinen Abgeordnetensitz im Senat verlieren. Meine Partei wird mich fallen lassen und mich nicht mehr für den Senat aufstellen. Sicherlich erwartet mich eine Anzeige und vielleicht werde ich sogar verurteilt, aber das ist mir egal. Die Mörderin meiner Tochter wird tot sein. Und das ist alles, was zählt.«

»Mr Hancock ...« Die Reporterin rang offensichtlich um Fassung. »Obwohl ich Ihren Schmerz verstehe, muss ich mich im Namen des Senders gegen diesen Aufruf verwehren. Es ist absolut nicht in Ordnung, dass Sie dieses Interview missbrauchen, um ...«

»Seien Sie still!«, donnerte Hancock. »Emily ist tot und ich sage es noch einmal ganz deutlich: Bringt mir den Kopf von Sarah Layken. Jagt sie!«

Die Sendung wurde unterbrochen und der Studiosprecher meldete sich, stammelte etwas davon, dass sich der Sender von Hancocks Worten distanziere.

Sarah saß wie betäubt im Fond des Wagens. Jemand hatte zehn Millionen Dollar auf ihren Kopf ausgesetzt. Zehn. Millionen. Dollar. Hancock wollte, dass sie starb. Es würde keine Gerichtsverhandlung geben. Im besten Fall erwarteten sie eine Kugel und ein schneller Tod. Irgendjemand da draußen würde das viele Geld verdienen wollen.

Ein unaussprechliches Entsetzen hatte sie erfasst. Sie bekam nur noch schwer Luft und auf ihrem Brustkorb schien ein tonnenschweres Gewicht zu liegen. Verzweiflung übermannte sie.

Jemand wollte sie tot sehen und dieser Jemand war bereit, sehr viel Geld dafür zu bezahlen. Niemanden schien es zu interessieren, dass sie nicht die Täterin war, dass der ganze Verdacht auf einem Video beruhte, das mit der wirklichen Tat nichts zu tun. John Hancock schrie nach Blut. Nach ihrem Blut, als Sühne für den Tod seiner Tochter.

Oh mein Gott, man wird mich jagen wie ein wildes Tier ...

Nun wusste sie auch, warum Josh geschrieben hatte, sie solle mit niemandem sprechen. Wahrscheinlich hatte er geahnt, wie Emily Hancocks Vater reagieren würde. Josh musste die Namen der Opfer heute am frühen Morgen in den Nachrichten gehört haben.

»Zehn Millionen Dollar«, sagte der Fahrer. »Dafür könnte ich mir nicht nur ein neues Taxi leisten, sondern eine ganze Flotte. Andererseits müsste ich dann sowieso nicht mehr arbeiten und könnte es mir auf den Bahamas gut gehen lassen.« Er blickte wieder in den Rückspiegel. »Kennen Sie diese Sarah Layken?«

Sie schüttelte den Kopf.

»Nicht mir ihr zusammen an der Highschool gewesen?«

»Ich komme aus Newport, bin nicht von hier«, log sie.

»Irgendwie kommen Sie mir bekannt vor.«

Sarah hielt die Luft an. Hatte der Mann doch ein Bild von ihr in den Nachrichten gesehen? Sie musste etwas sagen, der Typ starrte sie viel zu misstrauisch an.

»Ich wüsste nicht, woher«, murmelte sie. »Können wir ein wenig schneller fahren? Ich muss die Morgenfähre nach St. Helena erwischen.«

»Sagten Sie nicht gerade, Sie stammen aus Newport? St. Helena liegt in der anderen Richtung.«

Sarahs Gedanken rasten. Der Mann war eindeutig zu neugierig, und je länger er sie anblickte und ihr Fragen stellte, desto gefährlicher wurde es für sie. Sie musste schleunigst etwas unternehmen!

Wie war das noch? Angriff ist die beste Verteidigung ... Na dann mal los!

»Verhören Sie alle Ihre Fahrgäste?«, sagte sie bewusst aggressiv. »Sie sollen mich zum Hafen bringen und nicht vollquatschen. Wenn Sie mich nicht in Ruhe lassen, werde ich mich bei der Taxizentrale über Sie beschweren.«

Scheinbar hatte Sarah mit ihrer Drohung ins Schwarze getroffen. Sofort sanken die Schultern des Mannes herab und er zog den Kopf ein. »Sorry, junge Lady. Ich wollte Sie nicht belästigen, nur ein wenig Small Talk machen.«

»Dafür ist es eindeutig zu früh«, sagte Sarah mit ruhiger Stimme, obwohl ihre Hände in ihrem Schoß zitterten. »Mir wäre es recht, wenn Sie einfach fahren würden.«

Der Taxifahrer schwieg und drückte aufs Gaspedal.

Sarah atmete erleichtert aus. *Glück gehabt.*

Die Frage war, ob ihr das Glück auch weiterhin treu bleiben würde ...

10.

Der Rest der Fahrt verlief schweigend. Zehn Minuten später hielt das Taxi an. Sarah bezahlte den Fahrer und ging in Richtung Kai, zum Anlegeplatz der Fähren. Sie spürte, dass der Taxifahrer sie beobachtete, aber sie zwang sich, langsam zu gehen. Dann hörte sie, wie der Wagen davonfuhr. *Endlich!*

Am Hafen herrschte rege Betriebsamkeit. Viele Menschen waren unterwegs und so dauerte es einen Moment, bis sie die beiden Polizisten entdeckte.

Zwei Beamte kontrollierten Fahrzeuge und weibliche Personen. Sie gingen bedächtig, aber konzentriert vor und behielten dabei den Platz im Auge. Noch war Sarah einhundert Meter von ihnen entfernt, doch sie war sich sicher, dass sie den Beobachtungskreis der beiden bereits betreten hatte, obwohl keiner von ihnen in ihre Richtung zu schauen schien.

Sarah blieb stehen, so als überlege sie etwas, dann wandte sie sich in die entgegengesetzte Richtung und ließ den Hafen mit großen Schritten hinter sich. Entschlossen bog sie in eine Seitenstraße, die sie zu den ehemaligen Piers führen würde. Nicht weit entfernt davon lag der alte Vergnügungspark.

Die wenigen Fußgänger, die ihr hier unten begegneten, beachteten sie nicht. Sarah versuchte, langsam zu gehen, obwohl alles in ihr danach schrie loszurennen. Ihre Blicke glitten fieberhaft an den Häusern und Fahrzeugen entlang.

Hancocks Worte dröhnten in ihren Ohren und sie spürte die unglaubliche Bedrohung, die von ihnen ausging. Dieser Mann hatte zehn Millionen Dollar für ihre Ermordung ausgerufen und sie zweifelte nicht daran, dass in diesem Moment zahllose Menschen ihre Waffen durchluden in der Hoffnung, sich dieses Geld verdienen zu können.

Während Sarah Schritt um Schritt dem Vergnügungspark näher kam, hatte sie das Gefühl, eine lebendige Zielscheibe zu sein. Fast schien sie zu spüren, wie sich das Visier einer großkalibrigen Waffe auf ihren Hinterkopf richtete und ein unruhiger Zeigefinger dem Schuss entgegenfieberte.

Hör auf damit, sonst wirst du noch völlig verrückt!

Gleich würde sie im Park sein, wo Josh auf sie wartete. Er würde ihr helfen, würde wissen, was zu tun war.

Ich muss nur ganz fest daran glauben, dann wird alles gut.

Nichts wurde gut, denn Josh war nicht da.

Sarah stand unentschlossen vor dem alten rostigen Tor, um das eine schwere Kette gelegt war. Ein sinnloses Unterfangen, denn rechts und links im Maschendrahtzaun gab es so große Löcher, dass man ohne Probleme einen Elefanten hätte durchschieben können.

Die Sonne stand inzwischen hoch am Himmel und brannte auf Sarah herab, während sie ihren Blick zum hundertsten Mal über das verlassene Gelände schweifen ließ. Nichts.

Josh war nicht gekommen. Vielleicht hatte er es tatsächlich versucht und war aufgehalten worden. Ebenso gut konnte es sein, dass man ihn verhaftet oder in eine psychiatrische Anstalt gesteckt hatte. Immerhin hatte er sich als Selbstmörder inszeniert und so jemand schickte man nicht einfach nach einer kurzen Untersuchung mit einem Rezept für Beruhigungsmittel und der Adresse eines Therapeuten nach Hause.

Andererseits bestand auch die Möglichkeit, dass er kalte Füße bekommen hatte. Vielleicht hatte ihm die hohe Belohnung für ihre Ermordung deutlich gemacht, in welcher Gefahr er schwebte, wenn er ihr half. Die Leute, die sie jagten, würden kaum Unterschiede machen und erst mal schießen, bevor sie Fragen stellten. Dies war Amerika, das Land der Freiheit und der Waffenverrückten. Hier hatte jeder ein Gewehr im Haus und die meisten ihrer Landsleute betrachteten Waffen als das, was sie waren. Man konnte mit ihnen jagen und töten.

Was mache ich denn jetzt?

Ob sie noch mal versuchen sollte, mit ihren Eltern Kontakt aufzunehmen? Oder mit Lona? Nein, das war viel zu gefährlich.

Fast panisch überlegte sie, welche Optionen sie hatte. Dabei fiel ihr keine einzige ein, die sie nicht direkt in Gefahr brachte.

Später. Später würde ihr vielleicht etwas einfallen, aber erst einmal musste sie sich beruhigen, damit sie wieder einen klaren Gedanken fassen konnte. Und dafür brauchte sie ein Versteck.

Sarah schaute sich um.

Der Vergnügungspark hatte die Ausmaße von vier Footballfeldern und war vollgepackt mit Attraktionen aus seiner Gründerzeit. Vom Tor aus waren Kettenschaukeln und Karusselle zu sehen sowie das alte, mächtige Riesenrad, das über allem thronte und weit über das Land und den Hafen blickte. Es gab Losbuden, Schützenstände und jede Menge Imbissbuden. Und es gab ein Wort für das alles.

Verfall.

Was einstmals strahlend geleuchtet hatte, war nun verblasst. Verrostete Metallketten quietschten im Wind und erzeugten Geräusche, die nach fernen Schreien klangen. Eine leichte Brise ließ das gelbe, vertrocknete Gras rascheln und trieb Papierfetzen und dünne Plastiktüten aus der nahe gelegenen Shoppingmall durch die Luft. An den Bretterwänden der Buden blätterte die Farbe ab, darunter lugte morsches Holz hervor. Über dem ganzen Gelände lag eine Atmosphäre der Trostlosigkeit und schnürte Sarah die Kehle zu.

Sie selbst hatte den Vergnügungspark nie besucht, denn er war kurz nach ihrer Geburt geschlossen worden, aber ihre Mom und ihr Dad hatten ihr von all den Lichtern erzählt, die den Park nachts wirken ließen, als wären Millionen von Sternen zur Erde herabgesunken.

Hier, genau hier hatten sich ihre Eltern kennengelernt. Beide waren mit Freunden unterwegs gewesen und an einer Wurfbude aufeinandergetroffen.

Ihre Mom hatte versucht, eine Pyramide aus Dosen mit drei Würfen abzuräumen, aber nach zwei Versuchen war eine einzelne Dose stehen geblieben und ihr war bewusst geworden, wie schwer es werden würde, diese zu treffen. Es ging um einen großen Teddybären, den sie unbedingt für die kleine Schwester ihrer Freundin gewinnen wollte, und als

Sarahs Dad die Hilflosigkeit der jungen Frau bemerkte, hatte er sich angeboten, für sie zu werfen.

»Das schaffe ich ohne Probleme«, hatte er großspurig behauptet, aber es kam, wie es kommen musste: Der Wurf ging daneben.

Ihre Mutter hatte so heftig gelacht, dass es ihrem Vater peinlich wurde und er gegangen war, ohne sich zu verabschieden. Am nächsten Tag hatte es dann an ihrer Tür geklingelt und ihr Dad hatte mit einem riesigen Stoffbären im Arm davorgestanden, den er extra für sie gekauft hatte. So hatten die Dinge ihren Lauf genommen, an deren Ende ihre Geburt und die von Ben standen.

Sarah lächelte, als sie an all die schönen Fotos des Vergnügungsparks dachte, die ihre Eltern in einem Album aufbewahrten und wie einen Schatz hüteten.

Und nun stand sie hier, an ihrem persönlichen Anfang, aber keine Sterne fielen vom Himmel. Stattdessen roch es nach Moder und Verfall.

Eine leichte Brise wehte vom Meer herüber und brachte kühle Luft mit sich, die wie eine Hand nach ihr griff. Sarah schauderte.

Noch einmal ließ sie ihren Blick über das Gelände schweifen. Aber auch diesmal war weit und breit keine Menschenseele zu sehen. Josh war nicht gekommen. So viel stand fest. Bestimmt war er nach seiner Aktion auf dem Dach festgenommen worden. Entweder hatte man ihn auf die Polizeistation gebracht oder er lag jetzt fixiert in dem Bett einer psychiatrischen Klinik, vollgepumpt mit Beruhigungsmitteln.

Bei diesen Gedanken fiel die Hoffnungslosigkeit wie ein Rudel hungriger Wölfe über sie her.

Was in drei Teufels Namen soll ich nur tun?

Warten.

Nicht aufgeben.

Hierbleiben …

Es gab keinen Ort, an den sie sonst gehen konnte. Und sie konnte mit niemandem sprechen. Sie war heute Morgen so überstürzt von zu Hause weggelaufen, dass sie vergessen hatte, ihr Handy mitzunehmen. Aber selbst wenn sie es dabeigehabt hätte, wäre es viel zu gefährlich, es zu benutzen. Sie wusste, dass die Behörden ihr Mobiltelefon orten und sie aufspüren konnten.

Wenn dies geschah, wenn man sie verhaftete, ohne dass John Hancock bekam, was er wollte, was für eine Strafe hatte sie in diesem Fall wohl zu erwarten?

Ihre Unschuld zu beweisen, würde schwer werden. Die Menschen wollten die Mörderin von sechs Kindern verurteilt sehen und auch Hancock würde mit seinem Geld und einer Horde teurer Anwälte dafür sorgen, dass sie die Höchststrafe bekam – und die hieß in diesem Staat noch immer Tod durch die Giftspritze.

Nein, sie konnte sich nicht stellen, sich nicht an die Behörden wenden. Noch nicht. Vielleicht ergab sich in ein paar Tagen eine neue Situation, nachdem eine erneute Auswertung der Bilder stattgefunden hatte.

Vielleicht wurde der wahre Täter oder die wahre Täterin aufgespürt und verhaftet. Vielleicht fragte sich die Polizei irgendwann, woher sie die Waffe gehabt haben sollte, mit der geschossen worden war. Ihre Eltern besaßen nämlich genauso wenig eine Lizenz zum Führen einer Waffe wie sie selbst. Und diese Lizenz war in dem Bundesstaat, in dem sie lebten, noch immer Pflicht – auch wenn John Hancock sich seit Jahren dafür einsetzte, diese Regelung abzuschaffen.

Doch das alles half ihr im Moment nicht weiter. Das alles waren zu viele »Vielleicht«.

Sarahs Entschluss stand fest. Sie würde sich auf dem Gelände des Vergnügungsparks verstecken. Vielleicht schaffte es Josh ja doch noch zu kommen. Falls nicht, würde sie die Dunkelheit abwarten und dann versuchen, aus der Stadt zu fliehen. Es musste eine Möglichkeit geben, mit ihren Eltern in Kontakt zu treten. Irgendwie würde es gehen, aber dazu brauchte sie Sicherheit und Ruhe. Auf keinen Fall durfte sie jetzt in Panik geraten und etwas Unüberlegtes tun. Es ging um ihr Leben, und das würde sie nicht kampflos den Rachegelüsten eines Mr Hancock überlassen.

Ein letztes Mal blickte Sarah sich um, aber die alte Industriestraße lag noch immer verlassen vor ihr und der Asphalt dampfte in der Hitze kleine Schwaden aus. Sie ging ein paar Meter am Zaun entlang, schlüpfte durch ein Loch und hastete gebückt auf ein altmodisches Karussell mit Holzpferden zu. Dort angekommen, huschte sie hinter das Kartenhäuschen und setzte sich in den Schatten. Den Gedanken, dass sie sich durch ihren Rückzug auf das Gelände in eine Falle manövriert haben könnte, schob sie dabei weit von sich.

Als sie sich mit dem Rücken gegen die verwitterte Holzwand lehnte, spürte sie, wie erschöpft sie war. Sie atmete tief aus und ein, aber die Anspannung wollte nicht von ihr weichen. Noch immer fühlte es sich an, als ruhe ihr Herz in einer unsichtbaren Faust, die alles Leben aus ihr herauspressen wollte.

Sie dachte an Josh und seinen wahnwitzigen Versuch, ihr zu helfen. Wenn sie doch nur wüsste, wo er gerade war! Ob es ihm gut ging. Ob er es schaffen würde, irgendwann doch noch in den Vergnügungspark zu kommen ... Dann wanderten ihre Gedanken zu ihren Eltern und zu Ben. Tränen stiegen in ihr auf und Sarah konnte nichts dagegen tun. Sie brach in heftiges Schluchzen aus und ihre verzweifelten Schreie hallten wie ein Echo durch den gespenstisch stillen Park.

11.

Sarah wusste nicht, wie lange sie geweint hatte. Als sie aufblickte und mit dem Ärmel ihrer Jacke über Mund und Nase wischte, stand die Sonne hoch am Himmel. Es musste um die Mittagszeit sein. Bei diesem Gedanken knurrte ihr Magen und ihr wurde bewusst, dass sie außer Wasser heute Morgen nichts zu sich genommen hatte. Als sie über ihre Lippen leckte, spürte sie, wie ausgetrocknet ihr Mund war.

Vom langen Hocken auf dem Boden tat ihr der Rücken weh. Sarah erhob sich ächzend, stemmte die Hände in die Hüften und bog ihren Körper durch. Dann lockerte sie Arme und Schultern. Als die Verspannungen nachließen, ging sie vorsichtig zur Ecke des Kartenhäuschens und lugte zur Straße.

Nichts zu sehen. Weder von Josh noch von sonst jemandem.

Sie fluchte stumm, entschied sich aber, weiter zu warten.

Um sich einen Überblick über das Gelände und mögliche Fluchtwege zu verschaffen, streifte sie durch die alten Attraktionen des Parks. Sie hielt sich dabei immer eng an den Hütten und Gebäuden. Breitere Wege oder offen daliegende Stellen überquerte sie erst, nachdem sie sich versichert hatte, dass niemand zu sehen war. Dann rannte sie, so schnell sie konnte, bis zum nächsten Schatten.

So bewegte sie sich vorsichtig durch den Vergnügungspark und bestaunte die unterschiedlichen Fahrgeschäfte und Spielbuden. Schließlich erreichte sie das Riesenrad. Wie ein stummer, mächtiger Zeuge aus einer vergangenen Zeit erhob es sich vor ihr in den Himmel und blickte erhaben über das Land.

Sarah musste den Kopf weit in den Nacken legen und ihre Augen gegen die Sonne abschirmen, um die obersten Kabinen auszumachen. Von dort musste man einen fantastischen Ausblick haben, aber auch hier hatte längst der Verfall das Kommando übernommen.

Warum war ich noch nie hier, obwohl der Park so eine große Bedeutung für meine Familie hat?

So oft war Sarah an diesem Park schon vorbeigefahren und hatte ihm doch nie Beachtung geschenkt. Sie betrachtete noch eine Weile die Konstruktion dieses Metallungetüms, dann wandte sie sich ab und überlegte, wie sie es anstellen konnte, an etwas Trinkbares zu kommen.

Plötzlich hörte sie ein Rascheln ganz in ihrer Nähe. Sarah wirbelte herum, bereit, jederzeit zu flüchten, aber es war niemand mit einer Waffe in der Hand und auch nicht die Polizei.

Vor ihr stand Josh. Seine grünen Augen schienen zu leuchten, als er sie anblickte. Für einen Moment fragte sie sich, ob er sie verraten und in eine Falle gelockt hatte. Vielleicht lauerten irgendwo schon die Jäger und er hatte sie zu ihrem Opfer geführt. Vielleicht war alles schon beschlossene Sache und gleich würde eine Kugel ihr Leben auslöschen.

Noch während ihr diese Gedanken durch den Kopf schossen, trat er einen Schritt vor und öffnete seine Arme.

Irgendetwas löste diese Geste bei ihr aus. Irgendetwas in ihr löste sich, und ohne zu zögern, sackte Sarah in seine Umarmung. Dann presste sie ihr Gesicht gegen seine Brust. Und weinte.

Er sprach kein Wort, hielt sie einfach nur fest. Sarah nahm den Duft seiner Haut wahr, die angenehm herb und gleichzeitig nach Seife roch. Warum auch immer, aber dieser Duft beruhigte sie. Gab ihr Hoffnung. Josh würde wissen, was zu tun war.

Nur widerwillig löste sie sich von ihm und auch er ließ seine Hände auf ihren Schultern liegen, so als wolle er sie nicht loslassen.

»Tut mir leid«, sagte Sarah leise und wischte sich die Tränen aus dem Gesicht.

Josh schüttelte sanft den Kopf. »Wie geht es dir?«

»Ich ... ich weiß nicht. Ich habe nicht die geringste Ahnung, wie das alles passieren konnte.« Sie trat einen Schritt zurück und blickte ihn an. »Wie hast du es überhaupt geschafft hierherzukommen? Ich hätte schwören können, dass sie dich verhaften oder in eine Klinik bringen.«

Ein schiefes Lächeln trat auf Joshs Gesicht. »Hatten sie auch vor, aber ich bin getürmt. Aus dem Krankenwagen gesprungen, als er an einer Kreuzung gehalten hat.«

»Dann wirst du jetzt also auch gesucht«, stellte Sarah fest.

»Ja, aber im Gegensatz zu dir wissen sie nicht, mit wem sie es zu tun haben. Ich hatte keinen Ausweis dabei und habe ihnen einen falschen Namen und eine falsche Adresse genannt. Bis die herausfinden, wer ich wirklich bin, ist das alles hoffentlich schon vorüber.«

Ein leiser Hoffnungsschimmer machte sich in ihr breit. »Glaubst du das wirklich?«

»Ja«, antwortete Josh ihr, ohne zu zögern.

Sarah schluckte. »Man hält mich für eine Mörderin. John Hancock hat ein Kopfgeld auf mich ausgesetzt.« Diese Worte laut auszusprechen, machte ihr bewusst, dass das hier kein Albtraum war, aus dem sie einfach so erwachen würde. Es war die nackte Realität.

Josh nickte. »Ich habe das Interview im Radio gehört, als sie mich in die Klinik bringen wollten.«

»Ich bin keine Mörderin, ich habe niemanden getötet, Josh«, sagte Sarah eindringlich. »Das musst du mir glauben.«

»Ich weiß.«

»Dann glaubst du an meine Unschuld?«

»Ich habe keinen Zweifel daran.«

»Warum nicht?« Sarah suchte seinen Blick, doch Josh wich ihr aus. Plötzlich wurde sie von einem heftigen Misstrauen erfasst. »Du hast die Bilder im Fernsehen doch gesehen, oder?«

»Ja, sie waren sehr eindringlich.«

»Was soll das alles? Was ist hier los?«, brach es aus ihr heraus. »Warum soll ich dir vertrauen? Und warum hast du dich auf das Dach gestellt? Was willst du von mir?«

Josh versuchte, nach ihrer Hand zu greifen, doch Sarah entzog sie ihm. Was, wenn das alles ein abgekartetes Spiel war?

»Hör mir zu, Sarah«, sagte Josh ruhig. »Das Fernsehen war die einzige Möglichkeit, mit dir Kontakt aufzunehmen. Ich weiß nicht, wo du wohnst, und ich kenne auch niemanden, der mir deine Adresse hätte geben können. Mir fiel keine andere Möglichkeit ein, mit dir in Kontakt zu treten, daher dieser etwas dramatische Weg. Ich wusste, früher oder später würdest du mich entdecken.«

»Josh, was willst du von mir?«, wiederholte Sarah ihre Frage.

»Ich möchte dir helfen.«

»Helfen? Wie denn? Was kannst du schon tun? Ich stecke in einer völlig aussichtslosen Situa...«

»An was kannst du dich erinnern?«, unterbrach er sie.

»Ich ... ich bin heute Morgen ...«

»Nein, gestern Abend«, fiel er ihr erneut ins Wort. »Wo warst du gestern Abend?«

»Im Harbour Café«, antwortete sie unwillig. »Du warst ebenfalls dort.«

Josh überhörte ihren harten Tonfall. »Und danach? Was war danach?«

»Das weiß ich nicht mehr ... ich bin aufgewacht und alles war anders als zuvor.«

»Auf der Aufnahme der Überwachungskameras ist eine Person zu sehen, die auf die Schüler der West Harbour High schießt. Sie trägt die gleiche Kleidung wie du gestern. Und dann diese Handyaufnahme, wie du dir die Maske vom Kopf reißt und sagst, alle müssen sterben.«

»Das ... das war doch nur Theater«, stammelte sie. »Oh mein Gott!«

»So sieht es aber für die anderen nicht aus.« Josh machte einen Schritt auf sie zu. »Sarah, du musst sofort etwas unternehmen.«

»Okay, dann bleibt mir wohl nichts anderes übrig«, murmelte sie. »Ich gehe zur Polizei und versuche, sie von meiner Unschuld zu überzeugen.«

Josh schüttelte den Kopf. »Und was willst du denen sagen? Dass das nicht du auf den Aufnahmen bist? Du bist es aber. Sie werden dich lynchen, bevor du auch nur den Mund aufmachst! Eines der Opfer war der elf Jahre alte Sohn des Sheriffs. Der wird persönlich das Seil knüpfen, an dem sie dich aufhängen.« Josh machte eine kurze Pause. »Aber das ist nicht das Schlimmste.«

»Was denn noch?«, schrie Sarah gequält auf. »Was kann es denn noch Schlimmeres geben als die zehn Millionen Dollar, die Hancock auf meinen Kopf ausgesetzt hat?« Sie schlug die Hände vors Gesicht, aber Josh zog sie wieder weg. Er sah ihr direkt in die Augen.

»Da ist noch etwas anderes ...« Er zögerte, dann sprach er leise weiter. »Du bist nicht mehr in deiner Realität, Sarah. Gestern Abend ist etwas geschehen, das für dich alles verändert hat.«

Sarah war fassungslos. Sie versuchte ein Lachen, aber es erstarb kläglich auf ihren Lippen. Eine heftige Unruhe hatte sie erfasst, brachte ihr Innerstes zum Vibrieren.

»Was meinst du damit, es ist nicht meine Realität? Wo bin ich denn dann?«

Josh schürzte die Lippen. Er war ihr so nah, dass sie einen einzelnen Schweißtropfen sehen konnte, der seine Schläfe hinablief. Irgendwie half ihr diese winzige Beobachtung, nicht vollkommen auszuflippen. Der Schweißtropfen rann über die Wange, suchte sich einen Weg den Hals herunter und verschwand im Kragen seines Shirts. Sarah blickte wieder auf, als Josh sich räusperte.

»Auch wenn du mich für verrückt erklärst – das, was ich

dir jetzt sage, ist die Wahrheit. Normalerweise leben wir in unserer Welt, unserer Realität, aber es kann passieren, dass man seine Realität verlässt, aus ihr herausfällt und in eine neue wechselt.«

Sarah starrte ihn mit offenem Mund an. War das sein Ernst? Sie verstand kein Wort von dem, was er da sagte. Nahm Josh etwa doch Drogen?

»Die Wissenschaftler glauben, dass es unzählige Realitäten gibt, die wie an einer Perlenkette aufgereiht sind und sich an manchen Stellen berühren. Diese Schnittstellen bilden dann Tore, durch die ...«

»Josh ...«

»Lass mich ausreden.« Er fasste nach ihrer Hand, nahm sie in seine und Sarah spürte ein leichtes Kribbeln, so als berühre sie ein schwaches Stromnetz. »Es müssen sehr viele Dinge zusammenkommen, damit man durch eins dieser Tore in eine andere Realität wechseln kann. Mathematisch ist der Prozentsatz an Menschen, denen das passiert, kaum zu erfassen.«

Tore? Andere Realitäten? Was redete Josh da nur? »Und das weißt du alles woher?«

»Ich habe praktisch alles, was es an Literatur und wissenschaftlichen Artikeln über die Multiversen-Theorie gibt, gelesen.«

»Multiversen, aha. Und du hast alles darüber gelesen.« Sarah unterdrückte den Drang, in schallendes Gelächter auszubrechen.

»Ja.«

»Und ich soll dir glauben, bloß weil du etwas gelesen hast?«

Josh schaute sie unverwandt an. Sein Blick wirkte besorgt. Besorgt und ... ehrlich. »Da ist noch etwas, was du wissen solltest.«

»Was?«, fragte sie mit einem mulmigen Gefühl.

»Ich ... ich stamme nicht aus deiner Realität.«

12.

Sarah hielt den Atem an. Das, was sie da hörte, was er da sagte, war unfassbar. Ihr gesunder Menschenverstand weigerte sich schlicht, ihm zu glauben. Nein, es konnte nicht sein. Josh hatte sich da in etwas verrannt. Sicher, er schien davon überzeugt, und sie bezweifelte auch nicht, dass es diese Theorie gab. Aber trotzdem – es *konnte* nicht sein. Es widersprach allem, woran sie glaubte.

Ich soll mich in einer anderen Realität befinden? Nicht mehr in meiner Wirklichkeit sein? Nein, nein und nochmals nein!

Sarah schluckte und spürte einen dicken Kloß in ihrem Hals. Wie gern sie jetzt bei ihren Eltern wäre. Selbst Ben fehlte ihr!

Ich würde alles dafür geben, den Tag noch mal zurückspulen zu können. Dann würde ich morgens einfach aufstehen und Randy Brandsoms Stimme hören. Würde zur Schule gehen und danach mit Lona abhängen. Wir würden uns die Sonne ins Gesicht scheinen lassen und ich würde mir endlose Geschichten über Michael Bloom anhören …

Sarah wurde schlagartig bewusst, dass sie all diesen Kleinigkeiten nie besondere Bedeutung beigemessen hatte. *Und jetzt, wo mein Leben ein einziges Chaos ist, wünsche ich mir nichts mehr, als die Spülmaschine auszuräumen.*

Sie gab ein leises Schnauben von sich.

»Ich weiß, dass das schwer zu akzeptieren ist«, sagte Josh und riss sie aus ihren Gedanken. »Ich selbst habe Wochen dazu gebraucht und ein Teil von mir will es immer noch nicht glauben. Aber diese Zeit hast du nicht. Haben *wir* nicht.«

Er hat »wir« gesagt, registrierte Sarah und verspürte so etwas wie Zuversicht. *Er wird mich nicht im Stich lassen!*

»Hör mir jetzt gut zu. Es gibt keinen Weg zurück in dein altes Leben, Sarah. Aber du kannst trotzdem etwas ändern. Dazu musst du den Ort aufsuchen, an dem der Wechsel, der Übergang in eine andere Realität stattgefunden hat. Es geht darum, das auslösende Detail zu finden, die unwahrscheinliche Kleinigkeit, die alles in Gang gesetzt hat«, erklärte Josh ihr mit ernster Miene. »Es ist die einzige Chance, eine Realität zu finden, in der du nicht als Amokläuferin gejagt wirst.«

»Ich ... ich verstehe das nicht«, sagte Sarah verwirrt. Ihr Verstand sträubte sich noch immer, Joshs Worten Glauben zu schenken. Andererseits ... das Ganze wäre zumindest eine mögliche Erklärung für das, was hier gerade mit ihr passierte. Sie räusperte sich. »Und wie soll das gehen?«

»Es ist kompliziert und ich kenne nicht jedes Detail, aber die Wissenschaftler gehen davon aus, dass Realitäten durch uns erschaffen werden. Diese Realitäten sind sich ähnlich, aber niemals gleich. Deshalb ...«

Sarah hob die Hand. »Stopp! Ich verstehe kein Wort.«

Josh warf ihr ein entschuldigendes Lächeln zu. »Okay. Ich

versuche, es dir anders zu erklären. Also, eigentlich war es schon immer so, dass man durch die eigenen Entscheidungen seine Wirklichkeit verändert.« Er schaute ihr direkt in die Augen. »Nimm uns beide als Beispiel. In diesem Moment. Wenn du mir glaubst, wirst du eine andere Entscheidung treffen, als wenn du beschließt, mir nicht zu glauben. Zwei mögliche Ereignisketten, von denen eine Realität wird, je nachdem, was du tust. Du erschaffst also durch deine Entscheidung eine neue Wirklichkeit, aber wie gesagt, es geht noch viel weiter. Die neusten Forschungsergebnisse geben Grund zu der Vermutung, dass es unzählige Realitäten gibt, die sogar nebeneinander existieren. Und manchmal geschieht es eben, dass man von der einen Realität in eine andere fällt.«

»Wenn das stimmt, was du sagst«, sagte Sarah und schob mit ihrer Schuhspitze eine verrostete Schraube hin und her, »was ist dann mit der alten Realität? Verschwindet sie? Löst sie sich auf?«

»Das weiß ich nicht. Man kann ja nicht zurückschauen. Es ist so wie mit dem Licht im Kühlschrank«, erklärte er. »Wenn man die Tür schließt, sieht man nicht, ob das Licht ausgeht. Es heißt, das Licht geht aus, aber kontrollieren kann man es nicht.«

»Das bedeutet also, ich kann nicht mehr in meine ursprüngliche Realität zurückkehren.« Gott, was rede ich da nur?, dachte Sarah verzweifelt. Aber Josh schaute sie noch immer ruhig und aufmerksam mit seinen grünen Augen an. »Was ist mit den Menschen, die man zurücklässt? Existieren sie weiter oder verschwinden sie einfach mit der alten Wirklichkeit?«

Josh zuckte mit den Schultern, sagte aber nichts.

»Und du? Wir sind uns erst vor Kurzem begegnet und du sagst, du stammst aus einer anderen Realität.«

»Ja, unsere Wege haben sich vor Kurzem gekreuzt.«

»Dann gab es mich früher in deinen ... anderen Wirklichkeiten also nicht?«, fragte Sarah und kickte die Schraube beiseite.

»Weiß ich nicht, wir sind uns ja davor nie begegnet«, erwiderte Josh. »Aber die Möglichkeit besteht.«

Ein Gedanke blitzte in ihr auf. So wie Josh darüber sprach, schien das mit dem Weltenwechsel bei ihm kein Zufall zu sein. Es klang fast so, als gäbe es für ihn einen Weg, den Vorgang zu steuern. Sie musste ihn unbedingt fragen, ob es so war. »Heißt das, du kannst bewusst von Welt zu Welt gelangen ...?«

Josh schwieg lange, dann antwortete er flüsternd: »Ja, indem ich von einer verdammten Brücke springe.«

Sarah warf ihm einen verwirrten Blick zu. »Was? Wie meinst du das?«

»So, wie ich es sage.« Seine Stimme klang plötzlich hart.

»Aber ich verstehe es trotzdem nicht. Warum springst du von einer Brücke? Was soll sich dadurch ändern? Warum wechselst du die Realität und bleibst nicht einfach da, wo du bist? Wonach suchst du?«

Er sah sie ruhig an. »Dafür ist jetzt keine Zeit. Wichtig ist nur, dass du weißt, dass ich die Realitäten wechseln und diesen Wechsel bewusst herbeiführen kann.«

»Aber in meinem Fall, gestern im Café, hast du es nicht absichtlich getan«, hakte Sarah nach.

»Nein, du hast mich beim Wechsel berührt und mit in deine Wirklichkeit gezogen.«

Ich bekomme noch Kopfschmerzen, wenn ich weiter darü-

ber nachdenke. Aber ich muss unbedingt verstehen, was hier mit mir geschieht.

»Was ist mit meinen Eltern?«, wollte Sarah wissen. »Meinem Bruder, meinen Freunden, mit allem, was ich kenne?«

»Du wirst vieles davon in anderen Realitäten wiederfinden«, sagte Josh kryptisch.

»Erklär mir genau, was du damit meinst«, verlangte sie.

»Wir haben keine Zeit mehr, Sarah! Wir sollten überlegen, wie ...«

»Nein«, unterbrach Sarah ihn. »Bevor du mir nicht all meine Fragen beantwortet hast, werde ich gar nichts tun.« Demonstrativ verschränkte sie die Arme vor der Brust.

»Okay, okay«, seufzte Josh schließlich ergeben. Die Sonne brannte inzwischen erbarmungslos vom Himmel und Sarah folgte Josh in den Schatten des Kartenhäuschens. Dort setzte sie sich auf den Boden und schaute Josh auffordernd in die Augen.

»Sarah Layken«, stöhnte der. »Du bist gerade die meistgesuchte Frau Amerikas. Aber gut, ich werde versuchen, es dir zu erklären.« Sarah konnte hören, dass ein Lächeln in seiner Stimme mitschwang.

»Also«, sagte er, nachdem er sich neben sie auf den Boden gesetzt hatte, »es kann sein, dass in der jeweiligen Realität eine längere Zeit zwischen dem Wechsel und dem Erwachen vergangen ist. Nehmen wir mal an, in der einen Welt war Samstag gewesen, dann ist es möglich, dass du an einem Montag erwachst oder eine Woche später – oder auch einen Monat.«

»Können auch Jahre dazwischenliegen?«

»Nein, das glaube ich nicht, denn dann würden sich die Realitäten nicht mehr in den wichtigen Komponenten ähneln«, sagte Josh und streckte ächzend die Beine von sich. »Zumindest habe ich das bisher noch nie erlebt. Du wirst immer du sein, ungefähr gleich alt. Deine Mutter und dein Vater bleiben deine Eltern, auch wenn sie sich äußerlich vielleicht ein wenig verändert haben. Hast du Geschwister?«

Sarah nickte. »Einen kleinen Bruder.«

»Er wird dein einziger Bruder bleiben, es kommen keine neuen Familienmitglieder hinzu.«

»Aber wo liegen denn dann die Unterschiede?«

Josh ließ seinen Rücken schwer gegen die Bretter des Kassenhäuschens sinken. »In den Details. In einer Realität hat dein Vater studiert und ist Manager geworden, in einer anderen hat er sich gegen ein Studium entschieden und jobbt auf dem Bau. Vielleicht hat er keine Haare mehr, vielleicht ist er dick geworden oder sein ganzer Körper besteht nur aus Muskeln. Deine Mutter kann Hausfrau sein oder Ärztin, je nachdem, welche Entscheidung sie für ihr Leben getroffen hat, aber sie wird immer mit deinem Vater zwei Kinder haben. Bei alldem wirst du dich kaum verändern. Du wirst bleiben, wie du bist, denn du nimmst dich immer in die nächste Welt mit. Wenn man dir in einer Welt die Mandeln oder den Blinddarm rausnimmt, dann sind sie auch in allen anderen Welten weg. Narben bleiben Narben, deine braunen Augen werden immer braun sein, aber alles andere kann sich verändern.«

Sarah saugte jedes Wort in sich auf. Auch wenn sie das Ganze immer noch völlig verrückt fand – wenn stimmte, was Josh ihr erzählte, dann gäbe es für sie eine Möglichkeit, diesem ganzen Albtraum hier zu entfliehen. »Das ... das klingt ziemlich krass.«

»Ist es auch. Und je weiter du dich von deiner ursprünglichen Welt entfernst, desto mehr Verzweigungen und neue Wege ergeben sich, soll heißen, die Veränderungen können größer werden. Aber es wird nie so sein, dass sich alles ändert.«

»Wie ist das mit dir? Du sagst, du weißt nicht, ob es mich in deiner früheren Welt gab. Bedeutet das, es gibt Realitäten für mich, in denen du gar nicht existierst?«

»Ja, denn ich bin kein fester Bestandteil deiner Wirklichkeit, deiner Ereigniskette«, sagte Josh und Sarah hatte das Gefühl, als würde seine Stimme plötzlich ein bisschen heiser klingen. »Wir begegnen uns oder auch nicht. Und auch wenn wir uns treffen, heißt das noch lange nicht, dass ich dich erkenne, denn vielleicht sind wir uns in dieser neuen Welt nie zuvor begegnet.«

Sarah schwirrte der Kopf. »Das verstehe ich nicht.«

»Stell dir vor, all diese Realitäten sind Seifenblasen, die frei herumschweben«, erklärte er ihr und malte mit seinen Zeigefingern kleine Kringel in die Luft. »Wenn sich zwei berühren, gibt es eine Verbindung und ein Wechsel kann stattfinden. Die eine Realität kann in der anderen aufgehen, aber viel wahrscheinlicher ist, dass sich die Realitäten wieder voneinander lösen und die Seifenblasen neue Verbindungen eingehen.«

»Okay, okay. Du und ich sitzen also in einer gigantischen Seifenblase, aber wir sind doch immer noch wir selbst.«

Josh machte eine vage Handbewegung. »In dieser Seifenblase ja, aber wie gesagt, es gibt unzählige davon. In manchen findet dieses Gespräch statt, in anderen sind wir einander völlig fremd.«

»Kann ich sterben?«, fragte sie.

Josh drehte seinen Kopf und sah sie ernst an. »Ja, wir alle

können und werden sterben und auch das Altern wird dadurch nicht aufgehalten.«

»Und du? Kommst du damit klar? Damit, dass sich alles verändert, meine ich.«

Josh zögerte einen Moment und Sarah hatte das Gefühl, dass es hier um das Geheimnis ging, das Josh so gut hütete. Das Geheimnis, das ihn mit jener geheimnisvollen Aura umgab, die ihn in den Augen ihrer Mitschüler so attraktiv erscheinen ließ ...

»Nicht wirklich«, sagte er leise. »Aber alles ist besser als das, was ich hinter mir gelassen habe.«

Sarah überlegte, ihn zu fragen, was mit ihm passiert war, doch als sie seine verschlossene Miene sah, ließ sie es.

Josh räusperte sich. »Okay, Schluss jetzt mit der Fragestunde! Wir müssen besprechen, wie es weitergeht. Eigentlich haben wir nur eine Chance: Du musst erneut ins Harbour Café, und zwar zur exakt gleichen Uhrzeit. Dort musst du versuchen, alles noch mal so nachzuspielen, wie es gestern Abend passiert ist. Irgendetwas ist geschehen, das alles ausgelöst hat. Eine winzige Kleinigkeit vielleicht, die der ausschlaggebende Faktor war.«

»Und was könnte das sein?«

»Alles«, meinte Josh schulterzuckend.

Sarah spürte, wie Nervosität in ihr aufstieg. »Aber worauf muss ich achten?«

Als Josh die Beunruhigung in ihrer Stimme hörte, sah er sie eindringlich an. »Sag mir, was du gefühlt hast, als es passiert ist.«

Sarah dachte nach. Sie versuchte, sich das Geschehen in Erinnerung zu rufen. Da war Patrick gewesen, der Kellner, sie hatten ihre Bestellung aufgegeben. Patrick hatte sie vollgequatscht und versucht, ihre Hand zu halten. Sie war aufgesprungen, dann kam der Schwindel ... halt. Davor! Ja, sie hatte ein Vibrieren gespürt, so als habe ein leichtes Beben sie erfasst. Aufgeregt erzählte sie Josh davon.

»So war es bei mir auch, beziehungsweise ist es jedes Mal so«, sagte er. »Dieses Beben kündigt ein Öffnen der Welten an. Danach fällt man und erwacht am nächsten Morgen an einem bestimmten Ort, der übrigens immer gleich ist. Die Frage ist, welches Detail das alles verursacht hat.«

»Ich weiß es nicht«, seufzte Sarah verzweifelt. »So viele Dinge sind gleichzeitig geschehen.«

»Okay, was auch immer es war, wir werden es herausfinden, indem du die Situation noch einmal durchlebst«, sagte Josh mit entschlossener Stimme.

»Und wie soll das gehen? Ich kann doch nicht einfach ins Café marschieren und mich mit Patrick treffen«, rief Sarah aus und sprang auf die Füße. Die ganze Ausweglosigkeit ihrer Situation wurde ihr wieder schmerzhaft bewusst. »Die Polizei sucht nach mir, hast du das schon vergessen? Und nicht nur die Polizei, jeder gottverdammte Waffenbesitzer dieser Stadt! Jeder in West Harbour – wahrscheinlich im ganzen Land – weiß, wie ich aussehe. Ich komme nicht einmal auf eine Meile an das Café heran!«

Josh stand wortlos auf und schnappte sich die Plastiktüte, die er neben dem Kassenhäuschen abgestellt hatte. »Ich habe ein paar Sachen besorgt, damit du dein Aussehen verändern kannst«, sagte er und hielt ihr die Tüte entgegen. »Eine Perücke, Schminkzeug, eine große Sonnenbrille und andere Klamotten. Du wirst nicht wiederzuerkennen sein. Außerdem rechnet niemand damit, dass du dich an einen öffentlichen Ort begibst. Alle denken, du versteckst dich irgendwo oder versuchst, die Stadt zu verlassen. Die Menschen sehen immer nur das, was sie erwarten zu sehen. Es wird funktionieren, vertrau mir!«

Sarah schaute ihn ungläubig an. »Woher hast du das alles?«

»Ich war einkaufen«, sagte Josh, als wäre es das Normalste der Welt. »Deswegen hat es auch so lange gedauert, bis ich hier aufgetaucht bin.« Er öffnete die Einkaufstüte und ließ sie hineinblicken.

»Das glaube ich einfach nicht«, murmelte Sarah.

Er grinste. »Blond wird dir stehen.«

»Blond?«

Josh nickte.

»Verkleidung hin oder her«, sagte Sarah und zog eine riesige Sonnenbrille aus der Tüte, »wenn ich es wirklich riskiere, muss Patrick auch mitmachen. Er war Teil der Situation.«

Plötzlich wirkte Josh nachdenklich. »Meinst du, du kannst ihm vertrauen?«

»Ja«, sagte Sarah, ohne zu zögern.

»Dann bitte ihn zu kommen.«

»Wie denn? Ich habe mein Handy nicht dabei.«

Josh winkte ab. »Das würde dir eh nicht viel nutzen. Höchstwahrscheinlich würde es in dieser Realität nicht funktionieren, weil du hier keinen Vertrag mit einem Anbieter hast.«

Sarah sah ihn mit großen Augen an. »Echt jetzt?«

Josh nickte nur.

»Und was soll ich dann machen?«

»Ruf ihn von einer Telefonzelle aus an, das ist sowieso sicherer – dein Handy können sie orten. Die Nummer bekommst du über die Auskunft. Hast du Kleingeld?«

Sarah holte ihr Portemonnaie hervor und brachte siebzehn Dollar zum Vorschein, davon zwei Dollar in Münzen.

»Gut.« Josh nickte zufrieden.

Sarah schnappte sich die Tüte und begann erneut, darin zu wühlen. »Sag mal, hast du zufällig etwas zu trinken dabei? Ich bin vollkommen verdurstet.«

Er lächelte. »Zwei Flaschen Mineralwasser und ein paar Sandwiches.«

Sarah stieß einen Freudenschrei aus. »Danke. Danke, dass du daran gedacht hast.«

»Ich hole das Zeug kurz aus dem Auto, versteck dich solange.«

»Du hast ein Auto?«, fragte sie verwundert. »Aber damals auf der Brücke ...«

»Ich habe eines besorgt.«

Sarah riss die Augen auf. »Du hast es gestohlen?«

»Nein, geliehen. Ich will es ja nicht behalten oder verkaufen.«

»Aber das ist ...«

»Ja, ist es«, unterbrach Josh sie ungeduldig, »aber wir haben jetzt wirklich andere Sorgen. Normalerweise fahre ich mit dem Auto meiner Tante, aber ich konnte nicht nach Hause. Das hätte zu lange gedauert und wäre gefährlicher gewesen, als einen Wagen zu stehlen. Vielleicht haben die Cops durch Zufall doch herausgefunden, wer ich bin – das konnte ich nicht riskieren.«

Sarah sah ihn an. »Warum bist du in dieser Welt geblieben? In ... meiner Realität ...?«, fragte sie ihn leise.

Josh senkte den Kopf.

»Was ist hier anders?«

Er schwieg.

Es ist wegen mir.

Sarahs Herz machte einen Sprung. Sie schaute Josh an, versuchte, seinen Blick einzufangen, aber er wandte sich ab.

»Gibt es einen Grund, warum du die Realität immer wieder wechselst?«

»Ja.«

Sarah biss sich auf die spröden Lippen. Sie musste es einfach wissen. Auch wenn sie wahrscheinlich keine Antwort bekommen würde, sie musste ihn danach fragen. »Was ist passiert, Josh?«

Zu ihrer großen Überraschung antwortete er ihr.

»In meiner Welt ist etwas geschehen, an dem ich die Schuld trage. Etwas Schlimmes. Nun versuche ich, eine Realität zu finden, in der alles in Ordnung ist.«

»Hat ... hat es mit deinen Eltern zu tun?«

»Nein, die sind schon lange tot. Seit ich dreizehn bin, lebe ich bei einer Tante, der Schwester meiner Mutter. Wir kommen nicht besonders gut miteinander aus. Sie ist Single und denkt, dass die Männer vor ihr zurückschrecken, wenn sie erfahren, dass sie einen fast erwachsenen Pflegesohn hat, der die meisten ihrer Verehrer auch noch um einen Kopf überragt.«

Sarah schluckte. »Das ist traurig.«

»Nein, ist es nicht. Was dir geschehen ist, das ist traurig. Die Sache mit meiner Tante erledigt sich mit der Zeit von selbst.«

»Weil du älter wirst.«

»Ja.«

Plötzlich war es wieder da. Dieses Grinsen, bei dem Grübchen um die Mundwinkel auftauchten.

»Warum erzählst du mir nicht einfach, was mit dir los ist?«, fragte sie, während ihr das Herz bis zum Hals schlug.

»Sarah, das tue ich. Wirklich, ich verspreche es dir. Aber das hier sind nicht der richtige Ort und nicht der richtige Zeitpunkt dafür.«

Sie zuckte zusammen, als sie den Schmerz in seiner Stimme hörte. In ihr erwachte die Sehnsucht, diesen Schmerz zu teilen, ihn in die Arme zu nehmen und festzuhalten.

Oh mein Gott, Josh Stiller, ich würde dich so gern küssen.

Der Gedanke blitzte auf und Sarah wollte ihn schon zurückdrängen, dann wurde ihr klar, dass sie in der Situation, in der sie sich befand, nichts zu verlieren hatte.

Sie blickte in seine grünen Augen. Dann auf seinen Mund. Seine Lippen waren unfassbar schön. Sarah wollte gerade die Augen schließen, als sie sein Zögern spürte.

»Ähm«, räusperte er sich. »Ich gehe dann mal zum Wagen und hole die Sachen.«

Mit diesen Worten wandte er sich um.

Sarah sah ihm nach, wie er mit gesenktem Kopf, die Hände in den Taschen vergraben, davonging.

Sie war traurig und fühlte sich verloren. Aber vor allem war sie enttäuscht.

13.

Was war das gerade?, fragte sich Josh stumm. Beinahe hättest du sie geküsst. Sarah ist vollkommen durcheinander und weiß nicht, was sie tun soll, da ist es doch klar, dass sie sich an dich klammert. Und was machst du?

Josh fluchte stumm. Verdammte Scheiße, er musste sich zusammenreißen. Später vielleicht, wenn das alles überstanden war, konnte er sich Hoffnungen machen, aber im Moment ging es nur darum, Sarah zu retten. Und dafür musste er einen klaren Kopf behalten!

Es geht um Leben und Tod, verdammt noch mal, schalt er sich. Und außerdem, wenn alles klappt, wird sie in einer Realität bleiben, während du von Welt zu Welt weiterziehst. Hättest du diesen einen Fehler nicht gemacht, in diesem einen Moment nicht die Konzentration verloren, dann wäre alles anders gekommen ...

Am liebsten hätte er geweint. Doch alle Tränen, die irgendwann einmal in ihm gewesen waren, waren längst vergossen.

Er dachte an Sarah, während er an den verfallenen Attraktionen vorbeiging, ohne sie weiter zu beachten. Seine

Boots wirbelten kleine Staubwolken auf, die wie Geister um seine Beine schwebten. Er wusste, dass er ihr die Wahrheit sagen musste, und verzweifelte an diesem Gedanken. Sie würde sich von ihm abwenden, so wie es alle anderen getan hatten.

Aber anders hatte er es auch nicht verdient.

Josh erreichte den Zaun, schaute sich kurz um und schlüpfte dann durch den Maschendraht. Das gestohlene Auto parkte hinter einer alten, geschlossenen Fischfabrik ein Stück die Straße hinunter. Während er die staubige Zufahrt entlangeilte, sondierte er die Umgebung.

Nichts.

Weit und breit niemand zu sehen. Die Gegend lag vergessen in der Sonne und brütete vor sich hin.

Als er das Auto erreichte, schickte er ein stummes Gebet zum Himmel, dass die Thunfischsandwiches nicht völlig zermatscht waren und das Wasser nicht in den Flaschen kochte, aber alles war okay. Er hatte die Tasche unter das Armaturenbrett gestellt, dort wo die Sonne nicht hinkam, und auf der Herfahrt die Klimaanlage voll aufgedreht, sodass es im Wageninneren immer noch ein wenig kühl war, als er die Beifahrertür öffnete. Er fasste nach der Tasche und machte sich auf den Rückweg.

Als er in den Park zurückkam, war von Sarah nichts zu sehen. Er pfiff leise und Sarah tauchte hinter einer der Holzbuden auf. Josh reichte ihr die Wasserflasche und sie trank hastig, danach stopfte sie beide Sandwiches in sich hinein, ohne einmal Luft zu holen. Als er ihr eine Serviette reichte, wischte sie sich die Krümel vom Mund.

»Danke«, sagte Sarah seufzend. »Das war bitter nötig.«

Er betrachtete sie. Sarah war einer der Menschen, denen niemals bewusst wurde, wie schön sie waren. Ihr langes dunkles Haar hatte die Farbe des Nachthimmels, aber es lag auch ein feiner Schimmer darin. In lang gezogenen Locken fiel es auf ihre Schultern herab, umspielte sanft ihr Gesicht. Ihre Augen waren von solch einem dunklen Braun, dass man die Pupillen kaum ausmachen konnte, und ihre vollen Lippen ließen Josh den unbändigen Drang verspüren, sie sofort küssen zu wollen.

Das alles war schön, aber was er einfach umwerfend fand, war ihr Lächeln. Es war dieses schüchterne Lächeln, das ihn auf der Brücke gefangen genommen hatte. Und nun stand er vor diesem Mädchen aus einer anderen Realität und fragte sich, ob es für sie beide vielleicht einen gemeinsamen Weg geben konnte.

»Woran denkst du?«, fragte sie ihn.

Er verzog die Lippen leicht und antwortete mit einer Lüge. »An nichts Bestimmtes.«

»Sah aber anders aus, du wirkst sehr nachdenklich.«

»Ich muss noch mal weg, bevor wir uns im Café treffen können.«

»Oh«, machte Sarah. »Du lässt mich allein.« Die Enttäuschung in ihrer Stimme war nicht zu überhören.

»Ich werde rechtzeitig dort sein«, versprach er ihr.

»Wohin gehst du?«

»Das kann …«

Sie winkte ab. »Ich weiß. Entschuldige, dass ich gefragt habe.«

»Ist schon okay.«

Sarah senkte den Blick. »Ohne dich fühle ich mich so … verloren«, murmelte sie.

Josh schwieg. Er wusste, wie sie sich fühlte, kannte dieses Gefühl sehr gut.

»Ich bin bald zurück.«

Hilflos sah Sarah sich um.

»Und was soll ich solange machen?«

Er dachte einen Moment lang nach. »Zieh dich um, setz die Perücke auf und schmink dich, dann such eine Telefonzelle und ruf Patrick an. Sag ihm aber nicht, wo du dich befindest, sondern nur, dass er pünktlich zum Café kommen soll. Erzähl ihm, was du willst, aber er muss da sein, sonst macht das alles keinen Sinn.«

Sarah spielte nervös an den Bändern ihrer Kapuze herum. »Und wenn er nicht kommt?«

»Dann müssen wir uns etwas anderes einfallen lassen.«

Selbst in seinen Ohren klang es kläglich, aber was sollte er sonst sagen? Dass es in dieser Realität keine Chance für Sarah gab? Dass sie früher oder später erschossen oder ins Gefängnis geworfen würde? Bestimmt nicht. Alles, was ihr blieb, war die Hoffnung und die durfte er ihr nicht nehmen.

»Ich habe Angst«, sagte sie kaum hörbar.

Einen Moment lang kämpfte Josh mit sich. Dann trat er einen Schritt vor, öffnete seine Arme und zog sie an sich. Sarah bewegte sich nicht in seiner Umarmung, weinte nicht. Stand einfach nur da und presste sich verzweifelt an ihn. Er löste sich verlegen von ihr.

»Ich muss los.«

Josh sah, wie sie schluckte.

»Okay.«

»Bis nachher.«

Sie nickte stumm.

Es zerriss ihm beinahe das Herz, als er sich umwandte und davonging. Er spürte, dass ihre verzweifelten Blicke ihm folgten, aber er hatte keine Wahl.

Er musste nach Newport.

14.

Als Josh die Main Street hinabfuhr und in die Straße nach Newport einbog, sah er die Polizeisperre schon von Weitem. Er kniff die Augen zusammen. Etwa dreihundert Meter entfernt blockierten zwei Polizeifahrzeuge die Straße in beide Richtungen. Auf der entgegenkommenden Spur rollten die Autos langsam, aber ungehindert dahin. Auf seiner Seite hingegen kontrollierten mehrere Beamte die Fahrzeuge, ließen die Leute aussteigen und durchsuchten jeden Kofferraum. Sie hatten Hunde dabei, die in der Hitze hechelnd und lauernd die Autos entlangliefen und an den Fahrzeugen schnupperten.

Josh ließ den Wagen ausrollen, bis er das Stauende erreicht hatte, und schaltete den Motor ab. Er war nicht wirklich beunruhigt. Das Fahrzeug war zwar gestohlen, aber er hatte es auf einem öffentlichen Parkplatz geknackt und mit hoher Wahrscheinlichkeit war der Diebstahl noch nicht bemerkt worden. Zudem hatte er die Nummernschilder ausgetauscht. Er hatte einfach ein Paar von einem anderen Fahrzeug abgeschraubt und an den gestohlenen Wagen montiert.

Die Polizei suchte nach einer Amokläuferin, einer kaltblütigen Mörderin, da würde niemand Zeit haben, sich um ein gestohlenes Fahrzeug zu kümmern.

Josh saß zehn Minuten unbeweglich da, bis ihn ein Beamter heranwinkte. Er startete den Wagen und rollte langsam an den angewiesenen Platz.

Der Polizist war ein Hüne von einem Mann, mit kurz geschorenen Haaren und einem kantigen Gesicht. Die Augen hinter einer spiegelnden Pilotenbrille verborgen, näherte er sich dem Fahrzeug. Mit zwei Meter Abstand blieb er stehen.

»Bitte schalten Sie den Motor ab.«

Josh tat es.

»Sind Sie allein in dem Fahrzeug?«

»Ja, Sir.« *Blöde Frage, das sieht er doch.*

»Bitte steigen Sie aus und öffnen Sie den Kofferraum.«

Josh stieg aus, ging nach hinten und schloss den Kofferraum auf. Der Polizist näherte sich langsam und Josh spürte, dass er nun doch etwas nervös wurde. Vor allem, als er sah, dass die Hand des Beamten die ganze Zeit über seinem Waffenhalfter schwebte. Er hielt die Luft an.

Was war, wenn er – ohne es zu wissen – etwas Illegales transportierte? Wer wusste schon, was die Leute so durch die Gegend karrten!

Dann war es so weit. Der Streifenbeamte blickte hinein und auch Josh sah zum ersten Mal den Inhalt des Kofferraums. Nichts Besonderes, ein paar leere Plastiktüten und ein Einkaufskorb.

Der Polizist trat zurück. »Sie können weiterfahren.«

Ohne Josh noch weiter zu beachten, wandte er sich an das nächste Fahrzeug in der Schlange und winkte es heran.

Josh atmete leise aus, stieg ein und fuhr mit dem Bewusstsein davon, dass es vielleicht besser gewesen wäre, vorher in den Kofferraum zu sehen.

Mit seiner Leichtsinnigkeit hatte er nicht nur sich, sondern auch Sarah gefährdet.

So etwas durfte ihm nicht noch einmal passieren.

Er ließ die Stadt hinter sich und fuhr mit konstanter Geschwindigkeit über die staubige Straße nach Newport. Von draußen drang drückende Hitze herein, aber Josh brauchte nach der Anspannung an der Straßensperre das Gefühl des Fahrtwindes. Er hatte das Fenster heruntergelassen und hielt sein Gesicht in den warmen Luftstrom. Es war nicht weit bis nach Newport, aber die Fahrt durch die einsame Landschaft tat ihm gut, beruhigte seine Nerven.

Das, was vor ihm lag, wühlte ihn jedes Mal bis ins Innerste auf. Er wusste, dass es eigentlich keine Hoffnung gab – und hoffte doch.

Hoffte, eine Realität zu finden, die ihm sein Leben wiedergab. So wie es einmal gewesen war. Nicht perfekt, aber mit Liebe, Freundschaft und Lachen darin. Nichts von alledem gab es in diesem Moment. Nur Sarah, der er helfen musste, damit sie die Chance auf *ihr* Leben bekam.

Er fuhr bis ans Ende der Stadt, bog links ab und hielt vor einer alten, efeuüberwucherten Steinmauer, an der er immer parkte.

Die Luft war hier anders, kühler. Er spürte es sofort.

Und es war still.

Unendlich still.

So als hätte das Universum für einen Moment den Atem angehalten.

Josh warf die Fahrzeugtür ins Schloss und das Geräusch zerstörte den Frieden des Augenblicks.

Gleich hinter dem schweren Eisentor begegnete er Mr Johansson, dem alten Friedhofsgärtner mit dem schwedischen Namen. Er hatte sich schon oft mit ihm unterhalten und wusste so einiges über ihn. In dieser Realität trug Mr Johansson einen weißen Wollbart, der ihm fast bis auf die Brust reichte. Seine ebenso weißen Haare steckten heute unter einer grünen Schirmmütze der New York Jets. Das war nicht immer so. Manchmal hatte er gar kein Cap auf, ein anderes Mal war es eins der Miami Dolphins oder der San Francisco 49er oder irgendeines anderen Footballteams der NFL. Anscheinend interessierte sich Mr Johansson nicht für Baseball. Einen Bart trug er auch nicht immer, aber in den meisten Realitäten war sein Gesicht von der Sonne braun gebrannt und von der Arbeit gezeichnet. Josh mochte den Mann.

»Guten Morgen, Sir«, sagte er freundlich.

Der Alte blickte von der Schaufel auf, die er in der Hand hielt. »Ach, du bist es, Josh.«

»Es ist so ein schöner Tag heute – was macht der Rücken?«

Der Friedhofsgärtner seufzte. »Plagt mich zurzeit, dabei sollte es bei der Wärme eigentlich besser sein.«

Josh wusste, dass sich der Alte mit einem schlecht ausgeheilten Bandscheibenvorfall herumquälte. In jeder Welt. Aber die Schmerzen waren unterschiedlich stark.

»Ich hoffe, das wird wieder.«

Die blauen Augen des Mannes blitzten. »Und wenn nicht, komme ich damit auch klar.«

Genau das sagte er immer. Josh hatte schon unzählige Realitäten durchwandert, aber am Ende ihres Gesprächs kam unweigerlich dieser Satz; er gehörte einfach zu Mr Johanssons Lebenseinstellung.

»Dann wünsche ich Ihnen einen schönen Tag.«

»Dir auch, Junge.«

Josh ging an dem Alten vorbei. Da sich Mr Johansson nicht über seinen Besuch gewundert hatte, wusste er bereits, was ihn erwartete. Sein Kopf sank herab, doch seine Füße fanden den Weg auch so, gingen über Kies und kurz gemähte Rasenflächen, bevor sie schließlich stehen blieben und ihn zwangen, den Blick anzuheben.

Vor ihm lag das Grab des Mädchens, in das er einmal verliebt gewesen war. Der schwarze Grabstein mit ihrem Namen schimmerte vorwurfsvoll im Schatten der mächtigen Eiche, die direkt daneben wuchs.

Lindsey Kramer
geb. 21.12.1996 – gest. 07.08.2013

Darunter stand nur ein einziges Wort:

Unvergessen.

Ja, das war sie – unvergessen. Es verging kein Tag, keine Stunde, kein Moment, in dem er nicht an sie dachte. An ihr Lächeln. An das Gefühl ihrer kühlen Lippen, wenn er sie küsste. An einen Tag voller Sonnenschein und Lachen. Dem Gefühl, für immer jung zu sein. Ein niemals enden wollendes Leben vor sich zu haben.

Doch es war anders gekommen.

15.

7. August 2013

Der Tag war gleißend hell gewesen, aber nun ging die Sonne langsam im Meer unter. Weiße, zerfledderte Wolken wirkten auf dem roten Himmel wie Pinselstriche, versprachen, dass es auch morgen heiß werden würde.

Josh lag neben Lindsey und sah sie an. Sie hatte sich ebenso wie er auf den Ellenbogen gestützt und erwiderte zärtlich seinen Blick. Ihre blauen Augen schimmerten im vergehenden Licht. Josh bemerkte, dass sich ein paar Sandkörner auf ihre linke Wange gestohlen hatten, aber das machte ihr Aussehen nur noch bezaubernder. Die vollen Lippen waren leicht geöffnet und schienen seinen Kuss zu erwarten. Josh genoss das Gefühl, begehrt zu werden.

Sechs Monate hatte es gedauert, bis Lindsey endlich bereit gewesen war, ihm eine Chance zu geben, und nun lag er hier neben ihr und fieberte dem ersten Kuss entgegen.

Er wusste, dass sie ihn wollte, und er wollte sie auch, aber nur wenige Meter entfernt tobten ihre gemeinsamen Freunde Steve und Henry in den Wellen herum. Ihnen blieb nicht viel Zeit. Nur dieser Moment. Nur dieser eine Kuss und Josh wollte ihn mit allen Sinnen genießen.

Sein Gesicht näherte sich langsam dem ihren und alles um ihn herum verschwand. Plötzlich war da nur noch ihr Mund mit diesen unfassbar schönen Lippen.

Als er sie mit seinen berührte, ihre salzige Kühle schmeckte, schien die Zeit stillzustehen. Ihre Zunge begann, zart mit seiner zu spielen, und aus dem Spiel wurde Leidenschaft. Seine Hände wanderten über ihren sonnenwarmen, schlanken Körper, während sie ihre Arme um seinen Nacken schlang und sich gegen ihn drängte.

Der Kuss kannte keinen Anfang und kein Ende. Er war vollkommen, aber irgendwann lösten sich ihre atemlosen Lippen voneinander, damit jeder in den Augen des anderen forschen konnte, ob er das Gleiche gefühlt hatte.

»Lindsey, du bist ...«, wollte er sagen, aber sie machte leise »Pssst« und legte ihren Zeigefinger auf seinen Mund. Dann zog sie ihn zu sich heran und küsste ihn noch einmal.

»Hey, hey, hey!«, erklang es plötzlich laut neben ihnen. Henry stand nass und tropfend im Sand und grinste auf sie herab. »Das ist echt unfair, Leute. Ich hab nur Steve zur Auswahl ...«

Neben ihm tauchte der Genannte auf und grinste breit. »Nicht mal für fünf Dollar, Alter!«

Josh musste lachen und auch Lindsey neben ihm grinste.

»Was, fünf Dollar? Ich sollte dir mehr wert sein«, entgegnete Henry entrüstet und fasste sich theatralisch an die Brust. »Was meinst du, Lindsey? Muss ich mich beleidigt fühlen?«

Lindsey sah Steve streng an. »An deiner Stelle würde ich mich ganz schnell entschuldigen, Stevie.«

Steves Grinsen wurde noch breiter. »Okay, Alter, verzeih mir. Lass es uns tun, Henry. Hier und jetzt, ein Kuss zwischen zwei Männern, der die Welt verändern wird. Ohne Zunge. Wer zuerst aufgibt, hat verloren.«

Henry starrte ihn unsicher an. »Im Ernst jetzt?«

Steve brüllte auf und schlug Henry auf die Schulter. »Mann, du hast doch nicht ernsthaft geglaubt, dass ich dich küssen würde, oder? Das war nur S-P-A-S-S.«

Henry griff kopfschüttelnd nach einem Handtuch und trocknete sich ab. »Sollen wir langsam aufbrechen? Schule schwänzen ist zwar ganz nett, aber morgen schreibe ich einen Mathetest, den ich nicht verhauen darf. Ich muss noch was lernen.«

»Streber«, meinte Steve trocken.

Josh wusste, dass Henry in Mathe auf der Kippe stand und sich eine schlechte Note nicht leisten konnte, daher stimmte er dem Aufbruch zu. Außerdem konnte er dann Lindsey nach Hause fahren. Wer weiß, was noch so passieren würde, wenn sie erst mal alleine waren ...

Glücklich erhob er sich, klopfte den Sand von seiner Jeans ab und reichte Lindsey eine Hand.

»Mylady.«

»Sir.«

»Darf ich Sie zum Wagen bitten?«

Sie saßen zu viert in Joshs altem Ford, der nur noch von Rost und Isolierband zusammengehalten wurde, und sangen laut einen Popsong mit, der aus dem voll aufgedrehten Radio dröhnte.

Henry und Steve hockten hinten, tranken Bier aus Dosen und grölten, was das Zeug hielt. Auf dem Beifahrersitz gab Lindsey sich alle Mühe, mit ihrer zarten Stimme dagegenzuhalten.

Josh versuchte, sich auf die Küstenstraße zu konzentrieren, die nach Newport führte, aber er wurde ständig von den anderen abgelenkt. Sein rechter Scheinwerfer war defekt und das Licht des linken Strahlers durchschnitt wie ein bleicher Zeigefinger die Nacht. Die Straße war kurvig und der Wind hatte Sand vom Strand hochgeweht. Immer wieder kam das Auto ins Rutschen, aber das war kein Problem für Josh, daran war er gewöhnt.

Lindsey saß neben ihm und er spürte ihre Nähe fast körperlich. Seine Haut kribbelte, sobald sie ihn wie zufällig berührte, und immer, wenn er zu ihr hinübersah, waren ihre Augen sehnsuchtsvoll auf ihn gerichtet. Josh dachte daran, dass er bald ihre Lippen wieder auf seinen spüren würde, und gab noch mehr Gas, obwohl er ohnehin schon ziemlich schnell fuhr.

Das Lied war zu Ende und Lindsey beugte sich zum Radio, um einen anderen Sender einzustellen. Ihre Blicke trafen sich und für einen winzigen Augenblick vergaß Josh, wo er war. Da waren nur noch diese Lippen und diese Augen, in denen er zu versinken drohte.

Plötzlich schrie Henry auf. Joshs Kopf ruckte nach vorn. Seine Hände umklammerten das Lenkrad, aber es war schon zu spät. Der Wagen war auf den Seitenstreifen geraten, dort wo der Wind den Sand zu kleinen Häufchen zusammengetragen hatte. Die Räder drehten durch und der Ford geriet ins Schlingern.

Josh versuchte sein Möglichstes, um das Fahrzeug wieder

unter Kontrolle zu bringen, aber es war zu spät. Das Auto schoss quer über die Fahrbahn, durchbrach die Leitplanke und geriet auf die Gegenspur.

Riesige weiße Lichter tauchten das Innere des Wagens in gleißende Helligkeit. Bremsen quietschten, dann kreischte Metall auf Metall, als der Lastwagen seine Frontseite mit voller Wucht in den Ford bohrte.

Das Auto wurde angehoben, zurück auf die Straße geschleudert und wirbelte wild um die eigene Achse. Alles geschah in wenigen Sekunden, aber für Josh verging eine Ewigkeit. Er hörte Henrys verzweifelte Schreie, Steve flüsterte etwas von »Gott«, er selbst war unfähig, auch nur einen Laut von sich zu geben. Das Entsetzen war zu groß. Lindsey neben ihm war ganz stumm. Sie schaute ihn an. Beim Zusammenprall mit dem Transporter musste sie sich den Kopf angeschlagen haben. Blut sickerte aus einer Platzwunde auf ihrer Stirn, lief über ihre schönen Augen, die in diesem Moment dennoch strahlten.

Dann prallte der Ford gegen die Felswand und alle Eindrücke wurden ausgelöscht.

Als er erwachte, wusste er nicht, wo er war und was geschehen war. Über ihm erstreckte sich eine weiß getünchte Zimmerdecke, und als er an sich herabsah, stellte er fest, dass er in einem Krankenhausbett lag. Er war allein. Angeschlossen an ein EKG, das leise piepend seinen Herzschlag und seinen Blutdruck aufzeichnete. In seiner linken Armbeuge steckte eine Kanüle, aus der unablässig eine klare Flüssigkeit in seine Adern tropfte.

Josh schloss die Augen und fühlte nach innen. Nein, er hatte keine Schmerzen. Dann bewegte er vorsichtig die Zehen an seinen Füßen. Es folgten die Beine, Arme und Finger.

Offenbar war er nicht allzu schwer verletzt, denn er konnte frei atmen und trug keinen Verband um den Kopf.

Er schien den Unfall ...

Die Erinnerung kam mit einer Wucht zurück, die ihn überwältigte. Bilder stürmten auf ihn ein. Er hörte Henrys verzweifelte Schreie, Steves leises Gebet und dann sah er Lindsey. So schön. Und er sah das Blut, das über ihre Augen lief.

»Nein!«, brüllte er auf.

Es konnte nicht sein. Es durfte nicht sein.

Bestimmt ging es ihr und den anderen gut. Na ja, vielleicht nicht gut, aber wenn *er* den Unfall überlebt hatte, hatten sie es bestimmt auch geschafft.

Die Sorge um seine Freunde und Lindsey ließ ihn erzittern. Er musste zu ihnen. Sofort. Sich davon überzeugen, dass sie noch am Leben waren. Er wollte Henrys schüchternes Lachen hören, mit Steve über das Universum philosophieren, aber vor allem wollte er Lindsey in die Arme nehmen. Er musste ihr sagen, wie leid ihm das alles tat.

Josh richtete sich ruckartig auf. Er wollte die Beine vom Bett schwingen, doch ein heißer Schmerz in seinem linken Arm ließ ihn zusammenzucken.

Die Kanüle.

Achtlos zog er sie heraus. Dann entfernte er den Fingersensor von seinem rechten Zeigefinger. Sofort begann der Überwachungsmonitor, hektisch zu piepen. Eine Warnlampe flackerte auf. Aber Josh kümmerte sich nicht darum.

Als er schwankend auf den Füßen stand, schwang die Zimmertür auf. Eine Krankenschwester und ein Mann in weißem Kittel, offensichtlich ein Arzt, stürmten in den Raum.

»Was tun Sie da?«, rief die Schwester entsetzt. Josh schätzte sie auf Mitte dreißig. Ihre blonden Haare wippten, als sie auf ihn zukam. Das schmale Gesicht wirkte beunruhigt, aber die Frau war zielstrebig. Sie umfasste sein Handgelenk und hielt ihn fest.

Josh entzog sich ihr grob. Er machte einen Schritt nach vorn, aber da war auch schon der Arzt bei ihm. Die Hand des Mannes legte sich auf seine Brust.

»Zurück ins Bett«, befahl er ruhig. Er war Inder oder Pakistani, aber obwohl er noch sehr jung wirkte, schwang eine natürliche Autorität in seiner Stimme mit, die Josh dazu zwang, stehen zu bleiben.

»Ich muss zu meinen Freunden«, sagte er aufgebracht. »Wo sind sie? Sind sie hier im Krankenhaus? Wie geht es ihnen?«

»Dazu kann ich Ihnen im Moment nichts sagen«, erwiderte der Arzt. »Sie müssen sich jetzt hinlegen. Sie hatten einen schweren Schock, und auch wenn Sie sich im Moment gut fühlen, kann es jeden Augenblick zu einem Kreislaufzusammenbruch kommen. Also bitte ...«

Die Hand zog sich von Joshs Brust zurück und deutete auf das Bett. Josh zögerte.

»Erst sagen Sie mir, was mit meinen Freunden ist. Ich will sie sehen.«

Das Gesicht des Mannes wurde sehr ernst. »Wenn Sie meine Anordnung nicht augenblicklich befolgen, müssen wir Sie im Bett fixieren. Verstehen Sie das? Können Sie mir folgen?«

»Ja, aber ...«

»Kein Aber. Sofort!«

Josh spürte, dass er so nicht weiterkam. Der Arzt schien

entschlossen zu sein, die Sache durchzuziehen. Okay, dann ging er eben zurück ins Bett. Drei Schritte. Josh setzte sich auf das weiße Laken.

»Hinlegen.«

Josh tat es.

Der Arzt gab der Schwester eine Anordnung, die Josh nicht verstand, aber die Frau verschwand aus dem Zimmer, um gleich darauf zurückzukehren. In der einen Hand hielt sie eine Spritze, in der anderen eine kleine Plastikflasche, die eine durchsichtige Flüssigkeit enthielt.

»Was ist das?«, fragte Josh.

»Ein Beruhigungsmittel«, erwiderte der Arzt.

»Ich will nicht ...«

»Keine Widerrede.«

Der Arzt nahm Joshs linken Arm und befestigte mit routinierten Handgriffen die Kanüle. Dann ließ er sich die Spritze reichen. Ohne einen Moment zu zögern, injizierte er das Mittel.

»Sagen Sie mir doch bitte, was mit meinen Freunden ist«, bat Josh ihn mit flehender Stimme. »Geht es ihnen einigermaßen gut?«

»Sie müssen sich jetzt ausruhen.«

»Ich ...«

Plötzlich wurde Joshs Kopf schwer. Sein ganzer Körper fühlte sich an, als würde er Tonnen wiegen. Seine Augenlider fielen herab und alles um ihn herum wurde unscharf. Er versuchte, dagegen anzukämpfen, aber es war aussichtslos. Dann wich die Schwere plötzlich zurück und eine unglaubliche Leichtigkeit erfasste ihn.

Ich kann fliegen, dachte er träge.

Der Arzt sagte etwas zu der Krankenschwester. Josh

strengte sich an, ihn zu verstehen, aber der Mann sprach leise und alles drang wie durch Watte zu ihm.

»Wenn er erfährt, dass seine Freunde alle tot sind, brauchen wir ein stärkeres Sedativum.«

Von wem sprach der Mann?

Wer war tot?

Alle Fragen verflogen im Nichts, als Josh das Bewusstsein verlor.

Die Beerdigung war eine Woche später. Sie hatten ihn vor zwei Tagen aus dem Krankenhaus entlassen und ihm einen Therapeuten zur Seite gestellt, mit dem Josh den schrecklichen Unfall verarbeiten sollte, aber Josh sprach nicht mehr. Kein Wort.

Seine Tante kochte für ihn, zog ihn an und setzte ihn vor den Fernseher, aber auch sie drang nicht zu ihm durch. Es war, als hätte Joshs Geist die Welt verlassen.

Nun stand er in strömendem Regen am offenen Grab von Lindsey Kramer und starrte stumm auf den mit Blumen bestreuten Sarg, aber er hatte nur Blicke für die glänzenden Regentropfen, die über das polierte schwarze Holz von Lindseys letzter Ruhestätte liefen.

Sein Anzug war inzwischen vollkommen durchgeweicht, die Lederschuhe durchnässt. Es war kalt für August und ein scharfer Wind zerrte an der Kleidung der Trauernden. Josh fror nicht, er spürte gar nichts. Keine Wut, keine Trauer. Nicht einmal Liebe für Lindsey. Alle Gefühle hatten ihn verlassen und so störten ihn auch die verzweifelt wütenden Blicke von Lindseys Vater nicht, der ihm gegenüberstand und immer wieder hilflos die Hände zu Fäusten ballte.

Mrs Kramer klammerte sich derartig an seinen Arm, dass

es wie ein Wunder schien, dass ihr Mann nicht nach rechts kippte. Neben den beiden, mit etwas Abstand, stand eine Frau Mitte zwanzig. Ein Mann ungefähr im gleichen Alter hatte seinen Arm um ihre Schulter gelegt. Josh vermutete, dass die Frau Lindseys ältere Schwester war, die Ähnlichkeit war unverkennbar.

Ansonsten waren nur wenige Trauernde anwesend. Lindseys Klassenlehrer und ein paar ihrer Mitschüler waren gekommen, aber Josh entdeckte keine weiteren Verwandten. Er selbst war allein hier. Seine Tante hatte sich geweigert, ihn zu begleiten.

»Da musst du allein durch«, hatte sie gesagt und an ihrer Zigarette gezogen. »Damit habe ich nichts zu tun.«

Er fühlte sich nicht einsam. Im Gegenteil, er war froh, dass niemand neben ihm stand, der leise auf ihn einsprach und Worte des Trostes flüsterte, denn es gab keinen Trost. Nicht für ihn.

Vor zwei Tagen hatte er ebenso allein vor den Särgen von Henry und Steve gestanden. Er hatte all die Blicke ertragen, in denen »Du bist schuld« stand. Er wusste, dass es seine Schuld war. Niemand wusste das besser als er selbst und er würde den Preis für diese Schuld bezahlen.

Heute war der letzte Tag seines Lebens, aber er spürte keine Trauer darüber. Bald würden sich Lindsey und er wieder vereinen und dann würde für immer Sommer sein. Steve und Henry würden im Wasser toben und ihr Lachen würde über einen niemals endenden Strand hallen.

Er musste nur noch die Beerdigung hinter sich bringen.

Wenige Minuten später schreckte er auf, als der Sarg endgültig abgelassen wurde und die Menschen an die Grube traten, leise Abschiedsworte flüsterten und Blumen zu Lindsey hinabwarfen.

Er tat nichts dergleichen.

Blieb einfach stehen.

Die Trauernden sprachen der Familie ihr Beileid aus, doch er ging nicht hinüber. Niemand wollte hören, dass es ihm leidtat. Worte besagten nichts angesichts des erfahrenen Unglücks. Ein Stern war für immer verloschen.

Irgendwann war es so weit. Josh drehte sich wortlos um und ging davon.

Der Wind zerrte an seiner Kleidung, als wolle er ihn aufhalten, aber Josh ging einfach weiter. Es war noch kälter geworden und hier auf der offenen Landstraße, wo es keinen Schutz gab, trieben ihm die Böen den eisigen Regen in die Augen.

Josh hatte den Kopf gesenkt und starrte auf seine Füße, die ihn unermüdlich vorantrugen.

Die Stadt lag längst hinter ihm. Nur vereinzelte Autos, deren Fahrer bei seinem Anblick den Kopf schüttelten, fuhren vorüber, spritzten ihn zusätzlich nass.

In Gedanken war er bei Lindsey. Bei diesem unendlichen, schönen Sommertag am Strand. Er sah ihr Gesicht, ihre liebevollen Blicke, spürte ihre sonnenwarme Haut unter seinen Fingern, sehnte den Kuss herbei. Kein Regen, keine Kälte erreichten ihn, er war auf dem Weg zu ihr.

Als er die Brücke über den River Creek erreichte, ging er bis zur Mitte, zum höchsten Punkt.

Er blickte hinab in die Tiefe.

Und auch dort war Lindsey.

Ihr Strahlen leuchtete ihm entgegen.

Ein leichtes Vibrieren hatte ihn erfasst, fast so, als bebe die Erde, und ihm war etwas schwindlig, aber ohne zu zögern, kletterte Josh über das Metallgeländer. Auf der anderen Seite breitete er die Arme weit aus, atmete tief ein und ließ sich fallen.

Dem Strahlen entgegen.

Den Aufprall spürte er nicht.

Denn er schlug nicht auf.

Josh erwachte in seinem Zimmer im Haus seiner Tante. Draußen trommelte der Regen gegen die Fensterscheibe. Er fragte sich, ob er die Beerdigung und seinen Fall von der Brücke nur geträumt hatte. Irgendwie hatte er ein unwirkliches Gefühl und für einen Moment wagte er zu hoffen, dass alles nur ein Traum gewesen war.

Aufgeregt schlüpfte er in seine Jeans und rannte barfuß und mit freiem Oberkörper die Treppe hinunter. Unten im Wohnzimmer saß seine Tante, hielt eine brennende Zigarette in der linken Hand und glotzte in den Fernseher, während sie eine Tasse Kaffee trank. Irgendein Shoppingsender war eingestellt und zwei Moderatorinnen sprachen über die Vorzüge einer bestimmten Antifaltencreme.

Sie hatte ihre schwarz gefärbten Haare hochgesteckt, aber zahlreiche Strähnen waren herausgefallen und trugen mit zu dem nachlässigen Eindruck bei, den sie machte. Ihr sonnenbankgebräuntes Gesicht wirkte zehn Jahre älter – dabei war sie erst neununddreißig – und wie immer trug sie einen grellroten Lippenstift, der ihr überhaupt nicht stand. Ihren üppigen Körper hatte sie in ein enges buntes Kleid gezwängt und es sah aus, als versuchten ihre großen Brüste, daraus zu fliehen.

Für Josh war sie das Sinnbild einer Verliererin, die sich nur für einkaufen und Männer interessierte. Außerdem hatte sie keinen Schulabschluss. Konnte kaum lesen. Und sie war frustriert darüber, dass sie keinen vernünftigen Partner fand. Die Männer kamen und gingen. Blieben nur eine Nacht, bis sie bekommen hatten, was sie wollten, dann verschwanden sie wieder.

Seit seine Eltern gestorben waren, lebte er bei ihr. Sie hatte ihn aufgenommen und war sein gesetzlicher Vormund. Wahrscheinlich hatte sie der Nachbarschaft beweisen wollen, was für ein guter Mensch sie war, und ebenso sicher hatte sie diesen Entschluss jeden einzelnen Tag bereut. Sie und er verstanden sich nicht. Er war ruhig, sie laut und schrill. Während er gern ein Buch las, verbrachte sie den Tag vor dem Fernseher und gab das Geld von der Sozialhilfe für Krimskrams aus. Warmes Essen gab es nur aus der Mikrowelle, und wenn sie wieder einmal vergessen hatte einzukaufen, gab es überhaupt nichts. Aber sie bot ihm ein Dach über dem Kopf und einigermaßen gesicherte Verhältnisse, dafür versuchte er, dankbar zu sein.

»Da bist du ja«, sagte seine Tante, ohne den Blick vom Bildschirm abzuwenden. »Ich habe dich gestern gar nicht heimkommen gehört. Wie war die Beerdigung?«

Josh blieb wie angewurzelt stehen.

Kein Traum.

Dennoch verstand er nicht.

Anscheinend war er auf der Beerdigung gewesen und ebenso wahrscheinlich war er danach zur Brücke gegangen, um seinem Leben ein Ende zu setzen.

Wieso war er dann noch hier?

Warum lag sein Körper nicht am Grund des River Creek?

Ich bin gesprungen.

Und dann?

Keine Ahnung. Meine Augen waren geschlossen.

Ich kann mich an den Fall erinnern, an das Gefühl, in die Tiefe zu stürzen, aber danach ...

Nichts mehr.

Ihm fehlten Stunden, alle Ereignisse zwischen seinem Fall und dem Augenblick, als er in seinem Bett erwacht war. Wie war er überhaupt ins Bett gekommen?

»Sprichst du nicht mehr mit mir?«, riss ihn seine Tante aus seinen Gedanken.

»Doch ... ja ... es war traurig.«

Sie nahm einen tiefen Zug von ihrer Zigarette und wandte sich ihm zu. »Und du, wie geht es dir, jetzt wo die Kleine nicht mehr da ist?«

»Geht so«, murmelte er.

»Baby, ich weiß, manchmal wirke ich ziemlich hart, aber du sollst wissen, dass es mir leidtut, und wenn du mit mir reden möchtest, bin ich für dich da«, sagte sie und drückte ihre Zigarette aus.

Josh versuchte, sich seine Verwunderung nicht anmerken zu lassen. So ... mitfühlend hatte er seine Tante selten erlebt. Ihre Stimme hatte den gewohnt harten Klang verloren und war nun weich und mitfühlend.

»Deine Mutter und ich haben uns als Kinder immer alles erzählt. Wir waren so ...« Sie kreuzte Zeige- und Mittelfinger. »... und natürlich lasse ich dich nicht im Stich.«

»Ist schon okay«, fiel Josh ihr ins Wort. »Ich komme klar.«

Wenn er mit jemandem nicht über Lindsey sprechen wollte, dann war es seine Tante.

»Nimm dir was zu essen, Schatz. Kaffee steht auf der Warmhalteplatte, danach geht es dir besser. Kaffee bewirkt Wunder.«

Er antwortete nicht.

»Was machst du heute, gehst du zur Schule?«

Josh warf einen Blick auf die Wanduhr. Es war kurz nach zehn und trotzdem stellte ihm seine Tante diese dämliche Frage. Und außerdem würde er niemals wieder zur Schule gehen. Heute nicht und morgen auch nicht. Niemals.

Dort hatte er Lindsey kennengelernt, alles würde ihn an sie erinnern.

Außerdem hatte er etwas anderes vor.

»Nein, ich gehe nicht hin.«

»Für mich ist das in Ordnung. Lass dir Zeit, nach allem, was passiert ist. Setz dich doch zu ...«

»Ich muss noch mal weg«, unterbrach Josh sie.

»Aber ...«

»Jetzt gleich.«

Ohne ein weiteres Wort ging er die Treppe hinauf und zog sich an.

Der Regen hatte nachgelassen und die Sonne war herausgekommen. Ihr Licht spiegelte sich auf dem nassen Asphalt so stark, dass man die Augen zusammenkneifen musste. Josh war auf dem Weg zur Brücke.

Er würde es erneut versuchen.

Er wusste nicht, was gestern schiefgelaufen war und wie es sein konnte, dass er noch lebte, obwohl er von der Brücke gesprungen war. Das alles war verwirrend, aber irgendwie kümmerte es ihn auch nicht. Wenn es nicht beim ersten Mal geklappt hatte, dann eben heute.

Die warme Luft umhüllte ihn, als wolle sie ihn umarmen, und er fühlte Frieden bei dem Gedanken, dass er bald wieder mit Lindsey und seinen Freunden vereint sein würde.

Als er die Brücke erreichte, funkelte die Metallkonstruktion verheißungsvoll im Sonnenlicht. Fast schien es so, als wolle ihn die Brücke rufen. Ihn einladen zu fliegen.

Langsamer als am Tag zuvor schritt Josh zu ihrer Mitte. Sobald er vor dem Geländer stand, spürte er wieder das leichte Beben, das Vibrieren, das seinen Körper gestern schon erfasst hatte.

Das ist der Wind, der das Metall zum Schwingen bringt.

Es war kein unangenehmes Gefühl, aber er hatte so etwas noch nie empfunden. Plötzlich fühlte er sich beunruhigt.

Minutenlang blieb er so stehen. Die Hände am Geländer, den Blick in die Tiefe gerichtet, aber das Gefühl verschwand nicht. Schließlich drängte er die Empfindung beiseite und kletterte über das Geländer.

Als Josh die Arme ausstreckte, fühlte er sich wie ein Vogel. Fast wollte er glauben, dass er fliegen könne. Zu Lindsey fliegen könne.

Dann ließ er sich fallen. Und während er in die Tiefe stürzte, kam ihm ein völlig absurder Gedanke. Etwas, das ihm aufgefallen war, dem er zuvor aber keine Beachtung geschenkt hatte.

Seine Tante hatte die Zigarette in der linken Hand gehalten, während sie geraucht hatte.

Aber das war unmöglich.

Mit dieser Hand konnte sie nichts mehr halten, seitdem sie vor ein paar Jahren bei dem missglückten Versuch, sich die Pulsadern aufzuschlitzen, die Sehnen der Hand durchtrennt hatte.

Was ...?

Doch es war zu spät. Schwärze umfing ihn wie ein dunkles Tuch, das man über ihn ausgebreitet hatte.

Und dann ...

... erwachte Josh erneut in seinem Bett.

Er saß da. Aufgerichtet. Befühlte Arme und Beine, atmete ein und aus und konnte es nicht glauben.

Er war am Leben.

Wie kann das sein? Wie ist so etwas möglich?

Von unten drang der Lärm des Fernsehers nach oben. Seine Tante saß also wieder einmal vor der Kiste. So wie es sich anhörte, ging es bei der Verkaufssendung um Küchengeräte.

Warum zum Henker schaut sie sich so etwas an, wo sie ja doch nie kocht?

Josh seufzte tief – und hielt inne. Sog tief die Luft ein. Seltsam, normalerweise konnte er den Geruch ihrer Zigaretten bis in sein Zimmer riechen ...

Der Gedanke an die Zigaretten brachte die Erinnerung zurück und er überlegte, ob sie die Kippe heute wieder in der rechten Hand hielt oder ob es wie gestern sein würde.

Was geht hier bloß vor sich?, fragte er sich mit einem Schaudern.

Dann zog er sich an und ging hinunter.

Die Möbel standen anders im Raum als am Tag zuvor. Seine Tante hatte das Sofa und den Fernseher umgestellt und anstatt des alten, abgenutzten Ledersessels gab es einen Relaxstuhl mit Hocker in beiger Leinenstruktur. Der Teppich war ebenfalls neu. Woher hatte sie nur all diese Sachen – vor allem in so kurzer Zeit ...?

Aber auch alle anderen Dinge waren entweder umgestellt oder ausgetauscht. Der abgewetzte Metallaschenbecher, der stets überquoll, war verschwunden, stattdessen zierte eine kleine Vase mit Schnittblumen einen Glastisch, den Josh noch nie gesehen hatte.

Sein Blick wanderte zu seiner Tante. Auch sie sah anders aus. Ihre Haare waren offen und sie trug einen modischen Schnitt. Kein Lippenstift und nur wenig Make-up. Sie schien abgenommen zu haben, denn die weiße Bluse spannte nicht und die graue Hose, die sie dazu anhatte, fiel locker an ihren Beinen herab.

Das alles war extrem verwirrend, doch es gab etwas, das Josh ernsthaft an seinem Verstand zweifeln ließ.

Seine Tante rauchte nicht.

Und sie rauchte immer. Ohne Unterlass.

Er sog die Luft ein. Klar und frisch. Kein abgestandener Geruch nach kalten Kippen.

Ich träume. Genau, so muss es sein. Alles andere ist undenkbar. Ich liege im Bett und schlafe ...

»Guten Morgen, Josh«, wurde er begrüßt. »Meine Güte, siehst du blass aus, mein Junge! Aber das ist ja kein Wunder bei dem, was du durchgemacht hast. Wie geht es dir?«

Ich habe keine Ahnung, wie es mir geht. Ich träume.

»Geht so.«

Sie erhob sich, kam auf ihn zu und umarmte ihn. Josh stand stocksteif da und wusste nicht, wie er sich verhalten sollte, denn das hatte sie noch nie getan.

Er atmete den Duft eines angenehmen Parfums ein, das so ganz anders roch als der billige Schund aus dem Drugstore, den sie sonst auflegte.

»Ich bin für dich da«, flüsterte sie. »Aber das weißt du ja.«

»Sicher«, brachte er krächzend hervor.

»Lindsey ist tot, aber du bist am Leben. Irgendwie müssen wir weitermachen.«

Wir?

»Wir sollten jetzt nach vorn schauen, auch wenn es schwerfällt.«

»Das heißt, wir sollen so tun, als wäre nichts geschehen«, sagte er härter als beabsichtigt.

»So meine ich das nicht, und das weißt du.«

Ach ja, weiß ich das? Vor ein paar Tagen warst du noch eine hartherzige, sonnenbankgebräunte Kettenraucherin und heute ...

»Wie meinst du es dann?«

»Als deine Eltern verunglückt sind, haben wir auch zusammengehalten und haben es irgendwie gepackt.«

»Irgendwie?«

»Ja, irgendwie.« Sie löste sich von ihm und trat einen Schritt zurück. »Ich dachte, ich koche uns etwas Schönes.«

Kochen?

»Was hältst du von Roastbeef und Kartoffelbrei?«

Das war sein Lieblingsessen.

»W...warum nicht«, stotterte er.

»Alles klar. Sagen wir, Essen um ein Uhr?«

Er nickte wie betäubt.

»Was hast du jetzt vor? Willst du einen Kaffee?«

»Nein, ich ... ich muss noch mal weg.«

Seine Tante warf ihm einen mitfühlenden Blick zu. »Du willst zum Friedhof.«

»Ja.«

»Bist du pünktlich zum Essen wieder da?«

»Ja.«

Es fiel ihm leicht, sie anzulügen.

Dann sagte seine Tante etwas Merkwürdiges. »Pass auf dich auf.«

Josh schaute ihr in die Augen und entdeckte Zuneigung für sich darin. Er beugte sich vor und gab seiner Tante einen Kuss auf die Wange, was sie sofort erröten ließ.

»Oh«, machte sie.

Josh schenkte ihr ein Lächeln, dann ging er.

An diesem Tag stand er zum ersten Mal vor Lindseys geschlossenem Grab. Er starrte auf den Grabstein, las die wenigen Worte wieder und wieder. Dann sprach er ein stummes Gebet für sie und besuchte anschließend die Gräber seiner Freunde.

Nachdem er auch für sie gebetet hatte, verließ er den Friedhof und machte sich auf den Weg zur Brücke.

Es war jedes Mal das Gleiche. Er fiel und kam nie am Boden an. Immer wieder erwachte er in seinem Bett und kein Tag war wie der andere. Es gab Veränderungen. Manchmal nur kleine, kaum wahrnehmbare Veränderungen, dann wiederum war plötzlich alles anders. Mal war seine Tante ein hartherziges Biest, das ständig schimpfte und fluchte, mal ein liebenswerter Mensch, der sich Zeit für ihn nahm, und oftmals irgendetwas dazwischen. Doch egal, wie auch immer die Welt beschaffen war, in die er morgens eintrat, Lindsey, Henry und Steve waren tot.

Nach dem Aufstehen ging er zum Friedhof, sah nach, ob es ihre Gräber gab, und wanderte danach zur Brücke.

Irgendwann hatte er so viele Selbstmordversuche hinter sich, dass er beschloss, mehr darüber zu erfahren, was mit ihm geschehen war. Also setzte er sich an den Computer und durchforstete das Internet. Seine Suchbegriffe reichten von »Wiedergeburt« bis zu »fremder Realität«, und nachdem er Hunderte von Artikeln und Seiten gelesen hatte, stieß er auf die Theorie der parallelen Realitäten.

In der Physik gab es den Gedankenansatz, dass unendlich viele Realitäten nebeneinander existierten, die unabhängig voneinander Wirklichkeiten bildeten, aber es gab auch die Überlegung, dass diese Realitäten sich berührten und somit einen Austausch zwischen den Welten ermöglichten.

Manche Forscher gingen sogar so weit zu behaupten, dass Realität erst durch den Menschen erschaffen wurde. Er war der Schöpfer seiner Welt und veränderte sie durch seine Gedanken und Wünsche, denn alles, woraus das Universum und jeder einzelne Mensch bestand, war Energie, die sich gegenseitig beeinflusste.

Josh verstand nicht alles von dem, was er las, aber er begriff, dass er vielleicht eine Realität finden konnte, in der es den verheerenden Unfall nicht gegeben hatte, in der Lindsey, Steve und Henry am Leben waren. Die Wahrscheinlichkeit dafür mochte gering sein, aber der Gedanke, seinen Freunden eines Tages wieder lebendig gegenüberzustehen, ließ ihn weitermachen.

Von diesem Zeitpunkt an versuchte er nicht mehr, sich das Leben zu nehmen – und tat es doch, um in andere Welten zu gelangen. Ein ums andere Mal.

Aber nach mehr als einem halben Jahr hatte Josh die Hoffnung fast aufgegeben. Mittlerweile hatte er viele Male an Lindseys Grab und an denen der anderen gestanden. Bei sengender Hitze, in eiskaltem Regen hatte er für ihre Seelen gebetet und sie um Verzeihung angefleht.

Neue Gräber waren gegraben worden und wieder verschwunden. Er sah die Menschen, die regelmäßig die letzten Ruhestätten ihrer Lieben besuchten, und auch sie veränderten sich ständig, aber am deutlichsten wurden die Veränderungen beim alten Friedhofsgärtner. Josh glaubte, er habe bei dem alten Johansson inzwischen alle Varianten eines einzelnen Menschen gesehen, und doch gab es auch bei ihm noch Überraschungen.

Josh würde nie den Tag vergessen, an dem ihm der alte Mann im Schlafanzug begegnet war. Irgendwie musste er in dieser Realität etwas verwirrt sein, denn er trug zwar Gummistiefel und das übliche Footballcap, aber anstatt wie sonst eine Arbeiterhose und ein kariertes Hemd zu tragen, war er ihm im Pyjama entgegengekommen.

»Guten Morgen, Mr Johansson«, hatte ihn Josh gegrüßt.

Der Alte hatte ihn mit zusammengekniffenen Augen misstrauisch angestarrt. »Kennen wir uns, junger Mann?«

»Wir sind uns schon öfters begegnet, Sir.«

»Hm, ich erinnere mich nicht.« Der alte Mann kratzte sich an seinem Kopf und verschob dabei seine Mütze. »Seit meiner Rückenoperation ist nichts mehr so wie vorher. Früher hatte ich zwar mehr Schmerzen, aber dafür war mein Verstand klar. Heute ist es andersherum. Der Rücken tut nicht mehr so weh, aber ich habe mich nie ganz von der Narkose erholt, also verzeihen Sie mir bitte, wenn ich Sie nicht wiedererkenne.«

»Ist schon okay. Ich wünsche Ihnen einen schönen Tag.«

Der Alte grummelte etwas, dann machte er sich daran, den Weg zu kehren.

In diesem Moment hatte Josh verstanden, dass wichtige Ereignisse im Leben eines jeden Menschen die Weichen stellten und somit festlegten, wohin der Weg in der Zukunft führen würde.

Während sich alles um ihn herum veränderte, blieb er gleich. Doch die Buße für seine Tat wog jeden Tag, der verging, schwerer und inzwischen war er wohl der einsamste Mensch der Welt, während um ihn herum das Leben weiterging.

Bis zu dem Tag, als er Sarah auf der Brücke begegnet war. Nachdem er so lange Zeit durch die verschiedensten Realitäten gewandert war, war er endlich einem Menschen begegnet, der ihn berührte, der Bedeutung für ihn hatte. Josh fühlte sich unendlich einsam und Sarahs Mitgefühl auf der Brücke wärmte seine Seele.

Vielleicht gab es tatsächlich keine Hoffnung, eine Realität zu finden, in der Lindsey und die anderen am Leben waren, aber vielleicht durfte er ja darauf hoffen, sein eigenes Leben wieder lebenswert zu finden.

Also sprang Josh nicht von der Brücke, sondern stieg in ihr Auto ein. Ein paar Tage später hatte ihn seine Tante von der alten Schule ab- und an der West Harbour High angemeldet. Man wusste dort von dem Unfall und glaubte, Josh wolle die Schule wechseln, weil er gemobbt wurde.

Aber darum ging es nicht.

Es ging nur darum, Sarah kennenzulernen.

Als das endlich geschehen war, fiel sie aus ihrer Realität und er mit ihr.

Nun waren sie beide auf der Suche nach einer neuen Welt.

16.

Sarah saß im Schatten einer Holzbude und wartete, dass die Zeit verging. Es war jetzt später Nachmittag und ihre Armbanduhr verriet ihr, dass sie noch mindestens eine Stunde totschlagen musste, bevor sie losziehen konnte. Gleichzeitig zermarterte sie sich das Gehirn, denn auf der einen Seite wollte sie die Sicherheit des Vergnügungsparks nicht verlassen, auf der anderen Seite musste sie unbedingt Patrick anrufen und ihn bitten, zum Café zu kommen. Je später sie von hier fortging, desto größer war das Risiko, ihn nicht mehr zu erreichen. Anderseits vergrößerte sie das Risiko für sich selbst, wenn sie zu viel Zeit auf der Straße verbrachte. Wahrscheinlich war inzwischen die ganze Stadt auf den Beinen und suchte nach ihr.

Wieder einmal wollten Tränen in ihr aufsteigen und wieder einmal drängte sie die Tränen zurück. Ihre Unterlippe war inzwischen völlig zerbissen, so sehr bemühte sie sich, sich nicht von der Verzweiflung übermannen zu lassen.

Sollte ich nicht doch versuchen, meine Eltern zu kontak-

tieren? Ich könnte in Dads Büro fahren oder zu Mom in den Kindergarten ...

Aber sie spürte, dass dies nicht wirklich eine realistische Option war. Aus irgendeinem Grund waren ihre Eltern am Morgen nicht da gewesen. Sie hatten auch keine Nachricht hinterlassen, keinen Zettel auf dem Küchentisch, nichts, obwohl sie bestimmt aus den Medien von dem Amoklauf an ihrer Schule erfahren hatten. Der Gedanke, dass ihre Eltern in dieser Welt vielleicht anders waren, als Sarah sie kannte, flößte ihr Angst ein.

Ein weiterer Gedanke drängte sich auf.

Vielleicht könnte ich ja versuchen, zu Lona zu kommen?

Doch im nächsten Augenblick verwarf sie die Idee wieder.

Nein, erstens kann sie mir nicht helfen, ohne dabei eine schwere Straftat zu begehen, und zweitens würde ich sie nur in Gefahr bringen. Außerdem könnte auch Lona in dieser Realität eine andere sein ...

Eigentlich gab es für sie nur eine Option. Wenn sie Josh glaubte, musste sie die Sache durchziehen oder es zumindest versuchen, egal wie verzweifelt sie war. Alles andere würde den Tod oder lebenslang Gefängnis bedeuten.

Sie dachte an Josh. Daran, dass er sehr viel riskierte, um ihr zu helfen. Er konnte dieser Welt jederzeit entfliehen, aber er tat es nicht. Ihretwegen. In ihrem Geist tauchte sein Gesicht auf. Seine grünen Augen. Darin lag Schmerz, den sie für Arroganz gehalten hatte, aber nun wusste sie es besser und seine Verletzlichkeit berührte sie.

Was ist es eigentlich, was ich für Josh empfinde?

Sie fühlte nach innen. Da war etwas.

Etwas, das sich anfühlte, als habe sich eine Lücke in ihr geschlossen. Als wäre ein fehlendes Teil an seinen vorgesehenen Platz gerutscht. Es fühlte sich an, als wäre sie ein Ganzes geworden, als wäre sie nun mehr als die Summe aller Teile. Als gehöre ihr nun ein Stück des Universums, ein Stück Unendlichkeit.

Fühlt sich so Liebe an?

Sarah dachte daran, wie sehr sie sich nach einem Kuss von ihm gesehnt hatte. Wie sehr sie sich gewünscht hatte, ihm nah zu sein ...

Und doch waren da Zweifel.

Ich bin in einer total krassen Situation. Es geht um mein Leben! Ist es da nicht vollkommen normal, dass man sich an jemanden klammert? An den einzigen Menschen, der noch zu einem hält.

Sie kannte Josh überhaupt nicht. Sie hatten bisher kaum Zeit gehabt, sich kennenzulernen. Und doch spürte sie es. Diesen lockenden Schmerz. Die Sehnsucht nach ihm, sobald er nicht mehr bei ihr war.

Verdammt, ich weiß es nicht. Ich weiß überhaupt nichts mehr!

Ich muss mich konzentrieren. Überleben, um herauszufinden, was zwischen uns beiden ist.

Sie stand auf, trank einen Schluck Wasser. Dann schnappte sie sich die Tüte und huschte durch den Park. Schließlich entdeckte Sarah in einem verrotteten Kassenhäuschen, wonach sie suchte.

Einen Spiegel.

Er war nicht besonders groß, sie konnte gerade ihr Gesicht darin sehen, aber es war besser als nichts.

Zuerst zog Sarah ihre Kapuzenjacke aus und schlüpfte in die grüne Leinenjacke im Armylook, die Josh ihr mitgebracht hatte, dann setzte sie die blonde Perücke auf – und es geschah ein Wunder. Sobald sie das Ding aufhatte, war sie plötzlich ein anderer Mensch. Wo vorher lockige braune Haare auf ihre Schultern herabgefallen waren, hingen nun glatte hellblonde Strähnen herab. Aus ihrem leichten Seitenscheitel war ein kurz gehaltener Pony geworden. Ihr Gesicht wirkte nun eckiger, nicht mehr so weich, und sie sah mindestens drei Jahre älter aus. Versuchsweise zog sie die Wangen ein und war verblüfft über die Wirkung. Es funktionierte!

Mit neuem Schwung begann sie, sich zu schminken. Sie war nicht sehr geübt darin, beschloss aber, ihr Bestes zu geben. Entgegen ihrer Gewohnheit verteilte sie eine Menge Make-up im Gesicht und legte das braunrote Rouge so auf, dass ihre Wangenknochen höher wirkten. Die Augen betonte sie mit einem dicken Lidstrich. Dann griff sie nach dem roten Lippenstift – und wirkte am Ende wie eine junge Frau mit Mitte zwanzig. Genau so hatte sie es sich vorgestellt: Sie war nicht mehr wiederzuerkennen. Zum Schluss setzte Sarah die verspiegelte Sonnenbrille auf.

Perfekt!

Sie wollte gerade das Häuschen wieder verlassen, als ein Laut in ihr Bewusstsein drang, den sie schon zuvor wahrgenommen, aber nicht beachtet hatte.

Ein Hund bellte. Aufgeregt und heiser.

Panik durchzuckte sie.

Ein Hund bedeutete Gefahr, das war ihr sofort klar.

Gebückt schlich sie aus dem Kassenhäuschen und huschte zu dem gegenüberliegenden Karussell mit den holzgeschnitzten Pferden, die an verrosteten Stangen befestigt waren. In deren Schutz hob sie vorsichtig den Kopf an und spähte zum Parkeingang.

Oh verdammt!

Gleich drei Polizeifahrzeuge standen dort mit zuckenden Blaulichtern. Die Sirenen waren stumm, darum war Sarah auch nicht auf die Gefahr aufmerksam geworden. Sie verfluchte sich für ihre Unvorsichtigkeit.

Eines der Fahrzeuge war ein mächtiger SUV, dessen Heckklappe offen stand. Darin war garantiert der Polizeihund gewesen, den sie zwar aus ihrer Position nicht sehen, dafür aber hören konnte. Das Vieh war am Durchdrehen.

Mindestens fünf Personen befanden sich vor dem Gelände, und so wie es aussah, brachen sie gerade das Tor auf.

Sarah musste von hier weg.

Sofort.

Der Hund würde bald ihre Fährte aufnehmen und die Männer zu ihr führen. Jetzt zu handeln, war ihre einzige Chance zu entkommen.

Sarah hetzte gebückt los. Sie blieb im Schatten der Attraktionen, aber sie rannte, so schnell sie konnte.

Hinter ihr kläffte es wie wahnsinnig.

Dann verstummte das Gebell abrupt und Sarah wusste, der Hund hatte ihre Spur aufgenommen. Wahrscheinlich hatte der verdammte Köter die Nase am Boden und folgte der Fährte.

Nicht nur, dass die Polizisten jetzt wussten, dass sich jemand auf dem Gelände befand, zu allem Überfluss konnte sie den Hund nun auch nicht mehr hören und wusste deshalb nicht, wo und wie weit entfernt die Männer waren.

Sarah betete stumm zu Gott. Flehte um seine Hilfe.

Hinter ihr erklang ein Ruf.

Hatte man sie entdeckt?

Nein, sonst hätten sie den Hund bestimmt losgelassen,

viel wahrscheinlicher war, dass sie auf ihr Versteck neben der Hütte gestoßen waren. Dort hatte sie deutlich sichtbare Spuren hinterlassen – die Verpackungen der Sandwiches und etwas weiter entfernt ihre alte Jacke.

Sarah rannte weiter, bis sie endlich den Rand des Geländes erreichte. Sie warf einen kurzen Blick über ihre Schulter, und als sie niemanden sah, kletterte sie schnell den Maschendrahtzaun hoch. Oben schwang sie sich darüber und sprang. Sarah kam so hart auf der anderen Seite auf, dass ihr die Luft wegblieb. Ein brennender Schmerz raste durch ihren linken Fuß, trieb ihr Tränen in die Augen.

Bitte lass ihn nicht gebrochen sein.

Stöhnend rappelte sie sich auf. Belastete den Fuß. Ihr wurde speiübel vor Schmerz, aber sie konnte auftreten. Der Fuß war nicht gebrochen. Vielleicht verstaucht, vielleicht hatte sie auch einfach nur einen Knacks abbekommen. Wie auch immer, sie musste weiter. Weg von hier.

Humpelnd hastete sie auf ein großes Fabrikgebäude zu. Ein altes Metalltor hing schief in den Angeln und Sarah schlüpfte durch den Spalt ins Innere. Diffuses Licht fiel durch zerbrochene Fensterscheiben. Der Boden war mit Unrat übersät, die Wände mit Graffiti beschmiert. Überall lagen Papierfetzen und vertrocknetes Laub, eine alte verfaulte Matratze lehnte an einer Wand, daneben erkannte sie abgebrochene Spritzen, Alufolie, Löffel und Plastiktüten. Die Luft hier drinnen war merkwürdig feucht. Es roch nach Moos und Schimmel.

Der Wind pfiff leise durch die Fenster herein und ließ Sarah frösteln. Sie schlang die Arme um den Körper und humpelte quer durch die Halle auf einen Durchgang zu, auf den die Sonne einen dünnen Teppich aus Licht gelegt hatte.

Ihr Fuß schmerzte höllisch beim Gehen, aber Sarah biss die Zähne aufeinander, bis die Kiefer knackten.

Als sie durch das offene Tor ins Freie trat, schlug die Hitze des Tages erneut unbarmherzig zu. Sarah begann sofort zu schwitzen. Sie hetzte eine Durchfahrt entlang, passierte eine weitere Fabrik, schlüpfte durch einen Zaun und überquerte einen leeren Parkplatz. Von den Polizisten und dem Hund war weder etwas zu sehen noch etwas zu hören, aber Sarah war sich sicher, dass man ihr noch auf den Fersen war. Sie durfte keine Zeit verlieren!

Als sie einen kleinen Hof erreichte, stellte sie erschrocken fest, dass sie in einer Sackgasse gelandet war. Eine Steinmauer versperrte ihr den Weg. Sie wollte gerade umkehren, als sie entdeckte, dass in die Wand Metallstiegen eingelassen waren, die auf ein flaches Dach führten. Sarah zog sich daran hoch, kletterte auf das Flachdach und ließ sich auf der anderen Seite wieder herab.

Sie lächelte grimmig bei dem Gedanken, wie der Hund dieses Hindernis nehmen sollte. Aber noch war keine Zeit für Triumphgefühle. Sie musste erst sicher zum Hafen kommen und Patrick anrufen.

17.

Nachdem sie das Fabrikgelände verlassen hatte, ging sie an der Kaimauer entlang auf den Hafen zu. Hier, etwas abseits des Touristenzentrums, waren nur wenige Menschen unterwegs. Niemand beachtete sie.

Sarah bemühte sich, langsam zu gehen und nicht zu auffällig zu humpeln. Sie wollte vermeiden, dass irgendjemand sie länger ansah, und bemerkte, dass sie eine Perücke trug. Bei der Hitze wirkte das vielleicht doch etwas merkwürdig.

Ihre Blicke wanderten umher, aber sie entdeckte nirgends eine Telefonzelle. In Zeiten von Handys und Smartphones waren die Dinger wirklich selten geworden.

Die Sonne schien ihr direkt ins Gesicht und sie war dankbar für die Spiegelglasbrille. Sarah spürte, wie ihr ein Schweißtropfen die Schläfe hinabrann, und betete, dass ihr Make-up nicht verlief.

An der Kreuzung, wo die Straße in das Hafenviertel mündete, fand sie endlich eine Telefonzelle und seufzte erleichtert auf. Ihre Finger zitterten, als sie die Münzen in den

Schlitz warf und die Auskunft anrief. Die Frau gab ihr Patricks Nummer durch, aber Sarah bat darum, gleich verbunden zu werden. Das Freizeichen erklang und tutete endlos.

Was mache ich nur, wenn er nicht zu Hause ist?, fragte Sarah sich und wurde mit jedem Freizeichenton nervöser. Josh und sie hatten sich gar keinen Plan B überlegt. Sie waren schlicht davon ausgegangen, dass sie Patrick zu Hause erreichen würde.

Sarah war kurz davor, die Nerven zu verlieren, als endlich abgehoben wurde. Ihr fiel ein Stein vom Herzen – Patrick war selbst am Apparat! Hätte seine Mutter oder seine Schwester abgehoben, hätte sie sich mit falschem Namen melden müssen, so aber sagte sie: »Hi, Pat, ich bin's, Sarah.«

Schweigen.

»Patrick?«

»Ja?«

»Warum sagst du nichts?«, fragte sie und spürte, wie die Nervosität zurückkehrte.

Verdammt, warum habe ich mir nicht vorher überlegt, was ich zu ihm sagen soll?

»Ich kann nicht glauben, dass du mich anrufst. Bist das wirklich du? Sarah Layken?«

»Hör mir zu, Patrick, ich war das nicht!«, sprudelte es aus ihr hervor. »Ich habe mit dem Amoklauf nichts zu tun. Das ist alles ein Missverständnis, ich schwöre es.«

»Die ganze Welt sucht nach dir.«

»Ich weiß. Aber ich schwöre dir bei allem, was mir heilig ist: Ich war es nicht!«

»Warum rufst du mich an? Wo bist du gerade?«

Patricks Frage, warum sie ihn anrief, verwirrte sie.

»In einer Telefonzelle.«

»Echt? Wo ist dein Handy?«

»Erzähl ich dir später.«

»Später?«, echote er.

»Ja, ich möchte dich um deine Hilfe bitten, Pat.« Sarah räusperte sich. »Wir ... wir haben uns doch einmal geliebt ...«, fügte sie leise hinzu.

»Wir haben uns einmal ...«, sagte er gedehnt, dann unterbrach er sich und schwieg einen Moment. »Wo bist du gerade und was soll ich tun?«, fragte er schließlich. Das Zögern in seiner Stimme war verschwunden.

»Ich bin unten am Hafen«, sagte Sarah erleichtert, »und ich möchte, dass du ins Harbour Café kommst. Sei bitte kurz vor sechs dort. Wenn ich noch nicht da bin, dann setz dich an den kleinen Tisch in der Nische. Du weißt schon, dort wo es zu den Toiletten geht.«

»Du willst dich mit mir im *Harbour Café* treffen? Ausgerechnet dort, wo es von Leuten aus unserer Schule nur so wimmelt?«

»Keine Sorge, ich ... ich trage eine Perücke«, wiegelte Sarah ab, obwohl ihr angesichts von Patricks Worten das Herz bis zum Hals schlug. »Sei einfach da. Bitte, Pat. Ich bitte dich darum.«

»Okay ... ich komme, aber ...«

»Danke«, sagte sie und legte auf, bevor Patrick Angst bekam und es sich vielleicht doch noch anders überlegte.

Dann atmete sie einmal tief durch, doch ihr Herz klopfte noch immer in einem schnellen Rhythmus.

Sarah starrte auf den Telefonapparat und rief sich das Gespräch in Erinnerung. Irgendetwas, das Patrick zu ihr gesagt hatte, klang im Nachhinein merkwürdig ...

Ja, jetzt hatte sie's!

Bist das wirklich du? Sarah Layken?, hatte er gesagt.

Warum sprach er sie mit ihrem vollen Namen an? Und warum ...

Plötzlich legte sich eine Hand auf ihre Schulter.

18.

Die Rückfahrt in die Stadt war zäh. Der Berufsverkehr hatte eingesetzt und nun stauten sich die Fahrzeuge in Richtung Innenstadt. Vielleicht lag es aber auch an der Polizeisperre. Die war zwar auf der anderen Fahrspur stadtauswärts errichtet worden, aber die Leute fuhren trotzdem im Schritttempo vorbei, um zu gaffen.

Im Radio kamen inzwischen immer neue Meldungen zum Amoklauf, ohne dass man etwas wesentlich Neues zur eigentlichen Tat erfuhr. Vielmehr ging es um die allgemeine Hysterie, die die Stadt erfasst hatte. Bürger liefen mit offen getragenen Waffen durch die Straßen und es hatte schon mehrere Zwischenfälle mit der Polizei gegeben. Die Beamten waren darum bemüht, die Ordnung aufrechtzuerhalten, aber da das Tragen von Waffen bei entsprechender Erlaubnis an sich keine Straftat darstellte, waren die Behörden machtlos.

Unzählige Interviews wurden geführt, in denen unzählige Experten ebenso befragt wurden wie unzählige Bürger auf der Straße. Und immer wieder ging es um den Mordaufruf an Sarah Layken. Die zehn Millionen Dollar geisterten durch das Bewusstsein der Menschen, versetzten die Leute in einen regelrechten Rausch. Dass dabei jemand sterben würde, dessen Schuld keineswegs erwiesen war, schien den Leuten egal zu sein. Nur wenige Stimmen stellten sich auf die Seite des Rechts und riefen dazu auf, Ruhe und die Rechtsstaatlichkeit zu bewahren. Der weitaus größere Teil schrie nach Rache – und meinte eigentlich Geld.

Josh trommelte ungeduldig mit den Fingern auf das Lenkrad. Gerade sprach eine Frau über Selbstjustiz, als wäre es ein gottgegebenes Recht.

»Ich sage es noch einmal«, dröhnte die Stimme aus dem Radio. »Hätten wir nicht so lasche Gesetze in diesem Staat, die Gesellschaft würde anders aussehen.«

Eine männliche Person meldete sich. »Dem kann ich nicht zustimmen. Wir haben nach China, Saudi-Arabien und Nordkorea die härtesten Strafen der Welt. Der einzige Unterschied ist nur der, dass wir nicht öffentlich hinrichten, sondern es hinter geschlossenen Türen tun. Ich ...«

Die Frau unterbrach ihn. »Vielleicht ist das der Fehler. So erzielen wir keinen Abschreckungseffekt. In diesem Land sterben jedes Jahr dreißigtausend Menschen durch Schusswaffen. Bei jungen Schwarzen ...«

Jemand hüstelte. »Bitte ...«

»Bei jungen Afroamerikanern unter zwanzig Jahren ist es die Todesart Nummer eins«, fuhr die Frau fort. »Das bedeutet, wir verlieren auf unseren Straßen mehr Menschen als in den Kriegen in Afghanistan und im Irak zusammen. Und das jedes Jahr.«

»Sie können doch gesellschaftliche Probleme nicht ...«

»Ich kann. Nun schauen Sie sich den aktuellen Fall an.

Sarah Layken, ein völlig unauffälliges Mädchen, geht in eine Schule und tötet dort wahllos Kinder.«

»Und Sie denken, das wäre durch eine härtere Gesetzgebung verhindert worden?«, fragte der Mann.

»Pah, Gesetze.« Die Frau schnaubte abfällig. »Ich rede hier von Selbstjustiz. Liefert die Verbrecher den Familien der Opfer lebendig aus und gebt ihnen das Recht, mit ihnen zu verfahren, wie sie wollen. *Das* wäre eine wahre Bestrafung!«

»Sie reden Folter und Mord das Wort.«

»Ich spreche von wahrer Sühne. Fragen Sie doch mal John Hancock, wie es sich anfühlt, seine ermordete Tochter im Arm zu halten! Fragen Sie ihn, wie sein Leben ohne sie weitergehen soll, wie seine Zukunft aussehen wird. Ich sage Ihnen, nur eines kann John Hancocks Dasein noch retten – Rache an Sarah Layken! Und ich stimme ihm aus vollstem Herzen zu, wenn er ihren Tod verlangt.«

Im Radio brach ein Orkan aus Pfiffen und Begeisterungsrufen aus. Anscheinend fand die Diskussion vor einem Studiopublikum statt.

Josh schluckte. Die öffentliche Raserei hatte einen Punkt erreicht, an dem Sarah nicht mehr auf Mitleid oder Gerechtigkeit hoffen durfte. Alles war noch viel schlimmer gekommen, als er gedacht hatte. Die Hände fest um das Lenkrad geklammert, blickte er nach vorn. Er hatte den Stadtrand erreicht. Bald würde er bei Sarah sein.

Im Radio brüllten die Leute nun nur noch ein Wort, das alle anderen Stimmen übertönte: »Tod! Tod! Tod!«

Josh spürte, wie ihm der Schweiß ausbrach. Ein flaues Gefühl machte sich in seinem Magen breit. Er wollte gerade das Radio ausschalten, da geschah es.

Das Fahrzeug vor ihm rollte plötzlich nicht mehr langsam

dahin, sondern blieb abrupt stehen und er fuhr auf. Es gab einen Stoß, ein metallisches Geräusch erklang, dann knirschte irgendwas.

Als sich nichts mehr bewegte, fluchte Josh laut. Alles, wirklich alles konnte er jetzt gebrauchen, aber nicht das. Er saß in einem gestohlenen Fahrzeug und hatte einen Unfall gebaut.

Scheiße!

Der Fahrer vor ihm stieg aus seinem Auto und ging langsam an der Seite entlang bis zum Heck. Dort blieb er stehen und betrachtete den Schaden. Dann wanderte sein Blick zu Josh, der noch immer wie erstarrt hinter dem Steuer saß.

Du musst jetzt aussteigen. Versuchen zu retten, was zu retten ist. Zeig dich reuig. Vielleicht ist der Schaden nicht so groß und man kann die Sache unkompliziert regeln.

Josh holte tief Luft, öffnete die Fahrertür und stieg aus. Er stellte sich zu dem Mann, einem Typen um die fünfzig mit schütterem hellbraunem Haar und einer untersetzten Figur in einem Anzug, der ihm offensichtlich eine Nummer zu klein war. Murmelgroße Augen starrten ihn vorwurfsvoll an.

Josh blickte an dem Mann vorbei auf das Fahrzeug. Es war ein neuer Toyota. Die Kunststoffstoßstange war zersplittert und zeigte ein zehn Zentimeter großes ausgefranstes Loch.

Joshs Hoffnung, die Sache ohne Polizei zu klären, zerstob. Das Auto war zu neu, zu teuer, wahrscheinlich ein Firmenfahrzeug, und der Typ sah nicht so aus, als hätte er Verständnis für irgendetwas auf dieser Welt.

»Guten Tag, Sir. Das tut mir leid. Ich war einen Moment abgelenkt. Natürlich komme ich ...«

»Haben Sie getrunken?«, unterbrach ihn der andere unfreundlich.

»Nein, Sir. Ich ...«

»Drogen? Haben Sie Drogen genommen?«

»Sir«, sagte Josh nun etwas ungehalten, »das ist ein harmloser Unfall, wie er jeden Tag passiert. Wieso unterstellen Sie mir ...«

»Ich werde die Polizei anrufen«, fiel der Mann ihm erneut ins Wort. »Und danach werde ich meine Firma verständigen. Das wird teuer für Sie!« Er fasste in die Innenjacke seines Jacketts und fischte ein Handy heraus.

Josh wusste, dass er sofort reagieren musste. Die Polizei konnte er jetzt nicht gebrauchen. Nicht, wenn er mit einem geklauten Wagen durch die Gegend fuhr.

Als der Mann das Handy an sein Ohr hob, schlug Josh es ihm aus der Hand. Es fiel zu Boden und rutschte klappernd unter Joshs Fahrzeug.

»Was ... was tun Sie da?«, rief der Mann entgeistert. Er versuchte, Joshs Arm zu packen, aber der war schon losgesprintet. Hinter ihm erklangen die aufgeregten Rufe des Geschäftsmannes, doch Josh beachtete sie nicht, sondern setzte mit Schwung über die Leitplanke hinweg und rannte quer über eine Wiese auf die ersten Häuser zu.

Ein Hupkonzert setzte ein. Der Mann hatte schnell reagiert und war nun dabei, die Polizisten an der Straßensperre auf sich aufmerksam zu machen.

Verdammt!

Josh spurtete weiter. Dann hatte er das erste Grundstück erreicht und sprang mit einem Satz über den niedrigen Zaun.

Gehetzt sah er sich um. Wo war der Ausgang?

Dort. Ein einfaches, niedriges Tor, er würde keine Probleme damit haben darüberzuklettern. Josh rannte los, umrundete einen Sandkasten, in dem bunte Eimer und Plastikschaufeln lagen, und stolperte prompt über ein Kinderfahrrad. Zum Glück konnte er in letzter Sekunde verhindern zu fallen. Fluchend fasste er nach der Torklinke.

Offen!

Er riss das Tor auf, schlitterte auf den Gehweg, dann wandte er sich nach links und jagte die Straße entlang. Er musste dieses Gebiet so schnell wie möglich verlassen. Außerdem blieb ihm nicht mehr viel Zeit. Als er auf seine Armbanduhr blickte, stellte er fest, dass es bereits zwanzig vor sechs war – und er hatte keine Ahnung, wie weit der Hafen noch entfernt war.

Eine Frau im leichten Sommerkleid kam aus einem Haus und blieb mit offenem Mund stehen, als er an ihr vorbeisprintete.

Na toll, jetzt gibt es eine Zeugin, die der Polizei verraten kann, in welche Richtung ich gelaufen bin ...

Seine Gedanken wirbelten umher. Sollte er weiter auf der Straße laufen und hoffen, dass die Beamten noch ein Weilchen brauchten, um in dieses Viertel zu kommen, und vielleicht nicht auf die Frau trafen, die ihn gerade eben gesehen hatte? Oder sollte er sich durch die Gärten schlagen?

Die Straße!

Sie war vorerst seine einzige Chance. Alles andere würde nur einen Umweg bedeuten und Zeit in Anspruch nehmen, die er nicht hatte. Außerdem, was, wenn er sich verlaufen würde? Nein, das konnte er nicht riskieren.

Wenn die Cops kommen, werde ich sie hören, versuchte Josh, sich zu beruhigen. Außerdem hatten die bestimmt noch immer mehr Interesse daran, Sarah zu finden, als Jagd auf jemanden zu machen, der Fahrerflucht begangen hatte ...

Er rannte die Straße entlang und plötzlich war das Glück mit ihm, als er auf eine kleine Kreuzung stieß und dort ein Straßenschild entdeckte, das ihm den Weg zum Hafen wies.

Josh bog ab und legte noch an Tempo zu.

19.

Entschuldigen Sie bitte«, sagte eine männliche Stimme hinter Sarahs Rücken. »Ich würde gern telefonieren, aber Sie stehen seit mehreren Minuten einfach nur da und starren auf den Apparat. Wenn Sie also nicht telefonieren ...«

»Oh ... tut mir leid«, stammelte Sarah. »Ich war in Gedanken.«

»Das hat man gesehen.«

Der Mann war um die dreißig, trug Jeans, ein verwaschenes Shirt und einen gepflegten Vollbart, wie es gerade modisch war. Das dunkle Haar und der Bart ließen ihn ein wenig wie einen Araber wirken, aber seine hellblauen Augen sprachen dagegen.

Schau ihn nicht zu lange an, ermahnte sich Sarah.

Vor allem darf er dich *nicht weiter ansehen, sonst prägt er sich dein Gesicht ein, Perücke hin oder her. Er wird sich an dich erinnern und der Polizei eine Beschreibung von dir geben können.*

»Ich muss dann«, murmelte sie und drückte sich mit gesenktem Kopf an ihm vorbei. »Nochmals Entschuldigung.«

»Kein Problem.«

Sie war fast an ihm vorüber, als sie entdeckte, dass er unter dem Shirt eine Waffe trug. Er hatte sie in seinen Hosenbund gesteckt und sein T-Shirt darübergezogen, aber als er jetzt seinen Körper streckte, um ihr Platz zu machen, zeichnete sich die Waffe deutlich unter dem Stoff ab.

Sarah drängte sich an ihm vorbei und versuchte, ruhig zu bleiben, aber ihr Herz schlug derart heftig in ihrer Brust, dass sie Angst hatte, der Mann könne es hören.

Bleib ruhig, Sarah. Atme tief durch. Mach jetzt keinen Fehler. Bis zum Café ist es nicht mehr weit. Du schaffst das, aber du darfst jetzt nicht die Nerven verlieren.

Ihr fiel auf, dass sie den Kopf zwischen die Schultern gezogen hatte und gebückt ging. Ein unbewusster Versuch, sich kleiner zu machen, unsichtbar zu werden, doch Sarah wusste, dass sie damit nur Aufmerksamkeit auf sich ziehen würde. Also richtete sie sich zu ihrer vollen Größe auf und hielt sich gerade.

Während sie Richtung Café lief, suchten ihre Augen unablässig die Gegend ab – und plötzlich entdeckte sie eine weitere Bedrohung. Während alle Menschen um sie herum in Bewegung waren, stand ein Mann mittleren Alters regungslos auf der anderen Straßenseite und schaute zu ihr herüber. Er war unauffällig gekleidet, schätzungsweise fünfzig Jahre alt, mit beginnender Glatze. Seine Blicke trafen Sarah wie Pfeile und sie spürte, dass ihm etwas an ihr aufgefallen sein musste.

Hat sich meine Perücke verschoben?

Während sie wie betäubt einen Fuß vor den anderen setzte, hob Sarah unauffällig die Hand und fuhr sich mit einer Geste, die natürlich wirken sollte, durch das Haar.

Nein, alles in Ordnung. Was ist es dann? Warum glotzt mich der Typ so an?

Zwischen ihnen beiden lagen nun schon zwanzig Meter, aber als Sarah vorsichtig über die Schulter zurückspähte, stellte sie fest, dass er den Kopf gedreht hatte und ihr immer noch nachsah.

Oh mein Gott. Hat er mich erkannt? Eigentlich unmöglich in dieser Verkleidung, aber irgendetwas an mir hat ihn stutzig gemacht.

Nur mit Mühe widerstand sie dem Drang, einfach loszurennen. *Wenn du jetzt rennst, ist alles aus.*

Sarah blieb stehen. Sie konnte sich nicht weiter unauffällig nach ihm umschauen, aber nicht zu wissen, was der Mann tat, hielt sie auch nicht aus.

Sie stand vor einer kleinen Boutique, die Secondhandklamotten anbot, und tat so, als betrachte sie die Auslage, aber in Wirklichkeit suchte sie in der Spiegelung der Glasscheibe nach dem Mann auf der anderen Straßenseite.

Er hatte sich in Bewegung gesetzt. Überquerte jetzt die Straße, ließ zwei Fahrzeuge passieren und hielt direkt auf sie zu.

Sarah wusste, sie hatte nur eine Chance, den Typ loszuwerden: Sie musste in die Offensive gehen. Wie bei dem Taxifahrer heute Morgen ...

Mit einem Ruck wandte sie sich um und stellte sich breitbeinig hin. Die Schultern nach hinten geschoben, den Kopf hocherhoben, nahm sie die Sonnenbrille ab. Dann starrte sie den Mann so wütend an, als hätte er versucht, ihr in aller Öffentlichkeit die Kleider vom Leib zu reißen.

Der Typ reagierte sofort. Er zögerte plötzlich, blieb mitten auf der Straße stehen, schaute sie fünf endlose Sekunden lang an, dann drehte er sich abrupt um und ging auf die andere Seite zurück.

Mit zitternden Fingern setzte Sarah die Brille wieder auf.

Ihr war zum Kotzen übel.

Der Rest des Weges verlief ohne Zwischenfälle. Zwar begegnete Sarah vielen Passanten, darunter zahlreiche Touristen, aber niemand schenkte ihr Beachtung. Zu ihrer großen Überraschung war auf den Straßen nur wenig Polizei unterwegs, was wohl bedeutete, dass man sie längst woanders vermutete, wahrscheinlich am Rand von West Harbour beim Versuch, die Stadt zu verlassen.

Einmal ging sie direkt an einem Streifenwagen vorbei, aber die beiden Beamten darin, ein Mann und eine Frau, sahen nur flüchtig auf und widmeten sich dann sofort wieder ihren Kaffeebechern.

Ein Stück weiter die Straße hinunter waren vor einer Starbucks-Filiale Tische und Stühle aufgestellt. Erstaunlicherweise saßen trotz des gestrigen Ereignisses ein paar junge Leute in ihrem Alter in der Sonne und tranken Kaffee, dessen köstlicher Duft Sarah fast wahnsinnig machte.

Wahrscheinlich Touristen, die von alldem nichts wissen, dachte sie und spürte einen schmerzhaften Stich in ihrer Brust, als sie diesen Anschein von Normalität wahrnahm. Sie hätte alles dafür gegeben, einer dieser Menschen dort an den Tischen zu sein.

Eine Träne stahl sich aus ihrem rechten Auge. Sarah wischte sie hastig weg.

Bevor das Gefühl der Verzweiflung sie übermannen konnte, dachte sie an Josh. Wo er jetzt wohl war? Würde er rechtzeitig zum Treffpunkt kommen? Und was war mit Patrick? Sein Erscheinen war wichtig, wenn sie Joshs Worten Glauben schenken wollte. Allerdings konnte sich Sarah noch immer nicht so richtig vorstellen, wie die Sache funktionieren sollte.

Josh hatte erzählt, dass unter bestimmten Umständen Ereignisketten zustande kamen, bei denen sich verschiedene Realitäten berührten und ein Wechsel in eine andere Welt möglich machten.

So wie sie es sich vorstellte, stimmten beide Realitäten für einen kurzen Augenblick vollkommen überein und es konnte geschehen, dass man aus seiner eigenen Realität in die nächste fiel.

Wahnsinn! Solche Dinge haben mich nie interessiert – und heute hängt mein Leben davon ab.

Ohne Josh wäre sie jetzt vollkommen verwirrt, hätte keine Ahnung, was geschehen war und wie sie sich verhalten musste. Wahrscheinlich läge sie schon längst tot auf der Straße oder säße in einer Zelle, ohne Hoffnung, diese jemals wieder zu verlassen.

Trotzdem fragte sie sich immer wieder, was und wie viel von all dem, was ihr Josh erzählt hatte, wahr sein mochte. Alles, was er sagte, klang so verrückt. War so wenig vorstellbar. So wenig denkbar. Doch sie spürte, dass Josh ihr helfen wollte. Dass er es ehrlich mit ihr meinte. Er riskierte viel, um sie zu retten.

Letztendlich blieb ihr keine andere Wahl, als ihm zu vertrauen. Alternativen gab es nicht. Sie konnte auf niemandes Hilfe hoffen und die Behörden würden sie nicht beschützen können, ja, vielleicht würden sie es noch nicht einmal wollen. Eines der Opfer war der Sohn des Sheriffs; auch dieser

Mann würde in seinem Schmerz nach Vergeltung schreien – und sie konnte es verstehen.

Denn bei all dem Leid, das ihr widerfuhr, war das Schlimmste der Verlust ihrer Familie. Sie vermisste ihre Mom und ihren Dad, ja, selbst Ben, und sie hätte im Moment nichts lieber getan, als ihn in die Arme zu schließen und seinem Gebrabbel zu lauschen.

Wo sind sie? Und warum haben sie mich heute Morgen allein im Haus zurückgelassen?

Inzwischen wussten ihre Eltern garantiert, dass man ihre Tochter verdächtigte, die Amokläuferin von West Harbour zu sein. Bestimmt irrten sie längst auf der Suche nach ihr durch die Stadt ...

Aber letzten Endes konnten ihr auch ihre Eltern nicht helfen. Wie sollten sich zwei einzelne Menschen gegen eine ganze Stadt stellen? Noch dazu, wenn es die Eltern einer vermeintlichen Mörderin waren ... Nichts würde sich dadurch für sie ändern, aber ihre Familie würde sich in Gefahr begeben. Eine Gefahr, die sie verschlingen konnte.

Nein, es war besser, das allein durchzustehen.

In wenigen Augenblicken würde sie wissen, ob an Joshs Worten etwas dran war oder nicht. Ob er – trotz aller Unwahrscheinlichkeiten – die Wahrheit gesagt oder sich alles zusammengesponnen hatte.

Ich habe nichts zu verlieren, aber alles zu gewinnen. Ich muss es zumindest versuchen. Versuchen, mein Leben zu retten, selbst wenn das der einzige Weg dazu ist.

Tief in Gedanken versunken stand sie plötzlich vor dem Harbour Café. Sie schaute auf das kleine Holzgebäude, ein ehemaliges Fischerhaus aus dem neunzehnten Jahrhundert, das der jetzige Besitzer liebevoll restauriert hatte. Blau gestrichene Holzbretter, weiße Fensterrahmen und eine rote Tür waren die Kennzeichen des Cafés. Das Dach war mit dunkelbraunen Schindeln gedeckt und ein langer Kamin reckte sich in den noch immer strahlend blauen Himmel.

Vor dem Eingang waren selbst gezimmerte Tische und Stühle aufgestellt. Die Ereignisse hatten jede Menge Schaulustige in die Stadt gelockt, Einheimische waren hingegen kaum auf den Straßen zu sehen, denn Sarah entdeckte niemand, den sie kannte. Der Schock über den Amoklauf saß offenbar tief – oder hatte die Leute, die eine Waffe besaßen, an den Stadtrand getrieben.

Natürlich war die Gefahr, jemandem über den Weg zu laufen, der sie kannte, dennoch real, aber Sarah hoffte inständig, dass niemand sie hinter dieser Verkleidung vermuten würde.

Sie schaute sich nach der Polizei um. Beamte in Uniform waren nicht zu sehen, aber es konnte gut sein, dass Cops in Zivil unterwegs waren. Als Sarah niemand Auffälliges entdeckte, entspannte sie sich ein wenig. Ihre Schultern waren inzwischen regelrecht verkrampft und sie hatte wieder Kopfschmerzen bekommen.

Liegt wahrscheinlich an der Hitze und am Wassermangel. Oder daran, dass jemand zehn Millionen Dollar auf deinen süßen Hintern ausgesetzt hat, Baby, hörte sie plötzlich Lonas Stimme.

Sie musste unbedingt raus aus der Sonne.

Sarah ging zum Eingang, öffnete die rote Tür und betrat das Café. Nach der Helligkeit, die draußen herrschte, war es hier drin regelrecht düster, denn die Markisen vor den Fenstern warfen lange Schatten in den Innenraum.

Die Klimaanlage lief auf Hochtouren und Sarah begann sofort zu frösteln. Ihre Augen glitten fieberhaft durch den Raum. Bei dem schönen Wetter hielten sich die meisten Gäste draußen auf, nur wenige saßen an den runden Tischen, tranken Kaffee oder ein kühles Bier. Sarah entdeckte Patrick sofort.

Wie vorgeschlagen hatte er am selben Tisch wie am Tag zuvor Platz genommen. Er saß mit dem Rücken zu ihr, aber Sarah konnte sehen, dass er mit den Fingern der rechten Hand nervös auf den Tisch trommelte.

Er hat allen Grund, aufgeregt zu sein! Wenn man ihn mit mir erwischt, wandert er ins Gefängnis ...

Eine Welle der Dankbarkeit durchflutete sie. Am liebsten wäre sie Pat um den Hals gefallen, aber sie musste sich unauffällig benehmen, also ging sie mit langsamen Schritten durch den Raum, schritt zu seinem Tisch und rutschte schnell auf einen Stuhl. Der Platz war perfekt. Niemand konnte sie von hinten überraschen und sie hatte den Eingang jederzeit im Auge. Als sie sich setzte, hob Patrick überrascht den Kopf.

»Entschuldigung, aber hier ...« Er stutzte. Sein Blick wanderte forschend über ihr Gesicht. »Bist du das, Sarah?«

Sie nahm die Brille ab, damit er ihre Augen sehen konnte. Außerdem wäre es bei dem Dämmerlicht, das im Café herrschte, zu auffällig, die Sonnenbrille weiter aufzubehalten.

»Ja, ich bin es, Patrick. Danke, dass du gekommen bist.«

Er sagte nichts, starrte sie nur an.

»Ich muss dir so viel erzählen und vieles hört sich völlig verrückt an, aber bitte lass mich aussprechen, bevor du etwas sagst«, sprudelte es aus ihr heraus.

»Okay.«

Die Bedienung, Lorenzo Carmisano, kam an ihren Tisch. Sarah fiel auf, dass er nicht hinkte.

»Hi«, sagte er.

»Hi«, sagte sie. »Hattest du nicht Probleme mit dem Knie?«

Der junge Mann sah sie überrascht an. »Kennen wir uns?«

Sarah spürte, dass sie einen Fehler gemacht hatte, und setzte schnell hinterher: »Nicht wirklich, du hast deine Verletzung mal erwähnt, als ich hier was trinken war.«

Was hatte sie sich nur dabei gedacht, Lorenzo in ein Gespräch zu verwickeln? *Verdammt!*

Lorenzos verschlossene Miene öffnete sich wieder und ein Lächeln erschien auf seinen Lippen. »Oh, hab ich wohl vergessen. Nimm's bitte nicht persönlich, ich kann mir einfach keine Gesichter merken.« Er zwinkerte ihr entschuldigend zu.

Sarah entspannte sich ein bisschen. Er schien sich nicht an sie zu erinnern. Gott sei Dank!

»Ich hab mir große Sorgen gemacht wegen der OP«, sagte Lorenzo, »aber alles ist gut verlaufen. So gut, dass ich den Kellnerjob bald an den Nagel hängen kann.« Er grinste breit. »Mir liegt ein gutes Angebot von einem Proficlub vor.«

»Das freut mich für dich.«

Patrick sagte nichts, sondern folgte der Unterhaltung schweigend. Sarah spürte seine Abneigung gegen dieses Gespräch. So wie er seinen Mund zusammenkniff, war er wahrscheinlich eifersüchtig.

»Ich hätte gern was zu trinken«, knurrte Patrick.

»Entschuldigung«, meinte Lorenzo. »Was kann ich euch bringen?«

»Ein großes Wasser, bitte«, sagte Sarah.

»Cola. Eiskalt.«

Ein Gedanke durchzuckte Sarah. Am Abend zuvor hatte Patrick ein Bier bestellt. Sie wusste nicht, ob es eine Rolle spielte, aber laut Josh bestand ihre einzige Chance, die Realität zu wechseln, darin, den genauen Ablauf der Ereignisse zu wiederholen.

Lorenzo wollte sich schon abwenden, als Sarah sagte: »Bitte bring meinem Freund ein Bier. Ein Heineken.«

Patricks Kopf ruckte herum. Ein harter Zug lag um seinen Mund. »Sag mal, hast du sie noch alle? Ich bestimme immer noch selber, was ich trinke!«

Lorenzo zögerte, wirkte verunsichert. Sarah blickte hilflos zwischen ihm und Patrick hin und her.

»Bitte, Pat, ich erkläre es dir gleich«, flüsterte sie ihm zu. »Du bist natürlich eingeladen. Okay?«

»Was soll ich denn jetzt bringen?«, fragte Lorenzo.

Patrick starrte sie immer noch an, dann nickte er schließlich. »Das Bier geht schon in Ordnung.«

Als sie wieder allein waren, raffte Sarah all ihren Mut zusammen und erzählte Patrick, was ihr geschehen war. Alles – von dem Moment ihres Aufwachens bis zu ihrem Eintreffen hier im Café. Sie ließ nichts aus, verschwieg auch nicht ihr Treffen mit Josh und was er ihr über die Situation gesagt hatte. Lediglich ihre Gefühle für ihn erwähnte sie nicht. Sie wollte Patrick nicht verletzen. Er war gekommen, um ihr zu helfen, und das rechnete sie ihm hoch an. Eigentlich wusste sie nicht, warum sie ihm das alles erzählte, denn sie hatte keine Hoffnung, dass er ihr glauben würde – sie konnte es ja selbst kaum glauben. Es konnte gut sein, dass er sie für eine völlig durchgeknallte

Spinnerin hielt und die Behörden verständigte oder noch schlimmer, ihr tatsächlich zutraute, eine eiskalte Mörderin zu sein.

In diesem Moment legte sie ihr Schicksal in seine Hände, hoffte darauf, dass seine Liebe zu ihr ihn all die verrückten Dinge glauben ließ und er ihr vertraute, wenn sie sagte, dass sie es nicht gewesen war, die die Kinder erschossen hatte.

Als Sarah fertig war mit Erzählen, schaute sie ihn direkt an. Patrick hatte sie nicht einmal unterbrochen. Keine Frage gestellt. Und noch immer hatte er diesen harten Ausdruck im Gesicht, wirkte zornig und gleichzeitig distanziert. Sarah wusste nicht, was sie erwartet hatte, aber irgendetwas lief hier schief. Ein beunruhigendes Gefühl erfasste sie.

Wo zum Teufel steckte Josh? Er wollte doch kommen. War Teil der Situation, die sie nachspielen musste, wenn sie überleben wollte. Aber er war nicht da und Patrick benahm sich merkwürdig.

Was soll ich denn jetzt tun?

Der Kellner war zurück, stellte ihre Getränke vor ihnen ab und ging wieder. Sarah holte tief Luft.

»Was sagst du zu alldem?«

Patrick schaute sie lange an. Sie hatte mit allen möglichen Reaktionen gerechnet, aber nicht damit, dass er sie einfach völlig ausdruckslos anstarren würde.

»Eine schöne Geschichte«, sagte er schließlich. »Schade, dass du sie nicht mehr aufschreiben kannst. Das Buch wäre bestimmt ein Bestseller geworden.« Er griff nach seinem Bier und nahm einen tiefen Zug. Dabei ließ er sie keine Sekunde aus den Augen. Sarah konnte nicht verhindern, dass sich unter seinem Blick die Härchen an ihren Unterarmen aufstellten. Sie sah zu, wie er die Flasche abstellte und sich den Mund abwischte. Dann sagte er: »Aber dazu wird es leider nicht kommen.«

Mit diesen Worten griff er neben sich, riss abrupt eine großkalibrige Waffe hoch. Einen schweren Revolver mit langem Lauf. Sarah kannte die Waffe, sie gehörte Patricks Vater, einem fanatischen Sportschützen. Pat hatte ihr das Ding mal gezeigt und ihr damit Angst gemacht. Nun richtete sich die Mündung direkt auf ihr Gesicht.

Sarah zuckte zurück. Dabei stieß sie mit dem Ellenbogen das volle Wasserglas um, das zu Boden fiel und in tausend Stücke zerbrach. Gleichzeitig begann der Boden zu beben und ihr ganzer Körper vibrierte. Eine namenlose Angst erfasste sie, genau wie gestern.

Die Zeit dehnte sich. Und plötzlich schien alles wieder wie in Zeitlupe abzulaufen. Jede Bewegung im Raum wirkte langsam und zäh. Menschen gingen durch das Café, als bewegten sie sich unter Wasser. Alle Töne waren verzerrt, die Musik war nur noch ein einziger lang gezogener Laut.

Sie drehte den Kopf.

Dann entdeckte sie Josh, der durch die Tür des Cafés trat. Sah, wie er zu Patrick schaute, der aufgesprungen war und ihr nun die Mündung der Waffe direkt vor die Augen hielt. Wie durch einen zähen Nebel sagte er: »Danke, Sarah Layken.«

»Danke? Danke wofür?« Sie sah ihn verwirrt an. Blickte in seine Augen, in denen plötzlich ein Gefühl aufloderte, das sich nur mit einem Wort beschreiben ließ: Gier.

»Für die zehn Millionen Dollar, die bald auf meinem Konto sein werden!«

Und Sarah verstand.

In dieser Welt sind wir kein Paar gewesen. Patrick ist nicht mein Exfreund, er liebt mich nicht, hat es nie getan, denn sonst würde er nicht eine Waffe auf mich richten. Dieser Patrick hier ist ein anderer Mensch als der, den ich aus meinem Leben kenne, und in dieser Realität scheint es eine offene Rechnung zwischen uns zu geben.

Anders konnte sie sich den blanken Hass in seinen Augen nicht erklären.

Seine komische Reaktion am Telefon, seine seltsamen Bemerkungen, das alles ergab nun einen Sinn und Sarah wusste, dass sie sterben würde. Abwehrend hob sie beide Hände.

»Bitte, Patrick, tu das nicht. Bitte, hör mir zu ...«

Sarah wusste nicht, ob sie die Worte laut aussprach oder nur dachte. Sie konnte ihre eigene Stimme nicht mehr hören und nahm plötzlich alles nur noch wie durch Watte wahr.

Aus dem Augenwinkel sah sie Josh auf sich zurennen, ohne dass er sich wesentlich vorwärtsbewegte. Es wirkte, als trete er wie eine Stummfilmfigur auf der Stelle.

Neben ihr gab es eine Bewegung, die erst jetzt in ihr Bewusstsein drang. Der Kellner war plötzlich wieder da. Kaum war er in ihr Blickfeld getreten, prallte Josh im Zeitlupentempo gegen ihn. Lorenzo verlor das Gleichgewicht, stolperte unendlich langsam gegen Patrick.

Und dann fiel ein Schuss.

Entsetzt riss Sarah den Mund zu einem stummen Schrei auf, aber die Kugel verfehlte sie und bohrte sich hinter ihr in die Wand.

Schwindel erfasste sie.

Sie taumelte.

Fühlte, dass sie fiel.

Dann war da Josh.

Er stieß Patrick beiseite.
Seine Hand streckte sich nach ihr aus.
Sie sah sein Gesicht.
Diese wunderschönen grünen Augen.
Dann war da nur noch Schwärze.

20.

Sarah erwachte und setzte sich ruckartig auf. Von draußen fielen Sonnenstrahlen durch die Jalousien und zauberten Streifenmuster auf ihre Bettdecke. In ihrem Mund war ein bitterer Geschmack und ihr Herz klopfte wie wild.

Mist, sie hatte vergessen, den Wecker auszustellen. Aus dem Radiowecker erklang Randy Brandsoms Stimme und wünschte allen Hörern einen wundervollen Samstagmorgen, der, wie er versprach, heute in einen wundervollen Tag übergehen würde, denn die aktuellen Wetterdaten verhießen angenehme Temperaturen bei wolkenlosem Himmel und strahlendem Sonnenschein.

Sarah war verwirrt. In ihrem Kopf tanzten die Gedanken. Sie hatte Mühe, sich in der Realität zurechtzufinden.

Was für ein verrückter Traum!

Unfassbar.

Sarah spürte leichten Schwindel, eine unbestimmte Schwäche, so als habe sie einen Marathon hinter sich gebracht. Ihr Pyjama war nass geschwitzt und klebte unangenehm auf der Haut.

Als sie sich mit der Zunge über die Unterlippe fuhr, bemerkte sie, dass sie im Schlaf darauf herumgekaut haben musste. Vorsichtig betastete sie mit dem Zeigefinger die wunde Stelle, aber es schien nicht allzu schlimm zu sein.

Von unten drang Bens Geplapper nach oben und lenkte sie ab. Sie hörte, wie ihre Mutter mit dem Geschirr klapperte. Der Duft nach Pfannkuchen zog durch das Haus. Sarah fühlte sich unendlich geborgen. Noch immer klang der Traum in ihr nach, aber langsam begann er, im Licht des Tages zu verblassen. Ein Albtraum, eine völlig verrückte Geschichte – sie als eine gejagte Amokläuferin, die sechs Schüler ermordet haben sollte, und Josh, der ihr erzählte, dass sie in eine andere Realität gefallen war. Aber der Gipfel des Absurden war der Umstand gewesen, dass Patrick am Ende des Traums versucht hatte, sie zu erschießen.

Patrick, der noch nie in seinem Leben eine Waffe abgefeuert hatte und sich wahrscheinlich bei dem Versuch selbst in den Fuß schießen würde. Sarah lächelte.

Patrick, dem es schwerfiel, sein Leben auf die Reihe zu kriegen – und der sie genau deswegen gebraucht hatte. Er hatte sie sicherlich von Herzen geliebt, aber es war auch anstrengend gewesen, so wie er sich an sie geklammert und gehofft hatte, dass sie die Lösung für all seine Probleme sein würde. Und dieser Patrick, mit dem sie sechs Monate lang zusammen gewesen war, sollte versucht haben, sie zu erschießen?

Never ever!

Noch immer verspürte Sarah die Unruhe, die der intensive Traum in ihr wachgerufen hatte, aber Gott sei Dank war es nur ein Traum gewesen – auch wenn alles so echt, so real gewirkt hatte.

Die Sache mit Josh Stiller hat sich allerdings wirklich gut angefühlt ...

Ihm so nah zu sein, den Duft seiner Haut zu riechen und seine starken Arme zu spüren, die sie umarmten, weckte eine unbändige Sehnsucht in ihr. Sie musste ihn unbedingt wiedersehen. Das gestrige Treffen im Café ...

Sarah versuchte, sich zu erinnern, aber immer wieder entglitten ihr die Bilder, vermischten sich Traum und Realität.

Von unten rief ihre Mutter nach ihr und Sarah schob alle Gedanken beiseite. Der Tag war schön, die Sonne schien, Randy Brandsom quatschte im Radio und sie hatte einen Mordshunger.

Sarah tippelte kurz ins Bad, wusch sich das Gesicht, dann machte sie sich auf den Weg nach unten. Als sie auf die letzte Stufe trat, wartete sie auf das vertraute Knarren. Vergeblich.

Fast so wie in meinem Traum.

Entschieden verscheuchte Sarah das beklemmende Gefühl, das sich in ihr breitmachen wollte. Alles war gut. Ihre Eltern waren da, Ben war da und sie hatte einen wunderbaren Tag vor sich.

Ihr kleiner Bruder saß in seinem Hochstuhl und panschte in seinem Brei herum. Als er Sarah sah, wanderte ein Strahlen über sein Gesicht.

»Sarah«, rief er laut aus. »Ben isst Mus.«

Sie ging zu ihm hinüber und drückte ihm einen dicken Schmatzer auf die Stirn, dann gab sie ihrem Vater einen Kuss auf die Wange, der zufrieden vor sich hin brummelte und tatsächlich seine Zeitung beiseitelegte.

»Womit habe ich das verdient?«, fragte er lächelnd.

»Einfach so«, sagte Sarah glücklich.

»Willst du einen Pfannkuchen?« Ihre Mutter reichte ihr einen Teller, auf dem ein verführerisch dampfender Pfannkuchen lag, der nur darauf wartete, mit Ahornsirup bestrichen zu werden. Ihr Ellenbogen stieß dabei gegen das gerahmte Foto, das Sarah mit ihrem Dad bei einem Wanderausflug zeigte.

»Oh«, sagte ihre Mom. »Das gehört doch eigentlich ins Wohnzimmer.« Sie betrachtete das Bild. »Das war ein schöner Tag, damals in den Bergen. Schade, dass ich nicht mit zum Gipfel konnte, sondern mit Ben im Hotel bleiben musste.«

Irgendetwas an dieser Aussage irritierte Sarah, doch dann begann Ben, der seinen Namen gehört hatte, lautstark vor sich hin zu plappern und lenkte sie von ihren Gedanken ab.

»Und was hast du heute vor?«, fragte ihre Mom.

Sarah spießte ein großes Stück Pfannkuchen auf ihre Gabel und schob es sich in den Mund. »Ich dachte, ich gehe mit Ben zum Strand«, sagte sie mit vollen Backen.

Ihre Mutter schaute sie freudig überrascht an. »Ehrlich? Das würdest du tun?«

Sarah beugte sich zu Ben hinüber. »Na, wie schaut es aus, du kleine Kröte? Hast du Lust, zum Strand zu gehen?«

Ben jauchzte auf. Noch mehr Brei flog durch die Gegend.

»Du sollst ihn nicht immer ...«

»Ich weiß, Dad. Sorry.«

»Willst du einen Cappuccino?«, fragte ihre Mutter.

Sarah nickte, während sie sich weiter ihrem Pfannkuchen widmete. Er schmeckte einfach himmlisch!

In ihrem Rücken begann der Kaffeevollautomat zu blubbern, dann hörte Sarah, wie ihre Mutter mit dem Dampf die Milch aufschäumte. Schließlich stand die verführerisch duftende Tasse vor ihr und Sarah nahm den ersten Schluck.

Herrlich.

Ach, das Leben konnte so schön sein und oftmals waren es nur Kleinigkeiten, die einen gewöhnlichen Tag zu etwas Besonderem machten.

Sarah überlegte, Lona anzurufen und zu fragen, ob sie mit zum Strand kommen wollte.

Wenn ich ihr sage, dass Michael am Strand rumhängt, kommt sie bestimmt mit und ich muss mich nicht die ganze Zeit allein um Ben kümmern.

Sarah trank ihren Kaffee aus, stopfte sich das letzte Stück Pfannkuchen in den Mund, bedankte sich bei ihrer Mutter für das Frühstück, gab ihrem Vater noch einen Kuss, der nun endgültig verwirrt wirkte, und ging hinauf in ihr Zimmer.

Das Freizeichen erklang exakt siebzehn Mal, bis sich eine verschlafene Stimme meldete.

»Hier ist Lona und wer auch immer sich gerade am anderen Ende der Leitung befindet, ich hasse dich. Es ist mitten in der Nacht ...«

»Es ist helllichter Tag und ich wollte dich fragen ...«

»Bist du das, Sarah?«

»Ja.«

»Scheiße, warum tust du mir das an?«, stöhnte Lona.

»... ob du mit zum Strand kommen willst?«

»Nein.«

»Wie nein?«

»Ganz einfach – nein!«, erwiderte Lona mit einem herzhaften Gähnen.

»Michael Bloom ist auch da«, behauptete Sarah frech.

»Gib mir fünf Minuten.«

»Ich gebe dir zwanzig. Ich muss erst noch alles zusammenpacken ...«

»Willst du verreisen?«, unterbrach Lona sie.

»Nein, aber ich nehme meinen kleinen Bruder mit.«

»Echt jetzt? Ich dachte immer, du magst ihn nicht.«

»Das habe ich nie gesagt.«

»Ja, aber man hat es gespürt. Woher der Sinneswandel?«

Sarah zögerte. »Ich hatte da so einen Traum ...«

»Einen Traum? Baby, heute quatschst du merkwürdiges Zeug.«

Sarah grinste. »Josh Stiller kam darin vor.«

»Wow, hattet ihr Sex?«

»Nein, ich ...«

»Dann interessiert es mich nicht.«

»Lona, hör auf mit dem Blödsinn. Du selbst hast es auch noch nie gemacht, tust aber immer so, als gäbe es nichts anderes in deinem Leben. Wie alt bist du?«

»Siebzehn. Goldene siebzehn, so wie du. Ich spare mich für Michael Bloom auf«, erklärte sie theatralisch.

Sarah musste laut lachen. »Dann wird deine Jungfräulichkeit aber noch eine Weile unangetastet bleiben.«

»Nein«, brummte Lona verschlafen. »Heute ist der Tag der Tage, ich spüre es. Heute kriege ich ihn dazu, mich zu beachten, der Rest ist ein Kinderspiel.«

»Und wie willst du das anstellen?«, wollte Sarah wissen. »Willst du dich vor ihm in den Sand werfen?«

»Ich habe da was in petto, das wird ihn umhauen, glaub mir, Babe, heute ist mein Tag.«

Sarah verdrehte die Augen. »Sind zwanzig Minuten okay?«

»Ich stehe praktisch schon in der Einfahrt.«

»Dann bis gleich.«

Und tatsächlich stand sie in der Einfahrt, als Sarah mit dem Auto ihrer Mutter eine knappe halbe Stunde später vor dem Haus der McCormicks hielt. Ben wackelte hinten in seinem Kindersitz fröhlich hin und her und plapperte Wörter, die nur er verstehen konnte.

Lona sah noch immer verschlafen aus, aber sie hatte Wimperntusche und etwas Kajal aufgelegt. Sie trug ein sehr kurzes, sehr enges Sommerkleid, das ihre schlanke Figur betonte. Die Füße mit den knallrot lackierten Zehennägeln steckten in Flipflops.

»Hi, Sarah.« Lona machte eine Kaugummiblase.

»Wow, du siehst heiß aus, richtig heiß«, begrüßte Sarah ihre Freundin durch das offene Wagenfenster. »Heute meinst du es ernst, oder?«

»Worauf du dich verlassen kannst.« Lona grinste breit. »Michael Bloom gehört mir, und wenn ich mit ihm fertig bin, lässt er sich meinen Namen auf die Brust tätowieren.«

»Genau neben den Schriftzug ›Mom‹.«

Lona wieherte laut auf. Sie ging zum Heck, öffnete die Kofferraumklappe und warf ihre Leinentasche hinein, dann kam sie wieder nach vorn und rutschte auf den Beifahrersitz.

»Babe, ich hoffe, du hast genug zu futtern dabei. Ich kann dem Mann meines Lebens wohl kaum mit leerem Magen gegenübertreten.«

»Du hast doch nur Angst, dass er deine Hingabe mit körperlicher Schwäche verwechselt«, zog Sarah sie auf.

»So in etwa.« Lona fuhr sich durch die Haare – mit dem

Ergebnis, dass sie genauso zerzaust aussah wie zuvor. Sarah konnte sich ein Grinsen nicht verkneifen.

»Meine Mutter hat uns alles Mögliche eingepackt, und weil Ben« – sie deutete mit dem Daumen nach hinten – »dabei ist, reichen unsere Vorräte bis zum Frühling.«

Lona drehte sich im Sitz um. »Na, kleiner Mann, wie geht es dir heute?«

»Ben nicht klein«, protestierte Ben.

»Natürlich nicht. Du bist ein großer, toller Junge.«

»Hmmp«, machte Ben und verzog sein Gesicht zu einer Grimasse.

»Das ist nicht fein, Ben«, sagte Lona. »Wenn du vierzehn Jahre älter wärst, könnte etwas aus uns werden, aber so wie du dich benimmst, werden wir bloß Freunde sein. Akzeptier das und nimm es wie ein Mann.«

»Lona nicht fein«, kam es von hinten.

Sarah musste lächeln. »Kein guter Start für eure Beziehung.«

»Ach was, das wird schon«, erwiderte Lona grinsend. »Also, was gibt's zu essen? Und du weißt ja, ich steh nicht so auf Babybrei.«

»Dann hast du noch nicht die legendäre Apfel-Banane-Zimt-Mischung probiert. Ich sage dir ...«

»Bäh.«

Sarah lachte. »Keine Sorge, wir haben Sandwiches, Käse, kaltes Huhn und Gurken. Ben steht voll auf Gurken. Richtig, Kröte?«

Vom Rücksitz kam ein Glucksen und ein Geräusch, das man mit viel Fantasie als das Wort »Gurke« deuten konnte.

»Dann mal los«, meinte Lona. »Einen Michael Bloom sollte man nicht warten lassen.«

»Und du bist sicher, dass du das willst? Vielleicht erlebst du eine Enttäuschung.«

»Nein, nein, heute ist der Tag der Tage«, erwiderte Lona gut gelaunt. »Ich spüre es, Michael Bloom gehört mir! Und falls nicht, habe ich immer noch Ben, der mich trösten kann. Stimmt's, Ben?«

Ben stieß ungeduldig mit seinen Füßen gegen Lonas Rücksitz und begann zu quengeln.

»Okay, ich denke, dein Bruder und ich müssen bei Gelegenheit noch mal über unsere Beziehung sprechen«, meinte Lona kopfschüttelnd. »Jetzt aber auf zum Strand.«

»Wie wär's mit Musik?«, fragte Sarah.

»Fanten!«, rief Ben begeistert.

»Der Soundtrack zu ›Fluch der Karibik‹ wäre doch ganz passend«, meinte Lona.

»Drei kleine Fanten«, krähte es von der Rückbank. Lona warf Sarah einen fragenden Blick zu.

»Sein aktuelles Lieblingslied«, meinte Sarah schulterzuckend.

»Ähm, vielleicht doch lieber Radio?«, fragte Lona.

»Ist seit zwei Jahren kaputt. Nur der CD-Player funktioniert und ›Fluch der Karibik‹ habe ich nicht. Sorry.«

»Also drei kleine Elefanten«, seufzte Lona und ließ sich ergeben in den Sitz zurückfallen.

Sarah schaltete den Player ein.

»Bereit?«, fragte sie Lona.

»Wenn Sie es sind, Captain.«

»Dann los.«

Im nächsten Augenblick erklang eine tiefe Männerstimme, die das Lied von drei kleinen Elefanten, die sich im Dschungel verirrt hatten, zum Besten gab.

Sarah startete den Motor und bog auf die Straße ein. Sie war noch keine dreihundert Meter weit gekommen, als Lona schon lauthals mitsang und mit Ben im Duett trällerte.

Es war ein wunderbarer Moment und Sarah fühlte sich einfach nur glücklich.

21.

Sie mussten ein Stück den Strand hochgehen, bis sie Michael entdeckten. Zusammen mit zwei Freunden saß er auf einer großen Patchworkdecke und trank Bier aus Dosen. Die drei lachten ausgelassen und stießen lauthals an, aber niemand beachtete Sarah, Lona und Ben, der schon wieder quengelig wurde, weil er so weit durch den Sand stapfen musste.

»Da ist er«, sagte Lona. »Die fleischgewordene Versuchung, ein Gott des Olymps, der …«

»… um elf Uhr am Morgen schon Bier trinkt«, vollendete Sarah den Satz.

»Nun sei mal nicht so spießig. Es ist heiß, das Meer zeigt sich in seiner schönsten Farbe und wir sind so jung, wie wir nie mehr sein werden …«

Sarah seufzte. Sie breitete die mitgebrachte Decke aus, stellte Bens kleinen Sonnenschirm auf, die Kühltasche gleich daneben, dann zog sie ihren Bruder aus und schmierte ihn mit Sonnenschutzcreme Faktor fünfzig ein. Sein kleiner Körper fühlte sich fest und doch weich an. Dabei roch er nach

Baby, obwohl er längst schon ein Kleinkind war. Er strahlte über das ganze Gesicht und gab Sarah einen dicken Kuss auf die Wange.

»Hab Sarah lieb«, sagte er lachend.

Und ich dich, Kröte.

Warum erkannte sie erst jetzt, wie wertvoll, wie wunderbar ihr kleiner Bruder war? Die ganze Zeit über hatte sie sich von Ben distanziert, nur widerwillig mit ihm gespielt und auch alles andere nur nach Aufforderung durch ihre Eltern getan – und jetzt stellte sie fest, dass sie ihn von Herzen liebte.

»Spielen«, sagte Ben. »Eimer. Aufel.«

Sie gab ihm die Sachen, damit er im Sand buddeln konnte. »Aber bleib noch unter dem Sonnenschirm, bis die Creme eingezogen ist, und geh nicht ohne mich zum Wasser, hörst du? Mom hat mir deine Schwimmflügel eingepackt, aber jetzt schwimmen wir noch nicht. Okay, Ben?«

Ben nickte, aber Sarah sah, dass er in Gedanken schon bei dem Loch war, das er graben wollte.

Neben ihr hatte sich Lona inzwischen von ihrem Kleid befreit. Darunter war ein winziges Etwas von Bikini zum Vorschein gekommen, das mehr entblößte als verdeckte.

»Lona!«, rief Sarah fassungslos aus. »Wo hast du den denn her?«

Normalerweise trug Lona einfarbige Badeanzüge. Die waren zwar raffiniert geschnitten, mehr aber auch nicht. Das hier allerdings ...

»Sind das Blumen?« Sarah beugte sich vor. »Mist, der Stoff ist so winzig, dass man raten muss.«

»Habe ich in der neuen Boutique unten am Hafen gekauft. Cool, nicht wahr?«

Welche neue Boutique?, dachte Sarah. Aber egal, der Bikini sah wirklich verboten aus.

»Na, ich weiß nicht«, sagte sie. In letzter Sekunde erkannte Sarah, dass sie dabei war, Lona zu verunsichern. Als sie die Zweifel in den Augen ihrer Freundin sah, ruderte sie zurück. »So meine ich das nicht. *Cool* ist einfach der falsche Begriff. Was ich wirklich sagen wollte, ist, wie kann man nur so verdammt heiß aussehen?« Lona hatte wirklich eine tolle Figur, und wenn sie so ein Ding tragen wollte, sollte sie eben. »Heute wird kein Mensch schwimmen gehen. Ich stelle mich schon mal darauf ein, dass uns bald Massen von Jungs belagern.«

»Dann gefällt er dir?« Lona lächelte zaghaft.

»Wenn ich Michael Bloom wäre, würdest du dieses sündige Etwas schon längst nicht mehr tragen, sondern nackt in meinen Armen liegen. Obwohl, mit oder ohne Bikini spielt bei diesem Hauch von Nichts kaum eine Rolle.«

»Yeah«, sagte Lona. »Das hast du treffend formuliert, Schwester.« Sie wandte sich an Ben. »Was sagst du, kleiner Mann? Findest du mich auch süß?«

»Bnbn.«

»Was?«

»Er meint ›Bonbon‹«, erklärte Sarah. »Was so viel bedeutet wie: Er findet dich lecker.«

Lona nickte gespielt ernst. »Kann man den adoptieren?«

»Leider nein«, antwortete Sarah lachend. »Ben gehört mir.«

Lona ließ sich auf den Bauch fallen, Sarah legte sich daneben. Auf die Ellenbogen gestützt, wandte sie sich ihrer Freundin zu. »Und wie willst du es angehen?«

Lona schielte hinüber zu Michael. »Keine Ahnung. Einfach rübergehen, scheidet aus.«

»Totalmente.«

»Wenn seine Kumpels dabei sind, wird er bloß Sprüche reißen und sich wichtigmachen. Eigentlich sind Jungs doof.«

»Diese Wahrheit ist so universell wie Newtons Gesetz. Also, wie machen wir's?«, fragte Sarah und drehte sich auf den Rücken.

»Sag du.«

»Wir könnten später den Strand entlangspazieren und zufällig an ihnen vorbeigehen. Vielleicht reagiert er ja und spricht uns an.«

»Ich will aber nicht, dass er ›uns‹ anspricht. Er soll *mich* ansprechen.«

»Das meine ich ja.«

Lona drehte sich ebenfalls auf den Rücken. »Noch mal Klartext«, sagte sie, als sie es sich bequem gemacht hatte. »Ich Michael, du Josh.«

Sarah verzog das Gesicht. »So weit ist es noch nicht.«

»Bei mir doch auch nicht«, stöhnte Lona.

Sarah musste lachen.

»Wie war euer Date gestern? Du hast mir noch gar nichts erzählt!«, sagte Lona und begann, aufgeregt auf dem Handtuch herumzuzappeln. »Ich will alles wissen: jedes Wort, das gesprochen wurde, jede kleine, scheinbar zufällige Berührung. Und bei den nicht so zufälligen Berührungen will ich alle Details hören.«

»Lona!«

»Was? Ich bin Romantikerin.«

»Das bist du nicht! Du bist ein neugieriges Biest.«

In Wirklichkeit war es so, dass sich Sarah noch immer nicht an die Ereignisse des gestrigen Abends erinnern konnte, und das machte ihr Sorgen. Gleichzeitig wollte sie nicht, dass Lona davon wusste, und sie wollte auch nicht diesen herrlichen Tag durch trübe Gedanken verderben.

»Also, was ist passiert?«, hakte Lona nach.

»Erzähl ich dir später.« Sarah nickte mit dem Kopf in Bens Richtung. Ein Zeichen, dass er nicht hören sollte, was sie zu sagen hatte.

»Okay, aber ich will es wissen.« Lona drehte den Kopf nach beiden Seiten, blickte den Strand auf und ab. »Gehen wir spazieren?«, fragte sie.

»Wir müssen noch ein wenig warten, bis Bens Sonnencreme eingezogen ist.«

»Müssen wir ihn wirklich mitnehmen? Das sieht ja aus wie ein Mutter-Kind-Projekt.«

»Ich kann ihn nicht allein lassen, und das weißt du.«

»Schon klar. Ich glaube, ich starte mal die Ouvertüre.«

Sarah schaute Lona fragend an, als diese sich erhob und übertrieben rekelte.

»Gib mir mal die Sonnencreme. Ich möchte den Jungs etwas bieten, das sie so schnell nicht vergessen werden.«

»Oh, Lona. Muss das sein?«

»Babe, es geht um meine Jungfräulichkeit, da muss man schon mal was riskieren. Und jetzt her mit der Tube.«

Sarah reichte sie ihr. Was dann folgte, waren fünf Minuten Tabledance ohne Tisch und Stange.

Lona machte ein paar Verrenkungen, die normalerweise lächerlich gewirkt hätten, aber hier und heute am Strand – das Meer im Rücken und mit diesem Knaller von einem Bikini – war es *die* Show schlechthin.

Als sich Lona wieder grinsend neben ihr auf die Decke fallen ließ, fragte sie flüsternd: »Und wie war ich?«

Sarah zögerte nicht. »Umwerfend.«

»So gut?«

»Mehr als das. Wenn Michael Bloom dich heute nicht anspricht, ist er ein Idiot und verdient dich nicht.«

»Hat er herübergesehen?«

Sarah nickte. »Die ganze Zeit. Und seine Kumpel auch.«

»Sehr gut«, meinte Lona zufrieden. Sie drehte sich auf den Bauch. »Und jetzt creme bitte meinen Rücken ein, da komme ich nämlich allein nicht hin.«

»Und ich hätte schwören können, Michael soll das für dich übernehmen.«

Lona drehte den Kopf zur Seite und grinste. »Das muss er sich erst verdienen.«

»Klingt irgendwie anders als noch gerade eben. Was ist aus dem Vor-ihm-in-den-Sand-Werfen geworden?«, fragte Sarah, während sie eine großzügige Portion Sonnencreme auf Lonas Rücken verteilte.

»Ich bin wankelmütig, exklusiv und unberechenbar.«

»Den Spruch hast du doch aus der Werbung.«

»Gabriela Sabatini, ›Ocean Sun‹-Eau de Toilette, dreißig Milliliter Spray, kostet dreißig Dollar. Hab ich mir heute Morgen an den Hals, die Handgelenke und die Fesseln gespritzt. Riechst du es nicht?«

Sarah schnupperte geräuschvoll. »Nicht wirklich, der Duft deiner Sonnencreme überdeckt alles.«

»Anti-Aging Suncare von Shiseido.«

»Anti-Aging?« Sarah warf einen entsetzten Blick auf die Sonnencremeflasche. »Lona, du bist *siebzehn.*«

»Ganz genau. Und meine Haut soll so bleiben, wie sie ist. Michael Bloom soll Champagner aus meinem Bauchnabel trinken.«

Während Sarah und Lona albern kicherten, kam eine Gestalt auf ihren Liegeplatz zu. Unschwer zu erraten, wer da durch den heißen Sand stapfte.

»Ach, schau mal an, da kommt er schon«, sagte Sarah und nickte mit dem Kopf in die Richtung, aus der gerade Michael Bloom auf sie zukam.

Lona fuhr hoch. »Oh mein Gott! Was mache ich denn jetzt?«, fragte sie fast panisch.

»Sag einfach ›Hi‹, der Rest ergibt sich.«

Noch ehe Lona etwas erwidern konnte, fiel sein Schatten auf sie herab.

»Hallo, Ladys.«

Nicht gerade der beste Einstieg, dachte Sarah.

»Hi«, sagte Lona.

»Ich bin Michael.«

Ach, wussten wir gar nicht. Was glaubst du, für wen die ganze Show hier war?

»Kommt ihr öfters an den Strand?«

Uns ist soeben der Gott der gehobenen Konversation vorgestellt worden.

»Nicht so oft«, piepste Lona neben ihr.

Michael starrte sie unverwandt an. Sarah hingegen beachtete er gar nicht.

»Habt ihr Lust, mit uns was zu trinken?«, fragte er und deutete mit dem Kopf in Richtung seiner Kumpel.

»Gerne«, sagte Lona. »Haben wir doch, oder, Sarah?«

»Du weißt, ich muss auf Ben aufpassen. Später vielleicht.«

»Macht es dir was aus, wenn ich ...« Lona machte ein so verzweifeltes Gesicht, dass Sarah gar nicht anders konnte.

»Geh ruhig. Ich komme dann nach.«

Michael erinnerte sich offensichtlich daran, dass er zur menschlichen Gattung gehörte, denn er hielt Lona elegant seine Hand hin, die sie augenblicklich umfasste und sich auf die Füße ziehen ließ. Sie wirkte dabei wie eine Diva, die von ihrem Verehrer zum Dinner abgeholt wurde.

»Okay, bis gleich, Sarah.«

Sarah nickte gezwungen. Vorher würde die Sonne im Westen aufgehen, bevor sie sich zu drei Typen auf die Decke setzte und Bier aus Dosen trank.

22.

Die nächsten beiden Stunden schleppten sich dahin. Sarah spielte mit Ben im Sand, sie gingen zusammen schwimmen und spazierten sogar ein Stück den Strand entlang. Die ganze Zeit über klang Lonas helles Lachen herüber. Sie amüsierte sich offensichtlich königlich. Sarah war inzwischen wirklich sauer auf sie; einen gemeinsamen Tag am Strand stellte sie sich anders vor.

Nicht, dass sie Lona ihr Glück nicht gönnte. Nein, sie konnte alle Michael Blooms der Welt haben und Sarah würde es nichts ausmachen. Dass Lona sie aber hier einfach so sitzen ließ, ärgerte sie.

Schließlich hatte sie genug. Der Badetag war beendet, sie würde heimfahren. Fairerweise musste sie allerdings Lona fragen, ob sie mit zurück in die Stadt wollte, denn Sarah konnte ja nicht automatisch davon ausgehen, dass sich ihre Freundin zu drei Jungs ins Auto setzte – obwohl ... heute war alles möglich.

Sarah blickte zu Ben, der ausgestreckt auf seiner Decke lag und schlief. Sie hatte ein Handtuch über ihm ausgebreitet und den Sonnenschirm so verschoben, dass er im Schatten lag. Seine Schwimmflügel hatte er ausgezogen und in den Eimer gestopft.

Ben hatte einen Daumen in den Mund geschoben, sein kleiner Brustkorb hob und senkte sich im Takt jeden Atemzuges. Es war ein so friedliches Bild, dass Sarahs Ärger über Lonas Verhalten ein wenig verflog. Aber an ihrem Entschluss zu gehen, änderte sich nichts.

Als Sarah schließlich begann, ihre Sachen zusammenzupacken, entdeckte sie ein Stück weiter den Strand runter plötzlich Josh. Obwohl die Sonne stark blendete, erkannte sie ihn sofort. Er stand auf dem hölzernen Bootssteg, an dem man Surfbretter und Kites ausleihen konnte, und schaute in ihre Richtung.

Trotz der Hitze war er vollständig bekleidet, trug lange Jeans und hatte sogar seine Lederjacke an, ohne die er anscheinend nirgends hinging.

Merkwürdiger Typ.

Die Erinnerung an den Traum der letzten Nacht stieg wieder in ihr auf und sie dachte daran, wie real sich alles angefühlt hatte. Wie schön es gewesen war, von Josh umarmt zu werden. Fast meinte sie, den herben Duft seiner Haut zu riechen. Warum zum Teufel konnte sie sich nicht daran erinnern, was gestern nach dem Treffen im Café geschehen war? Es war, als stocherte sie im Nebel ...

Josh hob eine Hand und winkte ihr zu. Da wusste sie, dass auch er sie sah, und für einen Moment wurde sie verlegen, denn sie trug ja nichts außer einem Bikini, was am Strand einerseits zwar vollkommen normal, andererseits aber auch etwas komisch war, wenn der andere normale Kleidung anhatte. Sie winkte verlegen zurück.

Dann passierte nichts. Josh blieb einfach stehen und rührte sich nicht.

Soll ich hinübergehen und mit ihm sprechen? Oder ihm ein Zeichen geben, zu mir zu kommen?

Letzteres schied wahrscheinlich aus, denn in Klamotten am Strand entlangzuspazieren, würde lächerlich wirken. Sie blickte zu Ben, der noch immer ruhig schlief.

Ich kann hier nicht weg. Und wenn ich ihn jetzt wecke, wird er knatschig und dann brauche ich mich gar nicht erst mit Josh zu unterhalten.

Als sie wieder aufblickte, war der Bootssteg leer und Josh scheinbar gegangen.

Schade, sie hätte gern mit ihm gesprochen – und herausgefunden, was gestern Abend eigentlich passiert war ...

Ehe die fehlende Erinnerung wieder dieses beklemmende Gefühl in ihr hervorrief, stopfte Sarah ihre restlichen Sachen in die Tasche, dann wurde es Zeit, Lona Bescheid zu sagen. Sie zögerte kurz, aber Ben schlief tief und fest und es waren nur ein paar Meter. Sarah erhob sich und klopfte sich den Sand von den Beinen.

Die wenigen Schritte bis zu Michael Bloom und seinen Freunden kamen ihr vor wie ein Gang durch ein Minenfeld. Alle blickten ihr entgegen und Lona hob eine Bierdose zum Gruß. Offensichtlich dachte sie, Sarah wolle sich der Party anschließen.

Als Sarah den Platz der anderen erreichte, sprang ihre Freundin auf und umarmte sie übertrieben fröhlich. Ihre Haare waren noch zerstrubbelter als sonst, ihr Blick wirkte leicht abwesend, so als habe sie Probleme, sich auf Sarah zu konzentrieren.

»Das ist meine beste Freundin«, erklärte sie etwas undeutlich und Sarah erkannte, dass Lona schon ordentlich angetrunken war. Die anderen sagten »Hi« und stellten sich mit Freddy und Thomas vor, Michael hob nur eine Hand zum Gruß.

»Wie viel Bier hast du schon getrunken?«, fragte Sarah.

Lona lachte schrill. »Ach, weiß nicht. Vier. Fünf. Wen interessiert's?«

»Mich.«

Die Jungs glotzten sie an und Sarah sah aus dem Augenwinkel, dass Michael das Gesicht verzog.

Alles klar, jetzt halten mich alle für prüde und spießig.

»Ich gehe jetzt und wollte fragen, ob du mitkommst.«

Lona schüttelte den Kopf. »Ich find's ziemlich lustig hier.« Dann trank sie demonstrativ einen Schluck Bier aus ihrer Dose. »Weißt du, Sarah, wenn du dich mal ein wenig entspannen würdest, hättest du auch jede Menge Spaß.«

Sarah zuckte zusammen. So hatte Lona noch nie mit ihr geredet. Während die Jungs einander feixend zuprosteten, sagte sie: »Lona, ich denke, du hast genug.«

»Lass *sie* das entscheiden«, mischte sich Michael ein. »Wenn sie noch bleiben will, ist das ihr Ding. Wir bringen sie dann später nach Hause.«

Sarah sah ihn entsetzt an. »Ihr wollt in dem Zustand noch fahren?«

Für diesen Spruch erntete sie laute Buhrufe, so laut, dass sich schon andere Strandbesucher nach ihnen umdrehten. Sarah spürte, wie ihr die Hitze in den Kopf stieg. Plötzlich war ihr alles zu viel. Die Sonne, die vom Himmel brannte, der Albtraum von letzter Nacht, Michael Bloom und seine blöden Freunde und Lona, die sich aufführte wie eine ...

»Ich gehe jetzt«, sagte sie mit gepresster Stimme. »Entweder du kommst mit oder du bleibst hier.«

»Ich bleibe«, lallte Lona.

»Okay.«

Sarah wollte sich gerade umdrehen, als laute Schreie in ihrem Rücken erklangen.

Aufgeregte Schreie. Schreie, die nichts Gutes verhießen.

Sie wirbelte herum und ihre Augen suchten sofort nach Ben, aber er lag nicht mehr an seinem Platz. Die Decke war verwaist.

Ihr Kopf ruckte herum, entdeckte eine Gruppe, die unten am Wasser um irgendetwas herumstand.

Bizarrerweise dachte Sarah zuerst an eine tote Robbe. Die Tiere lagerten an einer Felsgruppe weit draußen vor der Küste, brachten dort ihre Jungen zur Welt und manchmal kam es vor, dass eine Robbe tot angetrieben wurde, aber diesmal war es kein Meeressäuger.

Dort lag ein Mensch.

Ein kleiner Mensch.

Sarah schrie auf und rannte los. Ihre Füße flogen über den heißen Sand und innerhalb weniger Sekunden war sie neben ihm.

Neben Ben.

Er lag auf dem Rücken. Das feuchte Haar sandverklebt, die Augen geschlossen, so als schlafe er noch. Sein Körper war unverletzt, aber er bewegte sich nicht, atmete nicht mehr.

Ein junger Mann mit nassen Haaren kniete bei ihm, strich ihm über das Gesicht.

»Ich ... ich habe ihn ... gefunden«, stotterte er. »Er trieb im Wasser, direkt neben meinem Board. Ich wollte ...«

Er brach ab.

Sarah sah ihn an, dann blickte sie zu den Menschen auf, die sie umringten und Schatten auf sie und ihren Bruder warfen.

Ihr Kopf war wie leer gefegt. Der Schock zerstörte jeden Gedanken, noch bevor er gedacht werden konnte.

Ihr war schwindlig und übel. Irgendetwas rumpelte in ihrem Magen und beinahe hätte sie sich übergeben.

Die Zeit dehnte sich, während die Sonne vom Himmel brannte.

Sarah wollte Ben berühren, ihm ebenso über das Gesicht streichen, wie es der junge Mann tat, aber ihre Gliedmaßen gehorchten ihr nicht mehr. Sie versuchte, den Arm auszustrecken, gab ihren Fingern einen Befehl, aber sie waren so nutzlos wie die vertrockneten Äste eines Baumes.

Langsam kämpfte sich ein Wort in ihr Bewusstsein.

Tot.

Sie erfasste das Wort und ein Satz entstand.

Ben ist tot.

Während sie mit Lona gequatscht hatte, musste er aufgewacht und zum Wasser hinuntergegangen sein. Wahrscheinlich hatte er seinen Eimer dabeigehabt, dann war er umgefallen und eine Welle hatte ihn erfasst und mitgezogen.

Ich war nicht da, um es zu verhindern. Er war allein, als er um sein Leben kämpfte. Ganz allein ...

Plötzlich wurde sie grob beiseitegestoßen. Ein Rettungsschwimmer mit roter Badehose und roter Weste beugte sich zu Ben herab, legte dessen Kopf in den Nacken und begann, ihn zu beatmen. Gleichmäßig blies er Luft in die kleinen Lungen, dann presste er seine Hände auf das Herz, versuchte, es wieder zum Schlagen zu bringen. Ein ums andere Mal drückte er gegen den schmalen Brustkorb und Sarah beobachtete ihn dabei, irgendwie distanziert, so als ginge sie das alles nichts an.

Ich war nicht da ... Allein, ganz allein ... war alles, was sie denken konnte.

Jemand berührte sie an der Schulter, sie drehte den Kopf und sah direkt in Josh Stillers grüne Augen. Er sagte etwas zu ihr, aber sie konnte seine Worte nicht hören. Vielleicht hatte Gott sie mit Taubheit geschlagen, weil sie im wichtigsten Moment ihres Lebens versagt hatte.

Sie glotzte ihn an.

Sein Mund formte ein Wort: »Komm.«

Was will er von mir? Sieht er nicht, dass mein Bruder tot ist?

»... mein Bruder tot ist!«

Offensichtlich hatte sie den Satz nicht nur gedacht, sondern ihn herausgebrüllt. Mehrere Menschen wichen vor ihr zurück und plötzlich war Josh in der Menge verschwunden.

Sirenen erklangen. Ein durchdringender Heulton, der über Schicksale entschied, über Leben und Tod.

Bewegung kam in die Menge. Zwei Rettungssanitäter und ein Arzt teilten die Massen wie Moses das Rote Meer. Ben wurde eine Atemmaske aufs Gesicht gelegt. Einer der Sanitäter begann, den an der Maske befestigten Gummisack zu pressen. Sarah sah, wie Bens Brustkorb bebte und sich im gleichen Takt hob und senkte, wie der Sauerstoff in seine Lungen drang.

Der Arzt hörte mit einem Stethoskop das Herz ab, fühlte an der Halsschlagader nach dem Puls, fand ihn anscheinend nicht und zog eine Spritze mit einer klaren Flüssigkeit auf, die er Ben direkt ins Herz trieb. Während er den Kolben der Spitze herabdrückte, flüsterte er einen leisen Countdown.

»Zehn ... neun ... acht ...«

Bei null angekommen, zog er die Spritze wieder heraus und lauschte erneut nach dem Herzschlag. Der Sanitäter, der Ben beatmete, sah ihn fragend an, aber der Arzt schüttelte den Kopf.

Er sagte etwas, doch Sarah verstand nicht alle Worte.

»Fahrzeug ... defibrillieren ... Middleton Hospital.«

Eine Bahre wurde aufgefaltet. Ben daraufgelegt. Der Sanitäter presste noch immer den Luftsack.

Dann sagte der Arzt etwas zu ihr.

Sarah schaute ihn verständnislos an, er wiederholte seine Frage und sie begriff, dass er wissen wollte, ob sie die Schwester war und wo ihre Eltern wohnten.

Sie stammelte ihren Namen und ihre Adresse.

»Wir bringen ihn jetzt ins Hospital. Sind Sie mit dem Auto da?«

Sarah nickte, als wäre sie eine Marionette. »Ja.«

»Dann fahren Sie zum Middleton Grand Hospital. Im Rettungswagen ist kein Platz mehr für Sie. Melden Sie sich direkt in der Notaufnahme. Wissen Sie, wo das ist?«

Sarah nickte erneut. Sie kannte das Krankenhaus, hatte dort eine Woche nach ihrer Blinddarmoperation verbracht. Middleton lag direkt hinter Newport. Man konnte weder die Stadt noch das Krankenhaus verfehlen, beides lag an der Auffahrt zum Highway.

Der Arzt warf Stethoskop und Spritze in seinen Arztkoffer, gab den Rettungssanitätern ein Zeichen und zu dritt liefen sie los.

Als würde eine fremde Macht ihre Gliedmaßen dirigieren, rannte Sarah zu ihrer Decke. Streifte sich Shorts und T-Shirt über, schlüpfte in ihre Sneakers. Die Spielsachen und die Badetasche ließ sie liegen.

Plötzlich war Lona neben ihr. Die Augen weit aufgerissen. »Was ist passiert?«

»Ben. Er lag leblos im Wasser«, sagte Sarah tonlos.

»Oh mein Gott.« Lona schlug sich entsetzt die Hände vors Gesicht. »Aber er wird doch wieder, oder?«

Von einem Augenblick auf den anderen waren Sarahs Gedanken völlig klar. Ihr Bewusstsein erfasste die Situation mit einer Nüchternheit, die sie erschreckte.

»Mein kleiner Bruder lag regungslos im Wasser«, wiederholte sie. »Ein Surfer hat ihn entdeckt. Ben hat nicht mehr geatmet und jetzt bringen sie ihn ins Krankenhaus.«

»Aber der Arzt ... was hat er denn gesagt ... hat er ...« Lonas Stimme brach und sie begann zu weinen.

»Ich muss jetzt ins Krankenhaus, Lona! Bitte ruf meine Eltern an und sag ihnen, was passiert ist. Sag ihnen, dass wir im Middleton Grand Hospital in der Notaufnahme sind.«

»Mach ich ... aber soll ich nicht mitkommen?«, fragte Lona mit erstickter Stimme.

Sarah blickte sie an, sah die verschmierte Wimperntusche und den verlaufenen Kajal. Lonas Augen hatten einen glasigen Glanz und ihre Hände zitterten. Nein, entschied Sarah, Lona würde ihr keine Hilfe sein, im Gegenteil.

Sie schüttelte den Kopf. »Sag meinen Eltern Bescheid.«

Dann rannte sie los.

23.

Sarah hetzte an den Autos entlang, bis sie den Wagen ihrer Mutter entdeckte. Mit fliegenden Fingern kramte sie den Fahrzeugschlüssel aus ihrer Jeans. Sie brauchte zwei Versuche, bevor es ihren zitternden Fingern gelang, die Tür aufzuschließen. Als sie sich endlich auf den Fahrersitz fallen ließ, kam der Schock.

Ihr kleiner Bruder kämpfte um sein Leben oder war bereits tot. Ihr Magen rebellierte. Sie riss die Autotür wieder auf, beugte sich heraus und übergab sich. Silberne Flecken tanzten vor ihren Augen und der bittere Geschmack von Galle erfüllte ihren Mund.

Kurz hatte Sarah ein Déjà-vu. Sie erinnerte sich an den Traum von letzter Nacht, an die Jagd auf sie, weil sie angeblich für den Tod mehrerer Kinder verantwortlich war ... Aber dafür war jetzt keine Zeit.

Los! Los! Los!

Sarah raste durch die Stadt. Ihre Gedanken flogen genauso schnell vorbei wie die Landschaft, dann endlich ragte die

Silhouette von Middleton vor ihr im Sonnenlicht auf. Wie ein schwarzer Scherenschnitt vor einem leuchtenden Hintergrund zeichneten sich die Häuser ab. Sarah sah das Hinweisschild, das ihr den Weg zum Krankenhaus wies. Es war nicht mehr weit. Sie bog nach rechts ab. Nach einer Meile entdeckte sie das Krankenhaus. Ein grober Klotz, dessen Fenster in der Betonfassade wie silberne Teiche wirkten. Eine breite Auffahrt, die zum Haupteingang, aber auch zur Ambulanz führte. Sarah bog in die Auffahrt und stellte den Wagen kurzerhand ins Halteverbot.

Dreißig Sekunden später stand sie keuchend in der Notaufnahme. Mehrere Menschen, manche mit Verbänden an Armen oder Beinen, saßen auf harten Plastikstühlen, die im Boden verankert waren. Der Geruch von Wachs auf Linoleum, aber auch von Desinfektionsmitteln drang ihr unangenehm in die Nase. Hier drin war es kühl und eine Gänsehaut kroch über ihre Arme.

Alle starrten sie an, als sie hastig zur Rezeption ging. Hinter einer zentimeterdicken Glasscheibe saß eine Afroamerikanerin in den Fünfzigern mit gestärkter Schwesterntracht. Sie blickte von einem Formular auf, in das sie gerade etwas eingetragen hatte, und schaute Sarah halb vorwurfsvoll, halb neugierig an.

»Ja?«, fragte sie mit dunkler, tiefer Stimme.

»Mein Bruder ...«, stammelte sie. »Mein Bruder ist bei Ihnen eingeliefert worden. Wo ... wo ist er? Kann ich zu ihm?«

»Name?«

»Sarah Layken«, sagte sie mit zitternder Stimme.

»Nicht Ihr Name, der Ihres Bruders.«

»Oh, Verzeihung. Ben. Ben Layken.«

Die Frau blickte in den Computer, bewegte die Maus, schüttelte dann den Kopf. »Ich habe hier keinen Eingang mit diesem Namen. Sind Sie sicher ...«

»Ja.«

Die Schwester runzelte die Stirn. »Okay ... mal schauen. Gerade kam ein Notfall rein. Ohne Namen. Ein kleiner Junge. Badeunfall.«

»Das ist er!«, stieß Sarah hastig hervor. »Wo haben sie ihn hingebracht?« Ein mitleidiger Blick richtete sich auf sie, aber Sarah ignorierte ihn.

»Den Gang hinunter geht es zur Notfallmedizin.« Die Frau deutete nach rechts. »Die dritte Tür links. Setzen Sie sich auf einen der Stühle dort, ich sage Bescheid, dass Sie da sind.«

Sarah nickte abwesend. »Danke.«

»Wie alt sind Sie?«, wurde sie gefragt.

»Siebzehn.«

»Sind Ihre Eltern informiert?«

»Ja. Sie sind bestimmt schon auf dem Weg hierher.« Bei dem Gedanken, gleich ihren Eltern gegenüberzustehen, umschloss eine eiskalte Faust ihren Magen. Wenn Ben ... wenn Ben wirklich tot war, würden ihre Eltern ihr das nie verzeihen. Niemals ...

»Im Computer steht, es war ein Unfall. Trotzdem müssen wir die Sache den Behörden melden. Es kann sein, dass die Polizei Fragen an Sie hat.«

Sarah zuckte zusammen, versuchte aber, ruhig zu bleiben. »Sie wissen ja, wo ich bin.«

»Okay, dann wäre das geklärt.« Die Frau schaute Sarah noch einmal an. »Viel Glück für Ihren kleinen Bruder.«

»Danke, Ma'am.«

Sarah nahm auf einem der Stühle Platz, stand aber gleich wieder auf und begann, im Gang auf und ab zu laufen. Ihre Fingernägel gruben sich in die Handflächen, ihr Atem ging flach und hastig und immer wieder flüsterte sie ihr Mantra: »Bitte! Bitte! Bitte!«

Aus dem Behandlungszimmer drangen immer wieder Geräusche nach außen. Stimmen schienen zu flüstern, aber nichts war eindeutig, nichts war zu verstehen.

Einmal lief ein Pfleger – oder war es ein Arzt? – an ihr vorbei und verschwand in dem Zimmer, dann war wieder Ruhe. Sarah konnte die Ungewissheit kaum aushalten. Mehrfach schon hatte sie ihre Hand auf die Klinke gelegt und wollte ins Zimmer stürmen, nach ihrem Bruder sehen, aber sie wusste, die Ärzte gaben ihr Bestes, und sie bei ihrer Arbeit zu stören, wäre falsch.

Zehn quälend lange Minuten vergingen, dann ging die Tür endlich auf.

Ein junger Arzt mit zerzausten Haaren und geröteten Augen trat in den Gang, schaute nach links und rechts, dann blieb sein Blick an Sarah hängen. »Sind Sie die Schwester?«

»Was ist mit meinem Bruder?«, fragte Sarah mit zitternder Stimme. »Wie geht es ihm?«

Er sah zu Boden. »Wo sind Ihre Eltern?«

»Sagen Sie es mir. Ich muss es wissen!«

Als er aufblickte, erkannte Sarah die Antwort in seinen Augen. Er musste sie nicht aussprechen.

»Er ist tot«, sagte sie tonlos.

»Wir haben alles versucht, aber es war zu spät. Wir konnten Ihren Bruder leider nicht retten.«

Sarah kippte nach vorn, gegen die Brust des Mannes, ihre Finger krallten sich in seinen Kittel. Sie zog den Stoff wie ein Tuch an sich und weinte hemmungslos. Der Körper des Mannes wurde steif, so als wisse er nicht, wie er sich verhalten sollte.

Ihr Körper bebte bei jedem Schluchzen. Sarah spürte, dass der Arzt über ihr Haar strich. »Gleich kommt jemand und kümmert sich um Sie«, murmelte er.

Plötzlich erklang ein Schrei in ihrem Rücken. Ihre Eltern waren eingetroffen. Hastige Schritte, die sich näherten, dann ihre Mutter, die fragte: »Wo ist mein Kind?«

Sarah löste sich von dem Mann, drehte sich langsam um und sah ihre Mutter an. Die schlug die Hand vor den Mund und keuchte auf. Ihr Vater fasste nach der Schulter ihrer Mom und hielt sie fest, so als fürchte er, sie könne umkippen. Seine Augen brannten. Eine einzige Frage stand darin.

Was ist mit meinem Sohn?

»Ich ... ich ...«, stammelte Sarah.

»Sarah, wir reden später.« Er wandte sich an den Arzt. »Ist er da drin?«

Der Mann nickte. »Ja.«

»Ich will zu ihm.«

»Natürlich. Ich begleite Sie.« Er wandte sich an Sarah. »Möchten Sie auch ...«

»Ich ... ich kann nicht. Ich kann da nicht hineingehen.«

»Sarah, bitte ...« Ihr Vater fasste nach ihr, aber sie entwand sich seinem Griff.

»Dad ... es tut mir so leid, ich ... ich hätte besser aufpassen müssen ... ich ...«

Ihre Stimme erstarb.

»Lass uns das gemeinsam durchstehen«, flüsterte ihr Dad. »Ich bitte dich darum.«

»Mein Kind ist tot!«, schrie ihre Mutter plötzlich neben ihr. Dann sackte sie in sich zusammen.

Schnell fasste Sarahs Vater nach ihr und fing sie auf. Beide gingen sie zu Boden, halb sitzend, halb kniend, hielt er sie fest. Mit bebenden Schultern rief sie immer wieder nach ihrem Sohn. Sarah sah auf das Bild purer Verzweiflung herab und etwas in ihr zerbrach. Der überwältigende Schmerz ihrer Mutter, die Hilflosigkeit ihres Vaters, dessen Blicke sie anflehten, ihm beizustehen. Es war zu viel.

Nein ... ich ...

Sarah schluchzte laut auf, drehte sich um und stolperte blind den Gang entlang.

Sie hörte, wie ihr Vater am anderen Ende ihren Namen rief, aber sie hielt nicht an.

Verzeih mir, Dad.

Sie verließ die Notaufnahme und trat ins helle Sonnenlicht. Dort verließ sie alle Kraft und sie sank zu Boden. Umschloss ihre angezogenen Beine mit den Armen und weinte.

Wie lange sie da saß, wusste sie nicht, aber plötzlich spürte sie eine Berührung. Jemand hatte seine Hand auf ihre Schulter gelegt.

Eine junge Frau, nicht wesentlich älter als sie selbst, stand vor ihr. Ihr sommersprossenübersätes Gesicht lächelte sie an und ihr Blick war mitfühlend. In ihrer Hand hielt sie einen dampfenden Becher Kaffee. Sie streckte den Arm aus und hielt ihn Sarah entgegen. »Manchmal hilft das ein wenig.«

Sarah schaute auf die Frau, dann auf die Hand, schließlich nahm sie den Pappbecher.

»Danke«, sagte sie leise.

»Kann ich dir irgendwie helfen?«

»Nein.«

»Möchtest du allein sein?«

Sarah nickte.

Die Frau nickte ebenfalls und ging davon. Sarah registrierte erst jetzt, dass sie auf der Eingangstreppe zum Krankenhaus hockte. Menschen gingen um sie herum, schauten mit teils verwunderten, teils verärgerten Gesichtern auf sie herab, aber das war egal. Alles war egal. Ben lebte nicht mehr und mit ihm war auch ein Teil von ihr gestorben.

Wie sollte sie jemals wieder Freude empfinden? In die Schule gehen? Eine Soap im Fernsehen anschauen? Wenn er nicht mehr da war. Lachen mit Freunden. Tage am Meer. Und das Gefühl, dass das Leben unendlich war und die Sonne immer scheinen würde. Alles Illusion, ab heute war das Leben nicht mehr unendlich.

Sarah war vollkommen verzweifelt. Der Schmerz tobte in ihr wie ein Hurrikan.

Sie schaute auf ihre Hände, in denen sie den Becher hielt, und sah, dass ihre Finger zitterten. Betrachtete sie, als gehörten sie nicht zu ihr. In ihrem Geist sah sie immer wieder Bens kleinen Körper leblos daliegen. Sandkörner in den Haaren, die Augen geschlossen, als würde er schlafen.

Der Tod hatte ihren kleinen Bruder mitgenommen, weil sie nicht aufgepasst hatte. Ein Moment nur und plötzlich war alles anders.

Ein Moment? Ein Augenblick, der alles verändert?

Sarah stutzte.

Das hat Josh im Traum gesagt. Er hatte davon gesprochen, dass es unzählige Realitäten gibt und dass man von einer Wirklichkeit in eine andere wechseln kann, wenn man das auslösende Detail kennt.

War alles doch kein Traum gewesen? Konnte es wirklich wahr sein?

Nein, mach dir nichts vor. Du klammerst dich an einen Strohhalm, weil der Strohhalm gerade das Einzige ist, an dem du dich festhalten kannst, aber er wird dich nicht tragen, du wirst untergehen. Das hier ist deine Wirklichkeit! Es gibt keine andere. Das Ganze war nichts weiter als ein Traum. Ben ist tot.

Sie schüttelte wild den Kopf.

Das darf nicht sein!

Plötzlich durchzuckte ein glühender Schmerz ihre Finger. Sie hatte sich an dem heißen Kaffee verbrannt und ließ den Becher fallen. Augenblicklich verteilten sich hellbraune Flüssigkeit und weißer Schaum zu ihren Füßen. Erst jetzt erkannte sie, dass die Frau ihr einen Cappuccino geschenkt hatte.

Der Anblick löste eine Assoziationskette in ihr aus. Bilder überfluteten ihr Gehirn, aber dann blieb eines von ihnen ruhig vor ihrem geistigen Auge stehen.

Sie hatte heute Morgen ebenfalls einen Cappuccino getrunken. Sie erinnerte sich genau daran, wie der Kaffeevollautomat in ihrem Rücken geblubbert hatte.

Und das konnte nicht sein.

Ihre Eltern standen auf altmodischen Filterkaffee aus einer altmodischen Kaffeemaschine. Sie hassten Vollautomaten, weil ihrer Meinung nach der Kaffee daraus künstlich schmeckte und sie sich solchen Modeerscheinungen schlichtweg verweigerten.

Und plötzlich fiel ihr noch ein weiteres Detail ein: das Foto, auf dem sie mit ihrem Vater zu sehen war. Der Ausflug in die Berge ... Das war damals vor Bens Geburt gewesen, nicht danach!

Ein Gedanke hämmerte an die Tür ihres Bewusstseins.

Das hier ist nicht meine Wirklichkeit. Nicht meine Realität. Ich hatte keinen Traum. Alles, was ich mit Josh erlebt habe, ist wirklich passiert.

Und das heißt …

… ich kann das Schicksal ändern!

Ben muss nicht tot sein. Er muss nicht sterben. Ich kann in eine Realität wechseln, in der es ihn noch gibt. Ich kann die Ereignisse vom Strand verhindern!

Aber wie? Sie versuchte, sich die Geschehnisse der letzten achtundvierzig Stunden ins Gedächtnis zu rufen. Und als hätte die Erkenntnis von eben etwas in ihr ausgelöst, lichtete sich der Nebel, der sich seit dem Erwachen heute Morgen immer wieder vor ihre Erinnerung geschoben hatte.

Der Abend nach den Theaterproben. Die Verabredung mit Patrick und Josh. Unten am Hafen, im Café.

Patrick, der nach ihrer Hand fasste. Der Schwindel. Ein Gefühl, als bebe die Erde.

Dann Josh, der sie auffing, bevor sie zu Boden fallen konnte.

Dann nichts mehr.

Nur noch Schwärze.

Was danach gekommen war, hatte sie für einen Traum gehalten, aber nun erkannte Sarah, dass sie alles wirklich erlebt hatte. Ihr Gehirn hatte offensichtlich aus Selbstschutz oder aufgrund des Schocks auf Stand-by geschaltet, sodass sie dachte, sie hätte alles nur geträumt. Aber es war tatsächlich geschehen, so unwahrscheinlich es auch sein mochte.

Sie war tatsächlich in einer Welt erwacht, in der man sie als Mörderin gejagt hatte. Zehn Millionen Dollar. Der alte

Vergnügungspark. Josh, der ihr half, der ihr erklärt hatte, was mit ihr geschah.

Ihre Flucht vor der Polizei.

Dann Patrick, der eine Waffe zog und sie erschießen wollte.

Die Rettungstat von Josh.

Und erneut die Dunkelheit.

Dann war es wieder geschehen.

Der nächste Tag.

Der Morgen in der Küche.

Lona.

Am Strand.

Michael Bloom und seine Freunde.

Ben leblos im Sand.

Und wieder Josh.

Er war in diesem Moment bei ihr gewesen, sie hatte es fast vergessen. Josh hatte versucht, ihr etwas zu sagen. Aber was?

Sein Mund.

Ein Wort.

Komm!

Und plötzlich wusste Sarah, was zu tun war.

24.

Die Landschaft zog wie hinter einem Schleier an ihr vorüber. Sie fuhr dieselbe Strecke zurück, die sie gekommen war. Schnell, aber nicht zu schnell. Sie durfte nicht rasen, irgendetwas riskieren, das ihren Wechsel in eine andere Realität gefährdete.

Sarah kannte die Gesetzmäßigkeiten des Vorganges nicht, aber Josh hatte ihr von einem auslösenden Detail erzählt, das alles in Gang setzte. Was dieses Detail war, wusste sie nicht, aber sie kannte die Komponenten. Jetzt war es wichtig, die Ereignisse so genau wie möglich zu wiederholen, und dazu musste sie mit Josh reden. Er konnte ihr helfen.

Josh hatte schon am Strand gewusst, dass dies nicht ihre wahre Realität war, und hatte versucht, ihr das mitzuteilen. Deshalb war er am Strand gewesen, deshalb hatte er versucht, ihr zu sagen, sie solle irgendwohin kommen.

Und dieses Irgendwo konnte nur der alte Vergnügungspark sein. Sarah war sich sicher, Josh wartete dort auf sie.

Vielleicht, vielleicht, vielleicht würde alles gut werden.

Oder zumindest anders. Es war ihr egal, in was für einer Welt sie aufwachen würde. Solange Ben dort lebte, war alles gut.

In einer Welt ohne meinen kleinen Bruder will und kann ich nicht leben.

Sie schaute auf die Uhr im Tacho.

15.26 Uhr.

Ihr blieb noch genug Zeit. Zeit, um Patrick anzurufen und zum Vergnügungspark zu fahren. Zeit, den Tod ihres Bruders in einer anderen Welt ungeschehen zu machen.

Der Park lag genauso still und verlassen da, wie sie ihn im Traum gesehen hatte.

Halt, kein Traum. Ich war tatsächlich schon mal hier.

Hitze waberte über dem Gelände. Kein Mensch war zu sehen. Auch Josh nicht.

Sarah stieg aus dem Auto, ging zu dem Loch im Maschendrahtzaun, das sie gestern entdeckt hatte, und zwängte sich hindurch.

Ihre Augen fixierten das große Riesenrad, während sie langsam darauf zuging. Als sie das alte Kassenhäuschen erreichte, trat er aus dem Schatten. Diesmal warf sich Sarah nicht in seine Arme. Sie blieb einfach vor ihm stehen, schaute ihn an, dann streckte sie ihre rechte Hand aus, die er mit seiner linken ergriff.

»Er ist tot«, sagte sie leise.

Josh kniff die Lippen zusammen, nickte.

»Ich muss hier weg. Raus aus dieser Welt. In eine andere. Egal wohin, alles ist besser als das hier. Und ich muss es sofort tun! Verstehst du das?«

»Ja.«

Schlicht und einfach Ja.

Sarah schluckte. »Kannst du mir helfen?«

»Ja.«

»Gestern hast du gesagt, ich müsse die Ereignisse nachspielen, das auslösende Detail finden, es wiederholen.«

Josh nickte. »Das ist richtig.«

»Also geht alles wieder von vorn los.« Sie seufzte. »Ich muss ins Harbour Café, Punkt sechs, und mich mit Patrick treffen. Ich muss mich mit ihm hinsetzen und etwas zu trinken bestellen. So wie die letzten beiden Male. Was danach passiert ist, war zwar nicht identisch, aber das Ergebnis war das gleiche: Ich bin in einer anderen Wirklichkeit aufgewacht.«

Wieder nickte Josh. »Es hat zweimal funktioniert.«

»Einmal wollte ich es nicht«, wandte Sarah ein.

»Stimmt, aber diesmal bleibt dir keine Wahl.«

»Nein«, gab sie zu und schaute in seine grünen Augen. »Wirst du mir helfen? Du warst jedes Mal dabei, vielleicht bist du ein Teil des Ganzen.«

»Möglicherweise, aber ich glaube es nicht. Die Ereignisse haben ihren Lauf genommen, bevor ich bei dir war.«

»Aber du hast mich berührt und dadurch mit mir die Realität gewechselt«, entgegnete Sarah.

Josh lächelte und drückte leicht ihre Hand. »Ja, es war aber nicht geplant.«

»Gestern hast du mich gerettet. Patrick hätte mich erschossen.«

»Wer weiß, vielleicht hätte er es nicht getan.«

»Doch«, beharrte Sarah. »Ich habe es in seinen Augen gesehen. Er war bereit, mich zu töten.«

Josh antwortete nicht darauf und so entstand ein Moment

der Stille. Sarah spürte die Wärme von Joshs Hand und den Wind. Er strich über ihre Haut, ließ den Staub und den Sand knistern und ein paar Plastiktüten in der Luft tanzen.

In diesem Moment fühlte sie sich Josh unheimlich nah. Verbunden.

»Was ist mit dir geschehen?«, fragte sie leise. »Warum wechselst du die Realitäten? Was oder wen suchst du?«

Er ließ ihre Hand los, lehnte sich mit dem Rücken gegen das Kassenhäuschen. Lange Zeit sprach er kein Wort, dann begann er, von Lindsey, Steve und Henry zu erzählen.

Von dem Tag am Meer, so schön wie heute, von dem Gefühl, jung und frei zu sein und dass das Leben einem zu Füßen lag.

Alles endete, als er die Kontrolle über das Fahrzeug verlor. Seine Freunde, das Mädchen, in das er verliebt war, sie alle starben, während er dazu verflucht war weiterzuleben.

Er erzählte, wie er Tage später im Krankenhaus aufgewacht war, erzählte von seinem Selbstmordversuch, dem ersten Sprung von der Brücke, dass er so gelernt hatte, die Realität zu wechseln, und seitdem auf der Suche nach einer Welt war, in der Lindsey, Henry und Steve noch lebten.

Als seine Worte verklangen, hörte Sarah ihr Herz schlagen. Ihre Hand streckte sich nach Josh aus, berührte sanft seine Wange, über die eine einsame Träne lief.

»Dann hast du so viel verloren wie ich«, flüsterte sie.

Sie dachte an den Tag zurück, an dem sie sich das erste Mal begegnet waren. Draußen auf der Landstraße.

»An diesem Tag auf der Brücke, als wir uns das erste Mal begegnet sind, da wolltest du gerade wieder springen, oder?«

»Ja.«

»Warum hast du es nicht getan? Warum bist du stattdessen ...«

Die Worte verklangen, als sie die Wahrheit erkannte.

Er ist meinetwegen nicht gesprungen. Irgendetwas, was ich gesagt oder getan habe, hat ihn dazu gebracht zu bleiben.

Eine Weile bewegten sie sich beide nicht. Dann waren plötzlich ihre Lippen auf den seinen. Ihr Herz schlug noch schneller, drängte aus ihrer Brust heraus, aber das war egal. Dieser Kuss war alles, was zählte. Seine Lippen waren so kühl, so weich, sie gaben nach – und forderten.

Niemals zuvor war Sarah so geküsst worden. Niemals hätte sie gedacht, dass es etwas derartig Schönes geben konnte, dieses Verschmelzen mit dem anderen.

Seine Hände fuhren über ihren Rücken und sie presste sich an ihn. Ihre Finger vergruben sich in seinen Haaren, während sie sich ganz dem Moment hingab.

Als sie sich voneinander lösten, gab es keine Verlegenheit, nur das Gefühl, einander in den Armen zu halten.

Sarah spürte, wie sich Joshs Brustkorb hob und senkte, so als sei er gerannt. In ihrem Inneren herrschte Chaos. Noch immer spürte sie die tiefe Trauer und Verzweiflung über Bens Tod, gleichzeitig war sie voller Hoffnung, das Schicksal ändern zu können. Es hatte schon zweimal geklappt, die Realität zu wechseln, es konnte wieder funktionieren.

Und dann war da Josh.

Er stand ihr bei und seine Nähe war überwältigend. Ihr Herz klopfte noch immer wild in ihrer Brust und sie schmeckte seinen Kuss auf ihren Lippen. Gleichzeitig fühlte sie seine Trauer, seinen Verlust. Josh hatte nicht nur seine beiden besten Freunde verloren, auch seine Freundin war tot.

Ist er überhaupt bereit, die Vergangenheit hinter sich zu lassen und etwas Neues zu beginnen? Oder wird er weiter durch die Welten wandern, auf der Suche nach einer Realität, in der es den Unfall nicht gegeben hat?

Wird er für mich genauso viel empfinden können wie für Lindsey?

Josh war unglücklich, verloren in Zeit und Raum. Aber vielleicht konnte sie ihm etwas geben, das ihn wieder hoffen ließ.

Wenn du wüsstest, wie sehr ich mir wünsche, dass wir zusammenbleiben! Ich möchte dich kennenlernen und du sollst mich kennenlernen. Dass wir beide schuld am Tod geliebter Menschen sind, verbindet uns, aber fühlst du das genauso?

Sarah spürte, dass Josh etwas für sie empfand. Dieser Kuss war so voller Hingabe gewesen und doch hatte auch etwas Verzweifeltes in der Art gelegen, wie er sie umarmt hatte, so als wolle er sie nie mehr gehen lassen.

Unruhe kam in ihr auf, aber Sarah drängte sie entschieden zurück.

Irgendetwas verschweigt er mir, aber ich darf ihn nicht unter Druck setzen. Wenn die Zeit gekommen ist, wird er mir alles sagen.

Sie schloss die Augen.

Ich habe so lange auf dich gewartet.

***

Josh hatte die Augen geschlossen. Mit jeder Zelle seines Körpers versuchte er, Sarah zu erfassen, sich alles an ihr einzuprägen, damit er sich an sie erinnern konnte.

Er hatte sich unzählige Male von der Brücke gestürzt, um einen Moment wie diesen zu finden, und nun, da er ihn endlich gefunden hatte, erfasste ihn Verzweiflung.

Ich liebe dich, Sarah. Aber ich kann nicht mit dir in eine neue Welt gehen.

25.

Als er heute Morgen erwacht war, hatten seine Gedanken Sarah gehört. Sie hatten überlebt. Patricks Versuch, Sarah zu töten, war schiefgegangen. Beide hatten sie die Realität gewechselt und nun lag vielleicht ein ganzes Leben vor ihnen.

Hoffnungsvoll wie seit Langem nicht mehr war er aus dem Bett gesprungen, hatte sich hastig angezogen, seiner Tante einen schönen Tag gewünscht und war direkt losgefahren.

Er erwartete nicht, dass etwas anders war als sonst. Die allmorgendliche Fahrt zum Friedhof gehörte zu seinem Dasein wie für andere der tägliche Weg zur Schule. Er tat es, um sich sicher zu sein. Er tat es, weil er es ihnen schuldig war. Und er tat es, weil er es tun musste.

Doch an diesem Morgen war alles anders ...

Der Friedhofsgärtner kam ihm entgegen, als er den mit Kies bestreuten Weg zu Lindseys Grab entlangging. Heute war sein Bart ordentlich gestutzt und die weißen Haare lugten unter der Mütze der Green Bay Packers hervor. Das faltige Gesicht hellte sich schlagartig auf, als er Josh entdeckte.

»Guten Morgen, Mr Johansson«, begrüßte Josh den alten Mann.

»Morgen, mein Junge. Na, willst du zum Grab deiner Eltern? Ich habe gerade nachgeschaut, alles in Ordnung. Die Grabbepflanzung sieht wegen der Hitze zwar ein bisschen welk aus, aber das wird schon, sobald es wieder regnet.«

»Da gehe ich später hin. Zuerst will ich zu Lindseys Grab und dann zu Steve und Henry.«

Mr Johansson kratzte sich verdutzt am Kopf. »Was sagst du da? Wessen Gräber?«

»Die von ...«

Plötzlich blieb Joshs Herz stehen. War es tatsächlich möglich ...? Konnte es wirklich wahr sein? So lange hatte er auf diesen Augenblick gewartet, dass er es kaum glauben konnte. Waren seine Gebete endlich erhört worden?

Er starrte den alten Friedhofsgärtner an, suchte in seinem Blick Anzeichen dafür, dass der Mann verwirrt oder krank war, aber Mr Johanssons Augen waren von einer Klarheit, die es mit dem Blau des Himmels aufnehmen konnte.

Josh schrie auf.

Mr Johansson sah ihn verstört an. »Was ist denn ...«

Aber Josh war schon losgerannt. Es war nicht weit und Sekunden später stand er an der Stelle, an der sich Lindseys Grab befinden sollte. Makelloser Rasen lag vor ihm. Sein Atem ging schneller. Er bückte sich, fuhr mit der Hand über das Gras. Ja, es war echt. Kein Traum.

Wie von der Tarantel gestochen wirbelte er herum und rannte zu Steves und Henrys Grabstellen, aber auch dort war nichts als grünes Gras zu sehen.

Der Gedanke war so überwältigend, dass ihm schwindlig wurde und er sich hinsetzen musste.

Meine Freunde leben. Der Unfall ist nicht geschehen.

Die Beine angewinkelt, die Hände abgestützt, saß er auf dem Rasen und versuchte zu verstehen, dass seine Reise vorbei war. Er war angekommen. In einer Wirklichkeit, in der er leben konnte.

Lange, lange Zeit saß er so da und dachte nach, versuchte, seine Gefühle zu erforschen.

Lindsey war für ihn lange tot gewesen. Er hatte so viele Male an ihrem Grab von ihr Abschied genommen, dass er nicht mehr wusste, wie viel er noch für sie empfand.

Josh erinnerte sich daran, in Lindsey verliebt gewesen zu sein. Es war ein schönes, aufregendes Gefühl gewesen, aber lebte es noch in ihm oder hatte er es verloren, während er durch zahllose Realitäten geirrt war?

Ich habe sie so lange gesucht und jetzt, nachdem ich sie endlich gefunden habe, weiß ich nicht, was ich tun soll.

Das hier ist nicht meine ursprüngliche Welt und ich weiß nicht, wie Lindsey sich verhalten wird, wenn sie mir gegenübersteht. Liebt sie mich auch in dieser Welt? Oder sind wir in dieser Realität überhaupt kein Paar?

Er musste sich Gedanken darüber machen, wie er sich verhalten sollte, falls es so war, ohne Lindsey zu erschrecken.

Bei alldem tauchte immer wieder eine Frage auf.

Was empfinde ich für Lindsey noch?

Sarahs Gesicht tauchte in seinem Geist auf. Das schüchterne Lächeln, als sie sich auf der Brücke das erste Mal begegnet waren. Ihre Worte berührten ihn auch in diesem Moment.

Du … du wirkst irgendwie verloren …

Sie hatte in sein Herz geschaut, seine Trauer gespürt.

All die Momente, die sie miteinander geteilt hatten.

Verzweiflung.

Angst.

Hoffnung.

Er hatte sich ihr so nahe gefühlt.

Fast so, als teilten sie ein Leben, ein Schicksal, eine Zukunft.

Und vielleicht sollte es so sein.

Vielleicht war Sarah der Mensch, dem er begegnen sollte.

Vielleicht war sie die Richtige.

Und nachdem sie nun gemeinsam in diese Welt gekommen waren, hatten sie eine Chance herauszufinden, ob sie füreinander bestimmt waren. Alles konnte gut werden.

Getröstet von dem Gedanken, dass es eine Zukunft für sie gab, erhob sich Josh.

Langsam ging er den Weg zum Parkplatz zurück. Er würde zu Lindsey fahren. Er musste sich selbst davon überzeugen, dass sie lebte, gesund und glücklich war.

Nach so langer Zeit.

Und er musste herausfinden, ob er noch etwas für sie empfand, bevor er etwas Neues beginnen konnte.

Nachdem Josh den Wagen zu Hause abgestellt hatte, ging er langsam durch die Straßen. Er ließ sich Zeit. Wollte ankommen, wo er angekommen war.

Der Tag leuchtete durch die Blätter der Bäume und die Schatten ihrer Wipfel tanzten auf dem Asphalt. Vögel sangen in den Ästen und die Luft duftete nach Sommer.

Josh hatte die Hände in seinen Jackentaschen vergraben

und schlenderte durch den Morgen. Ab und zu blieb er stehen, saugte die Bilder, Geräusche und Gerüche in sich auf und spürte sein Herz schlagen, spürte, wie das Blut in seinen Adern pulsierte. Und er genoss das Licht, das ihm so warm und hell vorkam wie schon lange nicht mehr.

Dann war es so weit.

Nachdem er bei den Kramers geklingelt hatte, stand Lindsey in der Tür. Wunderbar wie immer. Auf ihrem Gesicht lag ein sanftes Strahlen. »Hallo, Josh, wie schön, dass du mich besuchen kommst.«

Er sah sie an. Und ihm stockte der Atem. Alles an ihr war so ... lebendig. Ihre Augen strahlten und funkelten mit der Sonne um die Wette. Ihre rosafarbenen Lippen glänzten, als wären sie bereit für einen Kuss. Ihre Haare fielen leicht um ihr Gesicht, als wären es Hände, die ihre Wangen streichelten.

Lindsey war so unglaublich schön, noch schöner als in seiner Erinnerung, und ihr wieder gegenüberzustehen, ließ sein Herz rasen. Sie so quicklebendig vor sich zu sehen, brachte ihn völlig durcheinander.

Anscheinend bemerkte sie seine Verwirrung, denn sie lachte mit einem leisen, glucksenden Geräusch, dann beugte sie sich vor und zog ihn zu sich heran. Noch bevor Josh reagieren konnte, küsste sie ihn bereits.

Es war ein schöner Kuss, weich und liebevoll, aber etwas daran war falsch und so löste er sich steif von ihr.

Nervös stand er nun da. Starrte abwechselnd auf seine Hände, deren Finger er knetete, oder auf seine Füße, die einfach nicht still halten wollten.

»Was ist denn los mit dir?«, fragte Lindsey. »Habe ich etwas falsch gemacht? Ich dachte ... nach letzter Nacht ...«

Die Worte erstarben auf ihren Lippen.

Josh erstarrte. *Letzte Nacht?*

Sein Herz begann, schneller zu schlagen. »Haben wir …?«

»Natürlich nicht! Was ist nur los mit dir? Ich dachte, du hättest gestern nicht ganz so viel getrunken wie Henry und Steve.« Sie boxte ihm spielerisch gegen die Brust. Dann wurde Lindsey wieder ernst. »Ich fand unseren Spaziergang gestern Nacht jedenfalls sehr schön«, sagte sie leise und senkte die Augen. »Und das, was ich gesagt habe, das … das meine ich immer noch so.«

Josh zuckte zusammen, als sie den Blick hob und ihm in die Augen sah. In dem Moment wusste er, dass sie ihm gestern ihre Liebe gestanden hatte.

Und ich, ich habe bestimmt das Gleiche getan …

Aber jetzt war alles anders. Für Lindsey waren nur wenige Stunden vergangen, für ihn eine viel, viel längere Zeit. Wochen und Monate, in denen sein Gefühl für sie verloren gegangen war. In denen es nur noch Trauer und Fassungslosigkeit gegeben hatte und den unbändigen Wunsch, alles rückgängig zu machen. Sie, Steve und Henry wieder zum Leben zu erwecken. Und nun war es tatsächlich geschehen.

Ihr seid dieselben, aber ich bin ein anderer.

Er blickte Lindsey tief in die Augen und sah, dass sie verstand. Dass sie es spürte.

Sie wich vor ihm zurück. »Was ist denn nur los, Josh? Du bist so anders heute …« Als er nichts erwiderte, schluckte sie. »Du fühlst dich fremd an.«

Josh streckte seine Hände nach Lindsey aus, aber sie trat zurück in den Türrahmen.

»Lass es mich dir erklären«, flehte er.

Ihr Blick wurde hart. »Was gibt es da zu erklären? Du hast

mit mir gespielt! Du hast so getan, als wäre das mit uns etwas Ernstes, aber eigentlich wolltest du mich nur rumkriegen, und nachdem es gestern wieder einmal nicht geklappt hat, hast du wahrscheinlich beschlossen, dass du lange genug gewartet hast.«

»So ist es nicht, Lindsey. Ich ...«

»Wie ist es dann?«, unterbrach sie ihn heftig. »Was ist seit gestern Abend anders? Warum bist *du* anders?«

»Es ist so viel passiert ...«, setzte er zu einer Erklärung an. Dabei wusste er, dass keine Worte dieser Welt erklären konnten, was wirklich geschehen war.

»In den letzten zwölf Stunden?«, fragte sie höhnisch und verschränkte die Arme vor der Brust.

»Nein, vorher ... es geht schon länger ...«

»Moment mal. Sprichst du von einem anderen Mädchen?«

»Nein ... das heißt, ja«, stammelte er. »Ich meine ...«

Lindsey starrte ihn mit weit aufgerissenen Augen an. »Da gibt es noch eine andere?«

»Nein. Das hat nichts mit ihr zu tun.« Josh hörte selbst, wie lahm dieser Satz klang.

»Ich fass es einfach nicht!«, stieß Lindsey hervor und warf die Arme in die Luft.

Josh spürte, dass es keinen Sinn hatte, ihr erklären zu wollen, was wirklich Sache war.

Sie starrte ihn eine Minute lang schweigend an, dann sagte sie mit ruhiger Stimme: »Ich möchte, dass du jetzt gehst.«

»Lindsey, bitte ...«

»Verschwinde, auf der Stelle, und komm nie wieder!«

Josh seufzte. Seine Schultern sackten herab. »Das mit uns war kein Spiel. Ich habe es ehrlich mit dir gemeint. Es tut mir leid.«

Lindsey presste die Lippen aufeinander. »Das sollte es auch. Und jetzt hau endlich ab!«

Er nickte und wandte sich um.

»Und noch etwas, Josh Stiller. Ruf mich bloß nicht mehr an. Nicht in diesem Leben.«

Steve und Henry waren auf dem Basketballplatz und spielten eins gegen eins. Als Josh den Platz betrat, unterbrachen sie ihr Spiel und kamen zu ihm.

Henry ließ den Ball zwischen seinen Händen wandern, täuschte einen Trick an, spielte ihn dann zwischen Joshs Beinen hindurch und nahm ihn hinter seinem Rücken wieder auf.

»Alter, mit der Nummer krieg ich dich jedes Mal«, sagte er lachend. »Lust auf 'ne Runde?«

Josh schaute ihn an. Henry sah anders aus. Seine Haare waren länger und er hatte ein Piercing in der Augenbraue. Außerdem wirkte er muskulöser, mit breiteren Schultern.

»Geht leider nicht. Ich muss noch wohin.«

»Ah, lass mich raten ...« Steve tat so, als müsse er nachdenken, dann sagte er gedehnt: »Zu ... Lindsey vielleicht ...?«

»Nein, ich treffe jemand anders.«

»Oho«, machte Henry. »Jemand anders? Gibt es da etwas, das wir wissen sollten?«

Josh schüttelte den Kopf. »Ich erzähle euch irgendwann mal, was los ist.«

»Seit wann hast du Geheimnisse vor uns?«, fragte Steve ernst. »Ist was mit Lindsey? Habt ihr euch gestritten?«

»Nein, ja ... es ist kompliziert.«

»Aber gestern am Strand war doch noch alles in Ordnung.«

»Vielleicht haben wir was nicht mitbekommen«, mischte

sich Henry ein. »Immerhin hat er uns früh am Abend abgeladen, weil er noch allein mit Lindsey sein wollte. Okay, Alter, spuck's aus. Sie wollte nicht, richtig?«

Josh verdrehte die Augen. »Darum geht es nicht.«

»Worum geht es dann? Na los, sag schon«, beharrte Steve.

»Du weißt, wir können Lindsey gut leiden, fast so wie eine Schwester«, stimmte Henry zu. »Okay, nicht ganz wie eine Schwester, denn Familienmitgliedern schaut man nicht auf den Hintern, aber trotzdem. Lindsey ist echt okay.«

Josh seufzte. »In dieser Sache müsst ihr mir vertrauen. Ich erzähle euch alles, wenn ich kann.« Obwohl die beiden enttäuscht wirkten, nickten sie schließlich und klopften ihm wohlwollend auf die Schulter. In dem Moment wurde Josh wieder bewusst, weshalb er eigentlich hergekommen war.

»Es ist toll, euch als Freunde zu haben.«

»Ist was mit dir?«, fragte Henry.

»Wieso?«, wiegelte Josh ab. »Es war mir einfach wichtig, euch das mal zu sagen.«

Steve trat auf ihn zu und umarmte ihn. »Wir können dich auch ganz gut leiden.«

Henry drückte sich dazwischen und umfasste beide mit seinen kräftigen Armen. »Wir lieben dich quasi.«

»So sehr kann man kein Mädchen lieben«, fügte Steve hinzu.

»Bis zur Unendlichkeit und noch viel weiter«, hauchte Henry.

Josh löste sich lachend von den beiden. »Ihr seid solche Vollidioten.«

»Richtig«, meinte Henry. »Watson?«

»Holmes?«

»Wir sollten zu unserem Spiel zurückkehren. Es ist noch nicht vorüber.«

»Ja, Sir.«

Als Josh den beiden nacheinander die Hand gab, fiel ihm die Tätowierung an Steves Oberarm auf. Ein fettes Grinsen schlich sich auf sein Gesicht. »Sag, dass das nicht wahr ist!«

»Was?«, fragte Steve.

»Du hast dir nicht wirklich ›Mom‹ in die Haut stechen lassen!«

Steve sah ihn verwirrt an. »Alter, das Ding hat mir Henry schon vor Jahren verpasst. Stehst du zu viel in der Sonne oder was?«

»War bloß ein Scherz, Mann.« Josh boxte ihm feixend auf den Oberarm.

Verdammt! Fast hätte ich einen Fehler gemacht. Ich muss vorsichtiger sein mit dem, was ich sage.

»Puh, für einen Moment hast du mich wirklich erschreckt.«

»Darum ging es ja. Okay, Leute, ich muss los.«

Henry begann, mit dem Ball auf der Stelle zu dribbeln. »Sehen wir uns heute Abend?«

»Heute Abend oder in einem anderen Leben«, meinte Josh grinsend.

Steve schüttelte nachdenklich den Kopf. »Bis dann.«

Er schlug Henry den Ball aus der Hand und rannte auf den Korb zu. Henry stürmte fluchend hinterher, aber es war zu spät, sein Freund machte den Punkt.

»Verdammt, niemand hat ›los‹ gesagt«, brüllte er.

»Du hast es nur nicht gehört, weil es ein wenig leiser war als sonst«, zog Steve ihn auf.

»Muss ich jetzt auch noch Lippenlesen oder was!«

Josh lachte und verließ den Platz, um nach West Harbour zu fahren.

Er konnte es kaum erwarten, Sarah zu treffen und ihr die gute Nachricht zu erzählen. Dummerweise kannte er weder ihre Telefonnummer, noch wusste er, wo sie wohnte. Da Samstag war und er sie nicht erst am Montag in der Schule sehen wollte, beschloss Josh, auf gut Glück durch die Stadt zu streifen.

Es war Schicksal, dass er ausgerechnet Patrick begegnete, als er in West Harbour angekommen war und gerade sein Auto abschließen wollte. Josh wusste längst, dass er Sarahs Exfreund war, aber er hatte ihn bisher nie richtig wahrgenommen. Gestern im Café hatte Patrick mit dem Rücken zu ihm gesessen, wie schon am Abend zuvor. Der Junge, der nun auf ihn zukam, hatte etwas Verlorenes an sich, so als wisse er nicht, was das Leben von ihm wollte. Sein vornübergebeugter Gang, die hochgezogenen Schultern und die trotzig in den Hosentaschen steckenden Fäuste sprachen eine deutliche Sprache. Aber da war noch mehr. Sanftheit, Klugheit und etwas Kindliches, das es leicht machte, ihn zu mögen. Josh konnte gut nachvollziehen, warum sich Sarah in Patrick verliebt hatte.

Als er näher kam, bemerkte Josh, dass der andere ihn ebenfalls erkannt hatte. Patrick blieb vor ihm stehen und schaute ihn herablassend an.

»Du bist der Neue«, sagte er mit verächtlich herabgezogenen Mundwinkeln.

Josh streckte ihm die Hand zur Begrüßung entgegen, aber Patrick machte keinerlei Anstalten, sie zu ergreifen.

»Ja, ich bin der Neue«, sagte Josh und spürte, wie seine Kiefermuskeln mahlten.

»Stimmt es, was man an der Schule sagt?«

»Was sagt man denn?«

»Dass du ein Auge auf meine Freundin geworfen hast?«

»Sarah?«

»Du weißt, wen ich meine«, erwiderte Patrick ungehalten.

Josh beschloss, ganz ruhig zu bleiben und es auf die nette Art zu versuchen. »Wir haben uns nur unterhalten, dabei hat sie mir kein Wort von einem Freund gesagt.«

»So ist es aber.«

»Und was willst du jetzt von mir?«

Patrick musterte ihn mit zusammengekniffenen Augen. »Halt dich von ihr fern.«

»Sonst?«

Schweigen.

»Ich bin gerade auf dem Weg zu ihr«, sagte Josh.

»Sie ist nicht zu Hause. Ich war eben bei ihr. Ihre Eltern sagen, sie ist mit einer Freundin am Strand.«

»Prima«, sagte Josh und klatschte in die Hände. »Dann gehen wir beide jetzt dahin und du erzählst ihr den gleichen Quatsch, den du mir gerade unterjubeln wollest. Und vergiss die Drohungen nicht.«

»Willst du mich blöd anmachen, Alter?« Patricks Gesicht war knallrot angelaufen. Seine Nasenflügel bebten.

»Hör zu. Ich mach dich nicht an und du solltest es auch unterlassen, mich blöd anzumachen«, versuchte Josh, die Situation zu entspannen. »Wenn du mit Sarah etwas zu klären hast, dann besprich das mit ihr. Mich geht das nichts an. Ich kenne dich nicht und dieses Gespräch ist ziemlich sinnlos, also würde ich sagen, wir gehen jetzt beide unserer Wege, wie all die Jahre zuvor auch schon.«

»So einfach ist das nicht.«

Josh seufzte. »Doch, es kann so einfach sein. Sarah entscheidet, mit wem sie zusammen sein will und mit wem nicht. Und dieses Gespräch wird nichts daran ändern.«

Patrick schaute ihn mit blitzenden Augen an, sagte aber kein Wort mehr. Dann ging er an ihm vorbei und verschwand in einer Seitenstraße. Josh schüttelte den Kopf. Eine merkwürdige Begegnung. Aber ein Gutes hatte die Sache: Die Fronten zwischen ihnen waren nun geklärt und er wusste, wo er Sarah finden konnte. Bei dem Gedanken, sie bald wieder in seinen Armen zu halten, schlug sein Herz schneller.

Er kannte den Strand von West Harbour. Jeder im Umkreis von fünfzig Meilen kannte ihn, denn es war einer der schönsten Flecken des Staates. Nirgendwo sonst war der Strand so weiß, der Himmel so blau und das Meer von einer Farbe, die an Türkis erinnerte. Wenn man alles ausblendete und hinaus auf die See schaute, konnte man glauben, sich in der Karibik zu befinden. Natürlich holten einen die Hotdog-Verkäufer und die Typen mit ihren Eiswagen sofort wieder in die Realität, aber einen Moment lang befand man sich Tausende von Meilen entfernt.

Josh war schon öfter an diesem Strand entlanggegangen. Abends, wenn die Touristen sich in die Stadt zurückgezogen hatten und die Luft noch warm und vom Summen der Insekten erfüllt war. Dann hatte er am Meer Zuflucht gesucht, sich in den abkühlenden Sand gesetzt oder war barfuß durch die Wellen spaziert.

In diesen kostbaren Augenblicken hatte er die Kraft gefunden, die er brauchte, um sich seinem Schicksal zu stellen. Um den Mut in sich zu finden, sich am nächsten Tag erneut von der Brücke zu stürzen. Immer auf der Suche. Auf der Suche nach sich selbst und einem neuen Leben.

Und nun endlich hatte er es gefunden.

Als er am Strand ankam, ging er als Erstes auf den hölzernen Bootssteg hinaus. Von dort hatte er einen guten Überblick. Es dauerte eine Weile, bis er Sarah zwischen all den Menschen entdeckte. Sie saß auf einer bunten Stranddecke, ein kleiner Junge lag schlafend neben ihr. Josh vermutete, dass es ihr kleiner Bruder war. Als sie begann, ihre Sachen in eine Tasche zu packen, beobachtete er sie eine Weile, genoss ihren Anblick, die Formen ihres schlanken Körpers im Sonnenlicht. Sarah war sehr sexy.

Ob sie das weiß?

Er lächelte. Wahrscheinlich nicht.

Dann blickte sie in seine Richtung – und entdeckte ihn. Josh hob eine Hand und winkte ihr zu. Sarah winkte zurück.

Er zögerte noch, wollte diese kostbare Sehnsucht nach ihr genießen, dann machte er sich auf den Weg zu ihr. Doch gerade als er den Bootssteg verlassen wollte, tauchte eine Gruppe Kitesurfer auf, die mit ihren Brettern, Leinen und Kites den ganzen Steg blockierten.

Geduldig wartete er, bis die fröhlich schwatzende Gruppe ihr Equipment sortiert hatte. Als er schließlich endlich durch den Sand stapfte, herrschte plötzlich Aufregung am Strand. Menschen liefen durcheinander, bildeten einen Kreis um etwas, das in der Nähe des Wassers auf dem Boden lag. Jemand schrie nach Hilfe, nach einem Arzt, und Josh wusste, dass etwas Schreckliches geschehen war. Er rannte die letzten Meter und zwängte sich durch die Leute hindurch, bis er sehen konnte, was los war – und entdeckte Sarah, die neben ihrem reglosen Bruder im Sand saß.

Josh betrachtete den Jungen und ahnte, dass alle Hoffnung vergebens war. Ein Rettungsschwimmer begann mit einer Herzmassage und versuchte, Luft in die Lungen des Jungen zu pressen, aber der rührte sich nicht. Sarah saß da und starrte wie betäubt auf das Geschehen.

Josh erkannte, dass sie unter Schock stand. Er beugte sich zu ihr herab und berührte ihre Schulter. Ihr Kopf wandte sich ihm zu, aber ihr Blick blieb leer.

»Du kannst es ungeschehen machen«, sagte er in der Hoffnung, zu ihr durchzudringen. »Komm zum Park, wenn du kannst, ich warte dort auf dich.«

Aber sie verstand ihn nicht. Stattdessen brüllte sie ihn an: »Siehst du nicht, dass mein Bruder tot ist?«

Er wich zurück. Konnte nichts mehr tun. Sarah war gefangen in einer Welt der Fassungslosigkeit, wo der Tod ihres Bruders sie fest umklammert hielt.

Aber er konnte hoffen.

Hoffen, dass ihr bewusst wurde, dass dies nicht ihre wahre Realität war und sie ihr Schicksal, das Schicksal ihres Bruders ändern konnte.

Josh spürte Sarahs Schmerz und er war wie ein alter Freund. Unzählige Male war er zu Besuch gekommen und wieder gegangen. Bei anderen Menschen, die die Realität nicht wechseln konnten, blieb er oft lange Zeit, manchmal zog dieser Freund sogar für immer in ihr Herz ein. Aber er und Sarah konnten ihm die Tür öffnen und ihn gehen lassen, denn für sie gab es immer eine weitere Chance. Für sie gab es stets Hoffnung, alles ungeschehen zu machen. Der beste Beweis dafür war diese Wirklichkeit, in der Lindsey und seine Freunde am Leben waren.

Im Moment konnte Sarah ihm nicht zuhören, nicht verstehen, was er ihr sagen wollte, aber sie würde sich erinnern und zu ihm kommen.

Josh verließ den Strand, ging zum Auto seiner Tante und fuhr zum alten Vergnügungspark.

26.

Patrick hatte seinen Wagen geparkt und war auf dem Weg zum Strand. Es wollte unbedingt mit Sarah über ihre Beziehung sprechen. Vielleicht war ja doch noch nicht alles zu spät. Schon ein paarmal hatte er sie um ein Treffen gebeten. Erst gestern in der Pause hatte er es wieder versucht, aber sie hatte abgelehnt. Sie war mit Lona zum Shoppen verabredet gewesen. Aber so schnell gab er sich nicht geschlagen.

Gerade als er auf den Holzbohlenweg biegen wollte, der durch die Dünen zum Strand hinabführte, sah er ein paar Meter entfernt den Neuen, wie er mit großen Schritten über den Parkplatz ging.

Was hatte Josh Stiller hier verloren? War er tatsächlich vor ihm da gewesen und hatte mit Sarah gesprochen?

Patrick fühlte sich gedemütigt. Der Typ war dabei, ihm Sarah auszuspannen, aber nicht mit ihm! Nein, so einfach war das nicht.

Kurz entschlossen änderte er seinen Plan. Bevor er zum Strand runterging, musste er erst die Sache mit dem Typen klären. Bei ihrer Begegnung eine Stunde zuvor war er unvorbereitet gewesen, das hatte dieser Scheißkerl ausgenutzt, aber noch einmal würde ihm das nicht passieren.

Schnell versteckte Patrick sich hinter einem geparkten SUV, doch Stiller drehte sich kein einziges Mal um, sondern ging schnurstracks auf sein Auto zu.

Was für eine miese Karre, dachte Patrick, als er den alten Kleinwagen sah. Wahrscheinlich war das die Rostlaube seiner Mom und Stiller konnte sich keinen eigenen Wagen leisten.

Der andere stieg ein und startete den Motor. Patrick hatte genug gesehen. So schnell er konnte, rannte er zu seinem eigenen Wagen und fuhr mit durchdrehenden Rädern los.

An der Auffahrt zur Landstraße hatte er ihn wieder. Dreißig Meter vor ihm bog Stiller auf die Straße Richtung West Harbour ab und Patrick folgte ihm mit großem Abstand. Er wollte nicht entdeckt werden, diesmal sollte es eine Überraschung für Stiller sein.

Sie fuhren in die Stadt, aber am Hafen hielt sich Stiller überraschenderweise nicht Richtung Newport oder Innenstadt, sondern fuhr ins alte Industrieviertel, das zum größten Teil verlassen war. Früher waren hier vor allem Firmen angesiedelt gewesen, die den frisch angelieferten Fisch verarbeitet hatten. Doch nun hatten die Asiaten mit ihren ultramodernen Fangflotten den Weltmarkt erobert, fischten das Meer leer und unterboten die einheimischen Preise bei Weitem. Es war günstiger, einen Fisch zu kaufen, den man im Pazifik aus dem Wasser geholt hatte, als zu einem örtlichen Fischer zu gehen. Patricks Großvater war einer jener letzten Fischhändler und so wusste er, dass die ganze Gegend verkommen war. Nur noch örtliche Restaurants, die mit fangfrischem Fisch warben, waren noch bereit, die alten Preise zu zahlen, aber damit konnte man kaum ein Fischerboot unterhalten, geschweige denn neue Netze kaufen.

Und doch war dieser Stiller hier, rollte langsam die Straße entlang, bis sie zum alten Vergnügungspark kamen, der schon vor seiner Geburt stillgelegt worden war.

Was zum Teufel will der Typ hier?

Stiller hielt an und stieg aus. Dann schlüpfte er durch ein Loch im Maschendrahtzaun und war verschwunden.

Plötzlich verstand Patrick alles. Hier ging es um Drogen. Drogenhandel. Stiller war ein Dealer und jetzt traf er sich mit seinem Lieferanten.

Warum sonst sollte man sich an so einem gottverlassenen Ort rumtreiben? Hier ging es darum, nicht gesehen zu werden.

Patrick erkannte seine Chance. Wenn er Stiller bei einem Deal fotografierte, würde Sarah ihre Meinung über ihn ändern. Ändern *müssen*, egal wie sehr ihr dieser Typ auch den Kopf verdreht hatte. Und falls sie doch nicht umdachte, reichte ein kleiner Tipp an die Polizei, ein paar Fotos anonym über das Internet – und Josh Stiller war erledigt. Alles war absolut cool.

Er stieg aus seinem Auto und folgte Stiller, immer darauf bedacht, im Schutz der verrotteten Attraktionen zu bleiben. Stiller ging bis zum Riesenrad, dann blieb er stehen. Er schien zu warten.

Klar wartete er. Auf seinen Lieferanten. Für einen Junkie machte man nicht so einen Aufwand, dem steckte man das Zeug im Vorbeigehen zu. Nein, nein, gleich tauchte hier jemand auf, mit jeder Menge Stoff im Rucksack.

Leider passierte dann erst mal eine ganze Weile nichts. Stiller stand nur rum, also stand Patrick auch nur rum. Er hatte sich hinter einer mannshohen Cowboyfigur samt Holzpferd versteckt. Die Aufsteller waren zwar schon ziemlich verwittert, trotzdem hatte er von hier das Riesenrad gut im Blick, ohne selbst gesehen zu werden.

So stand er da und wartete. Genau wie Stiller. Er wusste nicht, wie viel Zeit vergangen war – eine Stunde, vielleicht sogar zwei –, aber plötzlich schien Stiller etwas zu hören, denn er verbarg sich hinter dem Kassenhäuschen des Riesenrads.

Patrick schaute sich um, entdeckte jedoch niemanden. Dann hörte er es auch. Ein Fahrzeug näherte sich dem Park. Er duckte sich noch tiefer hinter den Holzcowboy, prüfte, ob man ihn von der Straße aus sehen konnte.

Nein, das hier war das perfekte Versteck.

Schnell fischte er sein Smartphone aus der Hosentasche, kontrollierte den Akkustand und aktivierte die Kamera. Er hatte beschlossen, die Übergabe von Geld und Drogen zu filmen, dann war alles sicher im Kasten. Bei Fotos musste man immer den richtigen Moment erwischen, und wenn die Typen schnell waren, konnte es sein, dass ihm keine brauchbare Aufnahme gelang.

Verdammt, er war ziemlich aufgeregt und der Schweiß lief ihm nun über die Stirn. Hoffentlich ging alles gut und niemand entdeckte ihn. Mit Drogenhändlern war nicht gut Kirschen essen und damit meinte er nicht Stiller, sondern den oder die Typen, die jetzt kommen würden. Vielleicht hätte er sich doch etwas anderes überlegen sollen.

Jetzt bist du hier und du bleibst hier. In ein paar Minuten ist alles vorbei und Stiller erledigt, dafür kann man schon mal was riskieren.

Patrick sah, wie sich Josh aufrichtete und aus dem Schatten des Kassenhäuschens trat, aber mit wem er sich da traf, konnte er im ersten Moment nicht ausmachen. Er schob seinen Kopf noch ein wenig höher, spähte über den Holzsattel des Pferdes hinweg – und konnte nicht glauben, wer da vor Stiller stand.

Sarah.

Schlagartig wich ihm das Blut aus dem Gesicht, ehe es glühend heiß wieder in seine Wangen schoss. Dann wurde ihm übel, so richtig übel. Am liebsten hätte er sich hier und jetzt die Seele aus dem Leib gekotzt, doch er konnte nichts anderes tun, als weiter über den Sattel des Holzpferdes zu spähen. Das Geschehen faszinierte ihn derartig, dass er erst bemerkte, dass er zu weinen begonnen hatte, als ihm die Tränen über den Mund liefen.

Sarah und Stiller standen sich ruhig gegenüber. Sie hielten sich auf seltsame Art an den Händen fest und sprachen miteinander, aber Patrick war zu weit weg, um etwas zu verstehen.

Kein Drogendeal. Kein Film für die Cops. Seine Freundin traf sich mit diesem Stiller an einem seltsamen Ort, um mit ihm allein zu sein.

Alles wurde noch schlimmer, als die beiden anfingen, sich zu küssen. Scheinbar endlos.

Es tat weh. So weh.

Patrick musste sich abwenden. Er sank auf die Knie, schlug die Hände vors Gesicht und diesmal ließ er seinen Tränen freien Lauf.

27.

Josh stand da, hielt Sarah in seinen Armen, lauschte ihrem Atem und fühlte seine Liebe für sie.

Und dennoch.

Bald würde sie diese Welt verlassen. Eine andere Realität suchen, in der ihr Bruder nicht ertrunken war. Sie musste es tun und er konnte ihr nicht folgen.

So viele Male war er von der Brücke gesprungen, um Lindsey, Henry und Steve wiederzufinden. Unzählige Tränen der Enttäuschung hatte er an ihren Gräbern geweint und die Hoffnung schon fast aufgegeben, dass es irgendwann einmal anders sein könnte. Ja, er hatte durch den Unfall Schuld auf sich geladen, aber die hatte er längst abgetragen, mit unsäglichem Schmerz bezahlt.

Und nun war alles noch schlimmer.

Hier und heute lebten Lindsey und seine Freunde, aber Sarahs Bruder war tot. Sie musste gehen, um Ben wiederzufinden, er selbst musste bleiben, damit Lindsey, Henry und Steve leben konnten. Dass er ihnen überhaupt begegnet war, war sowieso ein unwahrscheinlicher Zufall. Diese Welt zu verlassen, wäre gleichbedeutend damit, sie noch einmal zu töten.

Josh unterdrückte die Trauer und die Wut, die in ihm aufstiegen. Sein Geist war klar.

Er verstand.

Verstand, dass das Schicksal noch einmal zu einem großen Schlag ausgeholt hatte und ihm eine unmenschliche Entscheidung aufbürdete.

Entweder er verlor seine Freunde oder das Mädchen, das er liebte. Denn Sarah und er waren wie Reisende, die eine unendlich große Wüste durchquerten und deren Spuren sich kreuzten. Danach würde jeder seiner eigenen Wege gehen. Ihre Realitäten würden parallel verlaufen.

Mit ihr zu gehen, würde bedeuten, sein Glück auf dem Tod anderer aufzubauen.

Doch ist ihr Recht auf Leben nicht genauso groß wie meins? Auch sie sind jung und haben ein Recht darauf, alt zu werden. Ich bin schuld daran, dass sie gestorben sind. Dieser eine Moment der Unachtsamkeit war meine Schuld, meine ganz allein.

Es ist so unglaublich und es tut so weh, aber ich habe keine Wahl. In diesem Moment darf ich nicht an mich denken. Es geht hier nur um meine Freunde, um ihre Zukunft.

Josh schluckte und drückte Sarah fest an sich.

Es tut mir leid, aber ich kann dich nicht in die nächste Welt begleiten. Ich werde die drei sonst für immer verlieren.

Sarah legte ihren Kopf an seine Schulter und er spürte ihr Herz schlagen.

Sarah Layken, ich liebe dich.

In diesem Moment blickte sie zu ihm auf. Ihr Blick wurde

weich, ganz weich, und sie schmiegte sich noch fester an ihn.

Kann ich es ihr sagen? Muss ich ihr es nicht sagen?

Josh lauschte in die Stille, aber niemand antwortete ihm.

Nein, sie darf es nicht wissen. Ich werde sie zum Café begleiten, bei ihr sein, wenn sie die Realität wechselt. Sie ansehen, wenn sie geht.

Und sie muss gehen. Sie darf nicht der Entscheidung ausgesetzt sein, zwischen mir und ihrem kleinen Bruder zu wählen, denn auch wenn sie sich für mich entscheiden würde, gäbe es keine Zukunft für uns beide. So wie ich nicht mein Glück auf dem Tod meiner Freunde aufbauen kann, kann sie es nicht auf dem Tod ihres Bruders errichten.

Er drückte sie noch fester.

»Was ist mit dir?«, fragte Sarah.

Josh bog den Kopf zurück, um sie ansehen zu können, und hoffte, dass keine Tränen in seinen Augen schimmerten.

»Alles ist gut. Ich bin so froh, dass es dich gibt. Dass wir hier sind und uns dieser Moment gehört.«

»In der nächsten Welt wird alles besser. Mein Bruder lebt, niemand jagt mich ...« Sie lächelte zaghaft. »... und du wirst bei mir sein.«

Es zerriss ihn innerlich, als er ihre Worte hörte, aus denen so viel Zuversicht sprach. Er wusste, dass es so niemals kommen würde.

Sie hatten einander gefunden und würden sich wieder verlieren. Josh presste die Zähne zusammen. Er durfte sich nichts anmerken lassen.

»Wusstest du, dass weltweit jedes Jahr mehr als zwanzigtausend Personen spurlos verschwinden?«, sagte er stattdessen. Sie schüttelte den Kopf. »Viele von ihnen sind wahrscheinlich Verbrechen zum Opfer gefallen, wurden ermordet und irgendwo verscharrt. Entführt und ein Leben lang festgehalten. Aber das trifft nicht auf alle verschwundenen zu. Bei Weitem nicht. Ich glaube, viele von ihnen sind aus ihrer eigenen Realität gefallen und in eine andere eingetaucht, und nun sind sie dazu verdammt, eine Welt zu suchen, in der sie leben können.«

»Wie ist das«, fragte Sarah, »wenn man immer wieder die Realitäten wechselt?«

Ja, wie ist es?

»Anders. Ein besseres Wort fällt mir nicht ein. Es ist ›anders‹. Auf den ersten Blick scheint immer alles gleich zu sein, aber dann stellst du fest, bestimmte Dinge stimmen nicht überein, passen nicht mehr zusammen, aber dadurch ergibt sich ein neues Bild. Es ist wie beim Malen, die Farben sind immer dieselben, doch sobald du sie anders mischst, ergibt sich etwas Neues, Einzigartiges. Ich war in Realitäten, in denen Firmen wie Apple oder Google verschwunden waren, dafür hatten andere Konzerne ihren Platz eingenommen. Es gab Kriege an Orten, wo ich es nie vermutet hätte, andere Konflikte hingegen waren beendet. Aber das war nicht das Erstaunliche.«

Josh sah, wie fasziniert Sarah an seinen Lippen hing. Ja, so wie er es gerade erzählte, klang es wie ein großes, aufregendes Abenteuer ...

»Es waren die Menschen, die immer anders und doch stets gleich waren«, fuhr er fort. »Scheinbar gibt es unzählige Möglichkeiten für uns, wie wir uns persönlich entwickeln können, und je nachdem, wie man sich entscheidet, verändert man sich und die Welt. Ich glaube inzwischen wirklich, dass der Flügelschlag eines Schmetterlings einen Orkan verursachen kann.«

Sarah nickte zögerlich. »Bisher habe ich nie so ganz verstanden, was damit gemeint sein soll, aber jetzt ...«

»Du musst es dir so vorstellen«, versuchte Josh, es ihr zu erklären. »Alles ist miteinander verbunden, alles wird durch andere bestimmt und verändert. Und es beginnt immer im Kleinen. Wenn du morgens in den Supermarkt gehst und freundlich zur Kassiererin bist, dann trägt sie diese positive Energie durch den Tag und wird nett zu anderen Kunden sein. Irgendjemand an diesem Tag braucht vielleicht diese Aufmunterung, dieses kleine bisschen Menschlichkeit, um nicht zu verzweifeln. Ohne das Lächeln und die Worte der Kassiererin würde derjenige vielleicht etwas Dummes tun, so aber überdenkt er möglicherweise noch einmal alles und schöpft etwas Hoffnung. Wenn du allerdings der Frau an der Kasse schon morgens durch Unfreundlichkeit den Tag verdirbst, wird das Schicksal womöglich einen anderen Weg einschlagen.«

»So habe ich es noch nie gesehen«, gab Sarah zu.

»Ich auch nicht, bevor mir das alles widerfahren ist.«

»Der Junge, der durch Welten wandert.«

Er lächelte schief. »Klingt nach einem Blockbuster.«

Sarah pikste ihm in die Brust. »Ja, und wahrscheinlich hast du in jeder Realität eine andere und hinter dir liegen unzählige gebrochene Herzen.« Ihre Augen blitzten fröhlich, aber Josh blieb ernst.

»Es gibt nur dich.«

»Oh, so habe ich das nicht gemeint, ich wollte nur ...«

Er drückte sie an sich. »Ich weiß, was du wolltest. Tut mir leid.«

»Ist schon okay. Josh?«

»Hm?«

»Würdest du mich noch einmal küssen?«

Er lächelte innerlich. »Vielleicht.«

Sie schlug mit ihrer Faust spielerisch gegen seine Brust. »Du gemeiner Kerl ...«

Josh zog Sarah an sich und ihre Lippen verschmolzen miteinander.

Als sie sich diesmal voneinander lösten, waren einige Minuten vergangen.

Sarah fuhr sich mit den Fingern durch das Haar, ohne Ordnung hineinzubringen. »Wie spät ist es?«, fragte sie.

Er sah auf seine Armbanduhr. »Wir müssen los. Uns bleiben noch dreißig Minuten. Besser, wir machen uns rechtzeitig auf den Weg.«

»Okay.«

Josh schaute sie an und wünschte sich, Sarah noch einmal in den Arm zu nehmen. Sie zu fühlen. Sie zu küssen. Aber er hatte Angst, dass sie seine Verzweiflung spüren würde. Nein, er musste jetzt die Fassung bewahren, das war er ihr einfach schuldig.

»Meinst du, alles wird gut?«, fragte ihn Sarah leise. Ihre Stimme klang auf einmal unsicher.

»Ganz bestimmt.« Selbst in seinen eigenen Ohren klang es schwach, aber Sarah schien es nicht zu bemerken.

Sie hofft es so sehr. Ich weiß genau, wie sie sich fühlt ...

»Oh mein Gott! Wir haben vergessen, Patrick anzurufen«, rief sie plötzlich. »Ohne ihn wird es nicht funktionieren! Verdammt, wie konnte mir das nur passieren?«

»Bleib ruhig, Sarah. Ich denke nicht, dass er eine Rolle

spielt. Er hat sich jedes Mal komplett anders verhalten, somit kann er nicht das auslösende Ereignis sein.«

»Aber du hast doch gesagt, alles müsse so sein wie beim ersten Mal.«

»Das ist richtig, aber es gilt nicht für Komponenten, die in dieser Konstellation keine Bedeutung haben. Ich bin bei Hitze, im strömenden Regen und einmal sogar bei Hagel von der Brücke gesprungen. Mal war ich allein, mal waren Menschen anwesend. Das alles zählte nicht. Es waren nur ich, die Brücke und der Sprung. Bei dir muss es so ähnlich sein. Das heißt, du, das Café und noch irgendetwas, das sich in jeder Realität wiederholt. Also die Person, der Ort und das Geschehen.«

»Aber was könnte das sein?«, überlegte sie fieberhaft.

Er dachte nach, versuchte, sich die Details in Erinnerung zu rufen, aber er fand die Lösung nicht.

»Ich habe keine Ahnung«, gestand er. »Wir müssen es einfach versuchen.«

Sarah fasste nach seiner Hand. »Dann lass uns gehen.«

28.

Patrick hatte sich etwas erholt. Er war wütend. Auf Josh, aber inzwischen auch auf Sarah. Wie konnte sie sich nur so einem dahergelaufenen Typ an den Hals werfen? Mit einem Zipfel seines T-Shirts wischte er sich die Tränen aus dem Gesicht. Das würden die beiden bereuen. Er wusste noch nicht, wie, aber er würde es ihnen heimzahlen. Irgendwie. Sein Herz brannte vor Zorn.

Nachdem die beiden sich noch eine gefühlte Ewigkeit geküsst hatten, kam jetzt Bewegung ins Geschehen. Sarah griff nach der Hand von Stiller, gemeinsam gingen sie zum Parktor und schlüpften dort durch den Zaun. Patrick zögerte nicht und schlich ihnen hinterher.

Warum er das tat, wusste er nicht. Es war einfach so, dass er es tun musste. Irgendeine Kraft in ihm trieb ihn vorwärts, brachte ihn dazu, den beiden zu folgen. In seinem Inneren fühlte sich alles wund an, so als habe man seine Seele gehäutet.

Warum er? Warum nicht mehr ich? Was hat dieser Typ, was ich nicht habe?

All diese quälenden Fragen, auf die er keine Antwort fand.

Sarah stieg in Stillers Wagen und nach einigen Startversuchen sprang das alte Auto an. Patrick huschte gebückt zu seinem eigenen Auto, das er vorsichtshalber hinter einer halbhohen Mauer geparkt hatte, schlüpfte hinter das Lenkrad und scherte im gleichen Moment auf die Straße wie die beiden vor ihm.

Hier gab es keinen Verkehr. Patrick ließ sich ein wenig zurückfallen. Wenn Stiller in den Rückspiegel schaute, würde er das Auto zwar sofort entdecken, aber mit Sicherheit würde er nicht erwarten, dass er in dem Wagen saß.

Die Probleme begannen, als sie auf die Harbour Street bogen. Ohne ersichtlichen Grund staute es sich plötzlich. Patrick vermutete, dass es auf der Überlandstraße einen Unfall gegeben hatte und nun der Verkehr durch West Harbour geleitet wurde.

Vor ihm fädelte Stiller ein, und bevor er selbst einscheren konnte, waren schon zehn Fahrzeuge zwischen ihnen.

Verdammt, er musste mitbekommen, wenn Stiller abbog, konnte ihn aber im Moment kaum sehen. Schnurgerade wie auf einer Perlenschnur aufgereiht rollte die Kolonne im Schritttempo dahin. Immer wieder kam der Verkehr ganz zum Erliegen, wenn Fahrzeuge aus Querstraßen einbogen oder eine Ampel auf Rot geschaltet hatte.

Im Auto war es ziemlich heiß und Patrick schwitzte wie eine Speckschwarte in der Sonne. Die verdammte Karre war zwar erst zwei Jahre alt, aber das Kühlmittel für die Klimaanlage war aus. Patrick verfluchte sich selbst dafür, dass er es nicht schon längst in einer Werkstatt hatte auffüllen lassen.

Er kurbelte das Seitenfenster herunter, aber die Sonne stand so tief, dass ihre Strahlen ihn wie eine Heizstange trafen. Als wäre das nicht genug, drangen zusätzlich die Hitze des aufgeheizten Asphalts und die Abgase der vor ihm stehenden Fahrzeuge ins Innere.

Patrick fluchte, schimpfte und kurbelte das Fenster wieder hoch. Der Schweiß rann ihm über die Stirn, lief klebrig den Nacken hinunter und nun begann es ihn auch noch am Hintern zu jucken, dort wo seine Shorts besonders an der Haut klebten.

Endlich schien es ein wenig voranzugehen. Doch kaum zeigte der Tacho mal eine Geschwindigkeit von zwanzig Meilen in der Stunde, wurde vor ihm schon wieder abrupt abgebremst.

Herr im Himmel, was ist denn jetzt schon wieder los?

***

»Ich weiß, was wir machen«, sagte Sarah und rutschte unruhig auf ihrem Sitz herum. »Wir nehmen die nächste Querstraße und versuchen, uns auf Nebenwegen zum Hafen durchzuschlagen. Wenn wir weiter auf dieser Straße bleiben, schaffen wir es nie.«

Josh sah sie an. »Kennst du dich hier aus?«

»Ja. In der Nähe wohnt eine Tante von mir.«

»Dann sag, wohin ich fahren soll.«

»Die nächste links, Buffalo Street.«

Auf der Gegenfahrbahn rollten die Fahrzeuge ebenso langsam dahin wie die Autos auf ihrer Spur.

Josh hielt an, setzte den Blinker und hatte Glück. Schon der erste Wagen gab ihm per Lichthupe zu verstehen, dass er abbiegen solle. Josh hob die Hand, um sich zu bedanken, und fuhr in die Buffalo Street.

Hier war bedeutend weniger los und sie kamen gut voran. Sarah atmete auf. Sie würden es schaffen.

***

Patrick hatte zunächst nicht begriffen, warum die Kolonne erneut stehen geblieben war. Er lehnte sich weit aus dem Fenster und sah, dass Stiller nach links in eine Seitenstraße abbog. Er ahnte nun, dass das Ziel der beiden der Hafen war. Er grübelte darüber nach, was sie dort wollten, ob sie nur herumfuhren oder irgendetwas vorhatten.

Zu seinem Pech bewegte sich gerade überhaupt nichts mehr, weder auf seiner noch auf der anderen Seite. Eingezwängt durch die vor und hinter ihm stehenden Fahrzeuge und nach links durch den Gegenverkehr blockiert, konnte er nicht weiterfahren.

Die Seitenstraße war noch mindestens dreißig Meter entfernt und er hing hier fest.

Verdammt!

Sieben endlose Minuten vergingen. Patrick glotzte auf die Uhr im Armaturenbrett und zählte stumm mit. Sieben beschissene Minuten, bis er abbiegen konnte.

Endlich, endlich ging es wieder voran. Patrick rollte auf die Buffalo Street zu und bog ab, ohne den protestierenden Gegenverkehr zu beachten. Dann gab er Gas.

Während er auf das Hafengelände zufuhr, überlegte er fieberhaft, wohin Josh und Sarah unterwegs sein mochten. Links ging es zur Anlegestelle der Fähre, rechts lag das Harbour Café. Das Café ... Wollten die beiden etwa einen Cappuccino trinken? Saß er dafür in dieser überhitzten Karre und schwitzte sich die Seele aus dem Leib?

Patrick hämmerte mit der flachen Hand aufs Lenkrad.

Jetzt war er richtig sauer.

Er benahm sich wie ein kompletter Vollidiot. Aber nicht mehr lange. Er würde auch ins Café gehen und dann würde er Klartext mit den beiden sprechen.

Niemand macht einen Narren aus mir.

29.

Sarah warf einen letzten Blick auf die Uhr. Sieben vor sechs. Sie hatten es geschafft!

Josh rollte an den Randstein und sie stiegen aus. Vor dem Café fasste er nach ihrer Hand. Seine Finger waren kühl, so wie beim ersten Mal. Doch in seinen grünen Augen stand kein Lächeln. Es war ein harter Blick, der etwas zu verbergen suchte, aber Sarah beschloss, nicht weiter zu grübeln. Gleich würden sie die Realität wechseln und alles würde gut werden. Davon war sie fest überzeugt. Sie musste sich nur in das Café setzen, etwas zu trinken bestellen und die Dinge würden ihren Lauf nehmen. Alles andere würde hinter ihr zurückbleiben, zu einem Traum verblassen, so als habe es diese Welt nie gegeben.

Sarah lächelte innerlich. Ob es Lona in der nächsten Welt ebenso gelingen würde, Michael Bloom zu erobern?

Während sie auf die Eingangstür zusteuerte, fragte sie sich, wie es wohl in der nächsten Realität sein mochte. Natürlich bestand die Möglichkeit, dass auch dort etwas nicht stimmte, aber alles war besser, als Ben tot zu wissen.

Sie dachte an ihren Bruder, dessen kleiner, kalter Körper auf einer Krankenhausbahre lag. An ihre Eltern, die unter Schock standen und völlig verzweifelt waren.

Nein, so darf es nicht sein. Es liegt an mir, es zu ändern, und ich werde es tun, egal, was für mich dabei herauskommt.

Josh öffnete die Tür und sie traten ein.

Im Café herrschte die übliche Düsternis und eine Kühle, die sie frösteln ließ und die Hitze Lügen strafte, die draußen herrschte.

Auch heute saßen kaum Leute an den Tischen und Sarah sah sofort, dass der Platz nahe den Toiletten frei war. Sie fasste nach Joshs Hand und zog ihn mit sich. Er nahm auf dem Stuhl Platz, auf dem die letzten beiden Male Patrick gesessen hatte, während sie sich ihm gegenübersetzte. Sarah schaute ihn an, aber seine Miene war undurchdringlich. Überhaupt wirkte er sehr angespannt.

Kein Wunder. Mir geht es ja auch nicht anders.

Nervosität und eine leichte Unruhe hatten sie nun erfasst, nachdem sie den Ort erreicht hatte, an dem es gleich ein weiteres Mal in eine andere Welt gehen sollte. Sarah fühlte, wie ihr Herz kraftvoll in ihrer Brust pochte. Sie zwang sich, ruhiger zu atmen, aber ihre Finger trommelten nervös auf die Tischplatte.

»Es ist anders als die letzten beiden Male«, sagte sie.

»Ich weiß.«

»Meinst du, es wird trotzdem funktionieren?«

»Ja.« Josh warf ihr einen Blick zu, den sie nicht deuten konnte, und sie wandte schnell die Augen ab.

»Patrick fehlt«, murmelte sie. »Ich hoffe, es klappt trotzdem.« Als er schwieg, presste Sarah die Lippen zusammen. »Wie viel Uhr ist es?«

»Zeit genug.«

Sie wurde immer unruhiger. Irgendetwas stimmte nicht mit Josh. Sie konnte es spüren, aber nicht den Finger darauf legen. Seine knappen Antworten, seine verschlossene Miene heizten ihre Nervosität nur noch weiter an.

»Wo ist der Kellner?« Sarah schaute sich im Café nach Lorenzo um. »Er sollte längst da sein, um uns nach unserer Bestellung zu fragen.«

»Er wird gleich kommen.«

»Und wenn nicht?«

»Dann rufe ich ihn.«

»Du hast doch was«, platzte es aus Sarah heraus. »Was ist mit dir los?«

Josh verzog den Mund zu einem schiefen Lächeln, das ihm überhaupt nicht gelang. »Ich bin aufgeregt«, sagte er leise.

Sie musterte ihn eindringlich. »Ja, ich auch. Aber ist es wirklich nur das? Oder willst du mir etwas sagen?«, bohrte sie weiter.

***

Nein, es ist nicht nur das, aber ich kann es dir nicht sagen. In wenigen Augenblicken wirst du diese Welt verlassen und ich werde zurückbleiben. Bei Lindsey, Steve und Henry, die es verdient haben, zu leben, erwachsen zu werden, Kinder zu bekommen und erst zu sterben, wenn sie alt sind.

Josh sah sie an, fiel in ihre dunklen Augen.

Du bist so schön, so unvorstellbar schön, und ich liebe dich.

Ich spüre es, tief in mir drin. Du bist die Richtige, aber ich muss dich gehen lassen.

Sarah hatte ihn im Auto gefragt, ob er ihre Hand halten würde, wenn es so weit war, doch ihm war klar, dass er es nicht tun konnte. Er musste sie loslassen, im wahrsten Sinn des Wortes, damit sie ein Leben leben konnte und er ein anderes.

Sarah zupfte aufgeregt an ihren Haaren herum, er sah, wie sie die Lippen schürzte, und liebte sie noch mehr.

Er wollte sich dieses Bild, diesen einzigartigen Moment einprägen, damit er etwas von ihr hatte, das bei ihm blieb.

Sarah schaute ihn an. »Ich habe Angst«, sagte sie.

Josh fasste nach ihrer Hand, drückte sie. »Alles wird gut.«

In diesem Moment erschien der Kellner und Josh löste sich von ihr.

»Was kann ich euch bringen?«, fragte der junge Mann.

»Hi, Lorenzo«, sagte Sarah freundlich. »Was macht die Baseballkarriere?«

Der Kellner stutzte. »Ich glaube nicht, dass wir uns kennen. Außerdem spiele ich Football und kein Baseball, und seit ich mir die Hand gebrochen habe, ist auch damit Schluss.«

»Oh, das tut mir leid.«

»Schon okay, ich war eh nur Mittelmaß«, sagte Lorenzo in Plauderlaune. »Den Job hier mache ich nur vorübergehend, nach dem Sommer gehe ich an die Uni.«

»Was willst du denn studieren?«, fragte Sarah interessiert.

»Physik.«

Sie stutzte. »Echt jetzt?«

Lorenzo lachte fröhlich. »Ja, in echt. Die Physik hat sich in den letzten zehn Jahren ungemein verändert. Es gibt derzeit fast keine spannendere Wissenschaft.«

»Dann wünsche ich dir viel Erfolg«, sagte Sarah.

»Danke, das ist nett. Was wollt ihr trinken?«

»Für mich ein großes Wasser, für meinen Freund ein Bier. Ein Heineken«, sagte Sarah.

Lorenzo nickte und verschwand.

»Gleich ist es so weit«, flüsterte sie heiser. »Wenn er zurückkommt und die Getränke abstellt, passiert es.«

Josh nickte nur.

Es war Zeit, Abschied zu nehmen.

30.

Patrick riss die Fahrzeugtür auf. Er war da. Auf der anderen Straßenseite lag das Harbour Café, davor stand Stillers Wagen. Der Augenblick, Sarah und Josh gegenüberzutreten, war gekommen. Er wusste noch nicht genau, was er sagen sollte, aber er hatte nicht vor, mit seiner Wut hinter dem Berg zu halten.

Mit Schwung warf er die Autotür zu und ging los. Er war so sehr in Gedanken, dass er nicht auf den Verkehr achtete, und so nahm er keinerlei Notiz von dem riesigen Tanklaster, der direkt auf ihn zuraste.

***

Der Kellner war zurück. Josh bekam das Bier, Sarah das Wasser, dann ging er wieder.

Ein Vibrieren erfasste Sarahs Körper und ebenso ein leichter Schwindel.

»Ich kann es spüren«, rief sie aus. »Es geht los!«

Plötzlich riss sich Josh von ihr los, stand auf. Verwirrt blickte Sarah zu ihm auf.

Warum tut er das? Er muss doch meine Hand halten oder mich sonst irgendwie berühren, sonst werden wir getrennt und gelangen nicht gemeinsam in die nächste Realität.

Er sah sie an. Sah direkt in ihre Augen – und es stand Abschied darin. Im Bruchteil einer Sekunde erkannte Sarah, dass Josh sie verlassen, nicht mit ihr gehen würde.

Warum tut er das?

Ich liebe ihn und ich dachte, er liebt mich auch.

Ein Gefühl von Trauer und Verzweiflung stieg in ihr auf, wurde mächtig und legte sich wie ein schwarzes Tuch auf ihre Seele.

Warum ...

... kannst du ...

... mich nicht lieben?

Dann glaubte sie zu verstehen.

Lindsey ...

Es war ihretwegen ...

In diesem Moment zerbrach etwas in ihr, so als wäre ihr Herz aus Glas und nun gesprungen.

Während die Vibrationen immer stärker wurden und der Schwindel sie taumeln ließ, wandte sie ihren Blick von ihm ab.

Plötzlich drang von draußen gewaltiger Lärm ins Café. Pneumatische Bremsen kreischten auf. Der Boden bebte, das Wasserglas auf dem Tisch zitterte. Sarah starrte es fasziniert an.

Es begann zu wackeln.

Gleich würde es umfallen.

Alles lief wie in Zeitlupe ab. Der Raum um sie herum dehnte sich aus und alle Geräusche wurden gedämpft.

Und Sarah verstand.

Sie hatte das auslösende Ereignis gefunden, das einen Realitätswechsel möglich machte.

Es war das fallende Wasserglas. Ein winziges Detail in der Unendlichkeit des Universums, aber das einzige Merkmal, das in jeder Realität gleich geblieben war.

Immer war dieses Wasserglas umgefallen.

Sie schaute auf. Zu Josh. Wollte ihm sagen, was sie entdeckt hatte, aber er war schon zwei Schritte von ihr weggetreten. Ihre Lippen schlossen sich stumm.

Es spielte keine Rolle mehr.

Dann brach die Hölle über sie herein.

***

Der Fahrer des Tanklasters entdeckte Patrick zu spät. Er riss das Lenkrad herum, aber die rechte Frontseite erfasste den Jungen, wirbelte ihn wie ein Blatt im Herbstwind davon.

Der Lastwagen brach nach links aus, donnerte über die Gegenspur und raste direkt auf ein kleines Gebäude am Hafen zu.

Harbour Café.

Ein verschnörkelter Schriftzug war das Letzte, was er wahrnahm, bevor das riesige Gefährt wie eine Kanonenkugel in das Haus raste.

***

Josh wandte sich um, als der ohrenbetäubende Lärm losbrach. Ein Gast betrat gerade den Raum und durch die offene Tür konnte er den Lastwagen erkennen, der direkt und ungebremst auf das Café zuraste. Ein Zusammenprall war unvermeidlich.

Ihm blieb noch eine Sekunde, um sich selbst zu retten, aber als er herumwirbelte, erkannte er, dass Sarah von der unmittelbar aufkommenden Gefahr noch nichts mitbekommen hatte. Sie schaute nicht zur Tür, sondern direkt auf ihn.

Und er wusste, sie würde sterben.

Mit einem gewaltigen Satz warf sich Josh auf sie, packte ihre Arme und riss Sarah aus dem Weg des riesigen Gefährts. Die Tür wurde weggeschleudert, die Frontseite des Gebäudes aufgerissen, dann pflügten dreißig Tonnen Metall und Benzin durch den Raum und begruben alles unter sich, was sich ihnen in den Weg stellte.

***

Plötzlich war Josh da. Seine Arme umschlangen sie, als er sich mit ihr zu Boden warf.

Ihre Augen waren noch immer auf das Wasserglas gerichtet.

Und sie sah, wie es kippte und fiel.

Dann explodierte etwas in einem gewaltigen Feuersturm.

31.

Es war ein trüber Morgen, als Sarah erwachte. Regen prasselte gegen das Fenster, zog gläserne Schlieren darüber. Aus dem Radio erklang die markante Stimme von Randy Brandsom, der sich wieder einmal über die Stadtverwaltung ausließ.

Sarah zuckte zusammen und richtete sich abrupt im Bett auf.

Ich bin in einer neuen Welt ...

Die Erinnerung an das Geschehen übermannte sie, ließ ihre Beine wackeln, als sie aufsprang. Kurz wurde ihr schwarz vor Augen, aber dann fing sie sich.

Ihr Atem keuchte, obwohl sie sich kaum bewegt hatte, und es fiel ihr schwer, nach unten zu lauschen, die Geräusche aus der Küche wahrzunehmen, aber da waren sie. Irgendetwas klapperte, wahrscheinlich ihre Mutter, die mit der Pfanne hantierte. Über dieses Geräusch hinweg nahm Sarah noch etwas anderes wahr.

Ein leises Plappern! Kinderlaute.

Ben!

Fast hätte sie aufgeschrien vor Erleichterung, aber sie riss sich zusammen. Ihre Eltern wussten nichts von alldem, wussten nicht, was ihr zugestoßen war. Sie nach allem, was sie selbst ausgestanden hatte, zu verängstigen, machte keinen Sinn.

Reiß dich zusammen, Sarah. Zieh dich an, geh kurz ins Bad und dann in die Küche. Niemand darf dir etwas anmerken, niemand darf sehen, dass du kurz vor einem Zusammenbruch stehst.

Ihre Gedanken wanderten zu Josh. Wo war er?

Ihr Geist tauchte ab in die Geschehnisse der letzten Welt.

Bens Tod. Josh. Das Café.

Warum hatte er ihre Hand losgelassen?

Er wollte nicht mit mir gehen.

Der Gedanke kam und traf sie hart.

Ich habe mich in ihm getäuscht, er hat mich nicht geliebt. Warum habe ich das nicht vorher gemerkt?

Andererseits fragte sich Sarah, ob sie überhaupt das Recht hatte, diese Art von Fragen zu stellen. Sie kannten sich erst seit Kurzem und außer ein paar Küssen war nichts weiter zwischen ihnen passiert, nichts, was darauf hinwies, dass er sich in sie verliebt hatte.

Josh hatte ihr geholfen, sie auf ihrer Flucht durch die Realitäten begleitet, sie sollte ihm dankbar sein. Aber da war diese tiefe Enttäuschung in ihr und das Gefühl, zurückgewiesen worden zu sein.

Du benimmst dich wie ein Kind, das vom Weihnachtsmann nicht das gewünschte Geschenk bekommen hat!, schimpfte sie sich selbst. Und trotzdem konnte sie nicht anders.

Dieses Gefühl, ihn zu lieben und nicht zurückgeliebt zu werden, verschlingt mich.

Warum ist das Schicksal bloß so grausam zu mir?

Ihre Gedanken schweiften ab und sie fragte sich, was im Café geschehen war.

Josh hatte sie zu Boden gerissen, das Wasserglas war umgefallen und plötzlich war überall Feuer gewesen.

Aber woher war das Feuer gekommen? Und was war das für ein Lärm gewesen?

Ihr Kopf schmerzte bei all den Gedanken.

Ich muss aufhören, darüber nachzugrübeln.

Später.

Später ist auch noch Zeit dafür.

Obwohl es sie danach drängte, nach unten zu gehen und sich davon zu überzeugen, dass mit ihrer Familie alles in Ordnung war, zwang sich Sarah zur Ruhe.

Sie tappte ins Bad, warf einen Blick in den Spiegel und erschrak. Dunkle Ringe zeichneten sich unter ihren Augen ab, die tief in den Höhlen lagen. Ihre Haare wirkten strähnig, geradezu ungepflegt. Ganz offensichtlich hatten die Ereignisse ihre Spuren hinterlassen.

Nein, so konnte sie ihren Eltern nicht gegenübertreten.

Sie öffnete den Wasserhahn und hielt ihre Hände in den Strahl, tauchte ihr Gesicht in das kalte Nass und fühlte sich augenblicklich besser. Nachdem sie sich abgetrocknet hatte, bürstete sie ihr widerspenstiges Haar mit zitternden Fingern durch. Als sie fertig war, zog sie sich an.

Dann war es so weit.

Sie musste der neuen Wirklichkeit ins Auge sehen.

Sarah wappnete sich innerlich, dass vielleicht nicht alles so sein würde, wie es sein sollte, aber Hauptsache, alle waren gesund und unverletzt.

Die wenigen Schritte die Treppe hinunter fielen ihr schwer.

Mehr als einmal war sie versucht, zurück ins Zimmer zu stürmen und sich unter der Bettdecke zu verstecken, aber es half ja nichts.

Die Wahrheit befand sich am Ende dieser Treppe, und auch wenn sie sich kaum auf den Beinen halten konnte, musste sie jetzt hinunter, sich davon überzeugen, dass mit ihrem kleinen Bruder alles in Ordnung war.

Er war das Erste, was sie sah, als sie auf der letzten Stufe stehen blieb.

Ben saß in seinem Hochstuhl und panschte fröhlich in seinem Brei herum. Als er das Knarren der Treppe hörte, jauchzte er auf und rief ihren Namen.

Ihre Mutter wirbelte herum.

Riss die Augen auf.

Die Pfanne rutschte ihr aus der Hand und fiel laut scheppernd zu Boden, doch sie beachtete sie nicht, sondern starrte Sarah nur mit offenem Mund an.

In ihrem Gesicht standen Panik, Entsetzen, Überraschung, Freude und vieles mehr.

»Sarah ... wie ... wie kann ...« Der Rest der Worte erstarb auf ihren Lippen. Jede Farbe war aus ihrem Gesicht gewichen. Der Mund bewegte sich, als wolle sie weitersprechen, aber es kam kein Ton heraus.

»Mom, was ist mit dir?«, fragte Sarah erschrocken. »Geht es dir nicht gut?«

Sie machte einen Schritt nach vorn, aber die ausgestreckte Hand ihrer Mutter hielt sie auf.

»Das kann nicht sein«, keuchte sie. »Es ist ... unmöglich.«

»Was, Mom? Was ist unmöglich?«, rief Sarah.

Ihre Mutter starrte sie an, als wäre sie ein Gespenst. »Du bist tot«, flüsterte sie.

Sarahs Ohren hörten, was ihre Mutter sagte, aber sie verstand nicht.

»Tot, tot, tot«, wiederholte ihre Mutter tonlos.

»Nein, Mom. Nein, schau mich an. Das stimmt nicht. Ich bin hier und es geht mir gut.«

»Wie ...?«

»Mom, bitte«, flehte Sarah sie an. »Alles ist okay.«

Plötzlich stieß ihre Mutter einen Schrei aus und stürzte auf Sarah zu, nahm sie in den Arm und flüsterte: »Du lebst. Du lebst.«

Sarah war verwirrt. Warum sollte sie tot sein? Was war geschehen? Während sie ihre am ganzen Körper zitternde Mutter in den Armen hielt, rasten ihre Gedanken.

Was ist hier los?

Was stimmt nicht in dieser Realität?

»Was hast du nur? Warum hältst du mich für tot? Wo ist Dad?«, fragte Sarah.

»Wie geht es dir?«, wollte ihre Mutter schluchzend wissen. »Wo warst du nur die letzten drei Tage?«

»Wo ist Dad?«

»Er ... er bereitet deine Beerdigung vor. In der ersten Nacht waren wir auf der Polizeistation. Die ganze Nacht haben wir gebetet, dass dir nichts zugestoßen sein mochte, aber es gab Zeugen, die gesehen haben, wie du ins Café hineingegangen bist«, erzählte sie völlig zusammenhanglos und Sarah hatte Mühe, ihr zu folgen. »Patrick war ebenfalls dort und hat nach seinem Aufwachen alles seiner Mutter erzählt und sie hat uns angerufen.«

Polizeistation? Patrick? Aufwachen?

Sarah wurde schwindlig, sie lehnte sich gegen den Schrank. Sie verstand kein Wort von dem, was ihre Mutter da redete.

»Mom, was ist hier los?«, fragte sie so ruhig wie möglich.

Ihre Mutter war vollkommen aufgelöst, sie stammelte, verhaspelte sich und drückte Sarah immer wieder schluchzend an sich, dabei erzählte sie, was geschehen war.

Sarah war mit Ben und Lona am Strand gewesen, später hatte sie ihn nach Hause gebracht und gesagt, sie müsse noch einmal weg. Es sei dringend. Unterwegs war ihr Patrick begegnet, sie hatte ihm aber erklärt, dass sie keine Zeit habe. Er war ihr heimlich gefolgt, wie er sagte, und hatte sie bei einem Treffen mit einem jungen Mann im alten Vergnügungspark beobachtet und gesehen, wie sie sich leidenschaftlich geküsst hatten. Kurz darauf war Sarah zu ihm ins Auto gestiegen und davongefahren. Eifersüchtig war er den beiden bis zum Harbour Café gefolgt, aber als er die Straße vor dem Café überquerte, ohne dabei auf den Verkehr zu achten, hatte ihn ein Tanklaster angefahren und war danach auf das Café zugerast. Dann war der Tankwagen explodiert.

Seitdem hatte niemand Sarah mehr gesehen. Ihre Leiche und die Leiche des Unbekannten waren nicht gefunden worden und die Behörden gingen davon aus, dass sie bei der Explosion des Tankwagens verbrannt waren.

In Sarahs Kopf drehte sich alles. Die Informationen erschütterten sie. Bleib ruhig, sagte sie sich. Wichtig war nur, dass Ben lebte. Der Rest würde sich finden.

»Wo warst du nur die ganze Zeit?«, schrie ihre Mutter. Ben begann zu weinen, aber niemand beachtete ihn.

»Mom, das ... das ist schwer zu erklären«, stammelte sie.

»Weißt du, was wir durchgemacht haben? Dein Vater und ich. Wir dachten du wärst tot! Warum hast du dich nicht gemeldet?«

»Ich konnte nicht …«

Weiter kam sie nicht, denn ihre Mutter versetzte ihr eine schallende Ohrfeige. Gleich darauf warf sie sich in Sarahs Arme und stammelte: »Bitte verzeih mir. Ich wollte das nicht. Ich dachte, ich habe dich für immer verloren.«

»Ist schon gut, Mom.«

Die Hand ihrer Mutter streichelte ihre Wange, so wie sie es immer getan hatte, als sie noch ein kleines Kind gewesen war. Sarah war unendlich gerührt von dieser Geste.

»Ich liebe dich, Sarah«, sagte ihre Mutter mit erstickter Stimme. »Ich habe dich immer geliebt, vom ersten Moment an, als ich von dir wusste. Du und Ben, ihr seid das Wichtigste in meinem Leben. Vergiss das niemals.«

Als Sarah die Worte hörte, konnte sie die Tränen nicht mehr zurückhalten.

Ihre Mutter hielt sie fest. Weinte mit ihr.

Als sich beide erschöpft voneinander lösten, sah ihre Mutter sie ernst an. »Und jetzt will ich wissen, was geschehen ist.«

Und Sarah begann zu erzählen. Sie erzählte von Josh. Ihrer ersten Begegnung auf der Brücke. Dem Tag an der Schule, die letzte Probe für das Theaterstück. Davon, wie sie ins Harbour Café gegangen war, sich dort mit Patrick getroffen hatte; dem Moment, als sich alles um sie gedreht hatte und sie mit Josh in eine andere Realität gefallen war.

Sie erzählte davon, dass man sie als Mörderin gejagt hatte und wie Patrick versucht hatte, sie zu erschießen.

Die nächste Realität. Der Tag am Strand. Bens Tod und der Versuch, alles zu ändern. Die letzten Augenblicke im Café und ihr Erwachen in dieser Welt.

Als sie endete, sah ihre Mutter sie lange an. Dann sagte sie mit ruhiger Stimme: »Wir müssen zum Arzt.«

Sarah schüttelte den Kopf. »Ich fühle mich gut, Mom.«

»Du bist völlig verwirrt!«, rief ihre Mutter. »Der Unfall hat dich traumatisiert, Sarah. Du musst dringend medizinisch untersucht werden und du brauchst psychotherapeutische Hilfe.«

»Mom, hast du mir nicht zugehört?«

»Doch, das habe ich und mir ist klar, dass du nach dem Unfall im Café nicht mehr dieselbe bist. Ich weiß nicht, wie du es rechtzeitig aus dem Café herausgeschafft hast und dabei unverletzt geblieben bist. Mir ist auch nicht klar, wo du die letzten drei Tage warst, aber mir ist eines klar: Du leidest an Gedächtnisverlust und brauchst medizinische Hilfe.«

»Mom …«, flehte Sarah verzweifelt, doch ihre Mutter war nicht mehr zu bremsen.

»Wir gehen. Sofort! Und die Polizei müssen wir auch benachrichtigen.« Sarah starrte auf die roten Flecken an ihrem Hals. »Sie werden dir Fragen zum Unfall stellen wollen, aber das hat Zeit bis später.«

Erneut begannen die Gedanken, in Sarahs Kopf durcheinanderzuwirbeln. *Verdammt, was soll ich jetzt bloß machen?*

Ihr wurde bewusst, dass niemand ihre Geschichte glauben würde. Nicht ihre Eltern, nicht die Polizei und mit Sicherheit auch keine Ärzte.

Man wird mich für verrückt halten. Vielleicht unter Beobachtung stellen, mir Beruhigungsmittel spritzen.

Sie dachte daran, dass Josh ihre Aussage bestätigen konnte. Aber wenn man ihr nicht glaubte, warum sollte es dann bei ihm anders sein? Außerdem war er für ihre Eltern ein Fremder.

Nein, sie musste die Sache irgendwie allein durchstehen. Wenn in dieser Realität sonst alles in Ordnung war, konnte sie damit leben. Alle würden denken, der Unfall habe ihren Geist verwirrt. Der fehlende Zeitraum von drei Tagen war ein Problem, aber wenn sie darauf beharrte, sich an nichts erinnern zu können, würde man irgendwann auch keine Fragen mehr stellen.

Wichtig war jetzt nur, dass sie die Nerven behielt. Dies war eine neue Chance. Ben lebte. Ihren Eltern ging es bis auf den Schrecken, den sie ihnen eingejagt hatte, gut. Alles andere würde sich finden.

Okay, dann lasse ich das jetzt einfach über mich ergehen. Ich werde ihre Fragen beantworten, ohne die Wahrheit zu sagen. Nach einigen Tagen sollten sich alle wieder beruhigt haben.

Ein Gedanke verunsicherte sie allerdings. Ihre Mutter hatte erzählt, dass Patrick am Unfallort gewesen war, und hatte irgendetwas von »aufwachen« gesagt. Was hatte sie damit gemeint?

Sie wandte sich um, um nach dem Festnetztelefon zu greifen, während ihre Mutter Ben aus dem Kindersitz hob.

»Wen willst du anrufen? Deinen Dad? Wir rufen ihn vom Auto aus an und sagen ihm, er soll zur Klinik kommen.«

»Nein, ich möchte kurz mit Patrick sprechen. Fragen, wie es ihm nach dem Unfall geht.«

Ihre Mutter zögerte. Dann sagte sie: »Das ist keine gute Idee.«

»Warum nicht?«

»Patrick ...« Sie atmete einmal tief durch. »Er liegt im Krankenhaus in Middleton. Er hat sein rechtes Bein bei dem Unfall verloren.«

Sarah schwieg erschüttert. Patrick war schwer verletzt? Er hatte ein Bein verloren?

Oh mein Gott, lass das nicht wahr sein.

Ihre Hoffnung, eine Realität gefunden zu haben, in der es allen gut ging, zerstob im Nichts.

Sarah fühlte, wie sich ihr Magen zusammenzog. Was sollte sie jetzt tun? Was konnte sie tun?

Die Antwort war klar. Es gab keine andere Möglichkeit.

Ich muss zu Patrick. Sehen, wie es ihm geht. Alles andere kann warten.

Sie umarmte ihre Mutter, die bereits in ihre Jacke geschlüpft war. »Das mit den Untersuchungen müssen wir verschieben. Ich verspreche dir, dass ich alles tue, was du von mir verlangst, aber erst muss ich etwas erledigen. Ich bin bald zurück.«

»Sarah ...«

»Bitte«, unterbrach sie ihre Mom und warf ihr einen flehenden Blick zu.

»Du willst zu Patrick.«

Sarah nickte.

»Auf keinen Fall! Wir gehen erst zur Polizei und dann in die Klinik. Und wir müssen deinen Vater anrufen.«

»Aber Mom ...«

»Nein, keine Widerrede«, entgegnete ihre Mutter energisch. »Du gehst jetzt nach oben, packst ein paar Sachen, falls sie dich dabehalten wollen, und in fünf Minuten stehst du wieder vor mir.«

Sarah seufzte auf. Ihre Mutter würde nicht nachgeben.

»Okay.«

»Ich mache derweil Ben fertig. Auf dem Weg zum Krankenhaus liefern wir ihn im Kindergarten ab, und während du deine Tasche packst, ruf ich deinen Dad an.«

»Ja, Mom, mach das.«

Sarah ging auf die Treppe zu. Aus dem Augenwinkel beobachtete sie, wie ihre Mutter nach dem Telefon griff und sich abwandte. Schnell nahm sie den Autoschlüssel vom Brett, schnappte sich ihre Sneakers und ging in ihr Zimmer hinauf.

Dort angekommen, schlüpfte Sarah in ihre Schuhe und schob das Fenster hoch. Sofort drang kalte Luft herein, und als sie sich aus dem Fenster schob, prasselte der Regen auf sie herab. Die Luft roch nach feuchtem Gras und es war rutschig, als sie über das Dach der Garage huschte und an der Dachrinne herunterkletterte.

32.

Vor der Garage parkte die alte Corvette, an der ihr Vater jahrelang herumgebastelt hatte. Verblüfft blieb Sarah stehen. Offenbar hatte ihr Dad es in dieser Realität tatsächlich geschafft, den Wagen wieder zum Laufen zu bringen. Sie warf einen Blick zur Eingangstür, aber von ihrer Mutter war nichts zu sehen. Wahrscheinlich war sie noch mit Ben beschäftigt oder sie telefonierte mit ihrem Vater.

Schnell schloss sie die Fahrzeugtür auf und schlüpfte hinter das Steuer. Sie konnte es kaum glauben, dass ihre Mutter in dieser Wirklichkeit den alten Wagen fuhr. Gerade als sie den Motor starten wollte, klopfte jemand an die Seitenscheibe. Josh.

Nach kurzem Zögern ließ Sarah das Fenster herunter.

Er trug die übliche Lederjacke, auf der der Regen dunkle Flecken hinterlassen hatte.

»Hi«, sagte er und vergrub die Hände in den Hosentaschen. Sein feuchtes Haar klebte am Kopf und er trat von einem Fuß auf den anderen.

»Hi«, antwortete Sarah. Dann kam schlagartig die Erinnerung zurück und sie dachte an den Moment, als er ihre Hand losgelassen hatte.

Verloren wie damals auf der Brücke stand er im Regen.

Sarah spürte einen Stich in ihrem Herzen, während die widersprüchlichsten Gefühle in ihr tobten. Wie gern sie jetzt seine Arme um sich spüren würde, aber gleichzeitig war sie auch wütend auf ihn. Der Zorn wurde zu einer Stimme, die leise in ihr flüsterte.

Josh wollte mich zurücklassen.

Er liebt mich nicht. Ich habe mich in ihm getäuscht.

Und dann war da noch Patrick.

Verletzt. Er hatte sein Bein verloren, weil er ihr nachgegangen war. Warum er das letztendlich getan hatte, spielte keine Rolle, denn seine Gefühle für sie hatten ihn dahin gebracht, wo ihm dieses schreckliche Unglück zugestoßen war.

Ohne mich wäre er nicht dort gewesen.

Ohne seine Liebe zu mir hätte er sein Bein noch.

Sarah wusste nicht, wie sie mit alldem umgehen sollte. Sie wusste nur, dass Josh neben ihr stand und sie ansah. Als sie ihren Blick hob, sah sie einen Jungen, in dessen Augen eine Frage stand.

Sie sah Hoffnung und etwas anderes.

Was auch immer es sein mochte.

Liebt er mich doch?

Letztendlich spielte es keine Rolle, welche Gefühle er für sie empfand, denn sie durfte jetzt nicht an sich selbst denken. Und auch nicht an Josh.

Patrick.

Nur er war wichtig.

Sie musste sich um ihn kümmern.

»Ich habe dich gesucht«, sagte Josh.

»Und du hast mich gefunden«, antwortete Sarah härter als gewollt, aber sie durfte jetzt nicht die Kontrolle über sich verlieren. Später. Ja, später vielleicht konnten sie über alles reden, aber jetzt war einfach nicht der Moment dafür.

»Wie geht es deinem Bruder?«

»Er lebt«, sagte Sarah und spürte noch einmal die Erleichterung darüber, dass Ben in dieser Welt am Leben war.

»Und deinen Eltern?«

»Es geht ihnen gut, auch wenn sie durch die Ereignisse völlig verwirrt sind.«

Josh beugte sich ein Stück zu ihr herab. »Weißt du, was genau passiert ist?«

»Ja. Bevor wir die Realität gewechselt haben, gab es einen Unfall. Wir sind nur knapp davongekommen.« Sie sah kurz zu ihm auf, ehe sie weitersprach. »Seitdem sind drei Tage vergangen. Für die Menschen in dieser Realität waren wir zweiundsiebzig Stunden lang verschwunden.«

»Oh«, machte Josh überrascht. »Das wusste ich nicht. Als ich das Haus verließ, hat meine Tante noch geschlafen. Seither habe ich mit niemandem gesprochen. Ich war auf dem ...«

»Die Dinge haben sich erneut verändert«, unterbrach Sarah ihn. »Patrick ist uns gefolgt. Der Lastwagen hat ihn erfasst, bevor er ins Café gerast ist.«

»Ist er ... ist er ...?«

»Tot? Nein«, sagte Sarah. »Aber er wurde schwer verletzt und hat ein Bein verloren.«

Josh schwieg, dann sagte er: »Das tut mir leid.«

»Es ist nicht deine Schuld. Es ist meine.«

Er schüttelte den Kopf. »So darfst du das nicht sehen.«

»Wie soll ich es denn sonst sehen, Josh?«, fuhr sie ihn an.

»Ohne mich wäre er niemals dort gewesen und jetzt ist er für den Rest seines Lebens ein Krüppel!«

Wieder ließ er ein paar Sekunden verstreichen und Sarah hatte ihre Hand schon auf den Zündschlüssel gelegt, als er sie leise fragte: »Denkst du darüber nach, die Realität zu wechseln? Erneut ins Harbour Café zu gehen?«

Sarah ließ die Hand sinken. Der Gedanke war ihr auch schon gekommen, aber sie musste sich erst einmal orientieren.

»Erst muss ich herausfinden, was in dieser Realität alles anders ist«, sagte sie. »Aber ich denke, ich kann es nicht riskieren. Ben lebt, meine Eltern sind gesund, es gab keinen Amoklauf und ich werde nicht gejagt ...«

»Können wir miteinander reden? Ich will dir schon die ganze Zeit etwas sagen ...«

Ja, ich dir auch, dachte Sarah.

»Du hast meine Hand losgelassen. Ich sollte ohne dich gehen.«

»Ja«, sagte Josh und blickte zu Boden. »Darüber wollte ich mit dir reden. Darüber und über vieles andere.«

Sie schüttelte energisch den Kopf. »Josh, Patrick ist schwer verletzt. Ich ...«

»Aber es ist wichtig, was ich dir zu sagen habe.«

Sarah sah seine Verzweiflung, aber sie stand unter Druck. Sie musste los.

»Jetzt ist kein guter Zeitpunkt. Ich muss hier weg. Jeden Moment kann meine Mutter in der Tür auftauchen und dann ist alles zu spät.«

»Bitte, Sarah ...«

»Verstehst du nicht?«, fuhr sie ihn an. »Es geht jetzt nicht um dich und mich.«

»Sarah ...«

Sie startete den Motor.

Joshs trauriger Blick berührte sie tief – und sie entdeckte darin, was sie sich so sehr erhofft hatte.

Er liebt mich doch! Und ich liebe ihn auch. Aber dafür gibt es hier und heute keinen Raum. Es ist meine Schuld, dass Patrick schwer verletzt wurde, und ich muss jetzt für ihn da sein.

Noch einmal schaute sie Josh an, blickte in seine unfassbar grünen Augen, sah all den Schmerz darin, den sie ihm zufügte. Dann legte sie den ersten Gang ein und fuhr los.

***

Josh ging durch den Regen die Straße entlang. Er hatte den Kopf gesenkt und dachte darüber nach, was gerade geschehen war.

Ich habe alles verloren.

An diesem trüben Morgen war er wie immer zum Friedhof gefahren – und hatte vor den Gräbern seiner Freunde gestanden. Sie waren tot und er lebte. Die Illusion der letzten Realität war wie weggewischt.

Dort hatte es den Unfall nie gegeben. Lindsey, Henry und Steve waren voller Leben gewesen, aber indem er Sarah gerettet hatte, hatte er ihre Existenz ein zweites Mal ausgelöscht.

Während er im Regen stand, hatte er die Hände zu Fäusten geballt und seine Wut zum grauen Himmel emporgeschrien.

Zwei Reihen weiter war der Friedhofsgärtner damit beschäftigt gewesen, Unkraut auf den Wegen zwischen den

Gräbern zu jäten. Sein hageres, bartloses Gesicht hatte sich ihm zugewandt und der Blick aus seinen alten Augen hatte ihm offenbart, dass der gebeugte Mann wusste, was Schmerz war.

Josh hatte seine Tränen gespürt, die sich mit den Regentropfen vermischten und über seine Wangen liefen.

Sein Blick war über den nackten Stein mit Lindseys Namen geglitten und er hatte sie stumm um Verzeihung gebeten. Dafür, dass sie nicht mehr war und er ein anderes Mädchen liebte.

Seine lange Reise durch all die Welten hatte hier und heute ein Ende gefunden. Er war nun bereit, mit der Vergangenheit abzuschließen, sich ein für alle Mal von ihr zu lösen und zu hoffen, dass es irgendwo da draußen im unendlichen Universum eine Realität für Steve, Henry und Lindsey gab, in der sie jung waren, lebten und liebten.

Sarah hatte ihm gestern im Vergnügungspark erzählt, wo sie wohnte, und so war er nach seinem Besuch auf dem Friedhof zu ihr gegangen. Das Haus hatte er mühelos gefunden und sein Herz hatte bei ihrem Anblick höher geschlagen. Aber dieses Gefühl war augenblicklich verflogen, als er den gehetzten Ausdruck in ihrem Gesicht entdeckt hatte.

Irgendetwas war schiefgelaufen.

Danach hatten ihre Worte jede Hoffnung zerstört.

Patrick war schwer verletzt. Sarah gab sich die Schuld dafür und er konnte das verstehen. Wenn jemand etwas über Schuld wusste, dann er.

In ihren Augen hatte er eine Härte entdeckt, die ihn überrascht hatte, aber vielleicht war es auch nur Verzweiflung gewesen. Dennoch hatte sie ihn von sich gestoßen, ihm gezeigt, dass es in dieser Welt keinen Platz für ihre Liebe gab.

Sarah will nicht mehr die Realität wechseln, sie hat sich für Patrick entschieden.

Ich habe immer gedacht, jeden Schmerz zu kennen, aber dieser hier ist neu, er zerreißt mich. Es fühlt sich an, als wäre ein Stück meiner Seele mit ihr gegangen, und für mich bleibt nur diese Wunde zurück.

Die Frage, was er jetzt tun sollte, stellte sich nicht. Für ihn gab es nur einen Weg. Davor musste er noch etwas erledigen.

Josh ging zum Wagen seiner Tante, stieg ein und fuhr davon.

33.

Es war das gleiche Gebäude wie am Tag zuvor, nur, dass heute nicht die Sonne schien, sondern unablässig Regen fiel. Sarahs Klamotten waren vollkommen durchnässt und die feuchten Haare klebten ihr im Gesicht, als sie durch den Eingang des Krankenhauses trat und zum Informationsschalter ging.

Es ist für mich noch keine vierundzwanzig Stunden her, da war ich ebenfalls hier, bin auf einem nackten Flur auf und ab gegangen und habe gehofft, dass Ben überlebt. Nun bin ich gekommen, um einen Jungen zu besuchen, der sein Bein verloren hat.

Meinetwegen.

Wie es wohl sein würde, Patrick zu begegnen? Nach allem, was geschehen war ... Für ihn war sie doch nichts weiter als das Mädchen, das ihn mit einem anderen betrogen hat. Und er musste den Preis dafür bezahlen.

Wird er mich hassen?

Sie schluckte schwer bei dem Gedanken. Dann dachte sie an Josh, wie er traurig im Regen gestanden hatte.

Dieses Bild hatte sich ihr eingebrannt und sie wusste, dass

sie es niemals loswerden würde. Sein Schmerz war ihr Schmerz, aber sein Leben nicht mehr das ihre.

Denk an Patrick. Nur an ihn.

Die Frau hinter der Glasscheibe war eine attraktive Mittzwanzigerin mit blonden, schulterlangen Haaren und hellen, fast grauen Augen. Sie wirkte frisch und gut gelaunt, als Sarah vor sie trat und nach Patricks Zimmernummer fragte.

»Zweiter Stock. Zimmer 202. Aber jetzt ist keine Besuchszeit, dafür ist es noch zu früh am Morgen«, erklärte sie. »Außerdem wurde der junge Mann erst gestern von der Intensivstation auf die normale Station verlegt. Meinen Informationen nach haben die Ärzte nur kurze Besuche von seinen nächsten Verwandten gestattet.«

»Bitte«, sagte Sarah. »Ich muss zu ihm ... er ... ist mein Freund.«

Die Frau sah sie mitfühlend an. »Oh, das tut mir leid für euch beide, aber ...«

»Bitte.«

Die junge Frau tippte etwas in ihren Computer. »Gut, ist schon okay. Geh rauf, er braucht dich jetzt.«

Sarah dankte ihr mit einem Nicken, dann wandte sie sich zum Treppenaufgang. Sie wollte nicht den Aufzug nehmen. Nein, den Weg zu Patrick wollte sie bewusst gehen. Dabei ihre Füße spüren, um zu fühlen, was er verloren hatte.

Auf der Station ging es zu wie in einem Taubenschlag. Krankenschwestern und Pfleger begegneten ihr, gingen in Zimmer hinein oder kamen heraus. Patienten in Rollstühlen wurden über den Gang geschoben, eine dicke Frau versuchte, einen Wäschewagen an zwei Ärzten vorbeizubugsieren, die sich angeregt miteinander unterhielten. Niemand beachtete Sarah, als sie langsam den Flur entlangschritt und all ihren Mut zusammenraffte.

Dann stand sie vor dem Zimmer, an dessen Tür die schlichte Zahl ›202‹ angebracht war.

Sie klopfte leise, öffnete die Tür und schlüpfte hinein.

Patrick lag auf dem Bett, die Augen geschlossen, er schien zu schlafen. Im Hintergrund piepte ein EKG-Monitor und zeichnete seinen Herzschlag und den Blutdruck auf. An beiden Armen waren durchsichtige Schläuche befestigt, aus denen eine klare Flüssigkeit über Kanülen in seine Handrücken geleitet wurde.

Patrick wirkte jung.

Jung und verletzlich.

Sarahs Blick fiel auf die Bettdecke. Da wo sich Patricks rechtes Bein befinden sollte, lag das Tuch flach auf dem Bett. Tränen traten in ihre Augen, als sie das sah.

Oh mein Gott, was haben wir ihm angetan?

Sie trat näher an ihn heran, beugte sich vor und strich eine Haarsträhne aus seiner Stirn, dann küsste sie ihn sanft auf die Wange.

Langsam schlug er die Augen auf. Blinzelte verwirrt. Seine Blicke wanderten an ihr auf und ab, genauso ungläubig wie die ihrer Mutter heute Morgen.

»Träume ich?«, fragte er mit müder Stimme.

»Hi, Patrick.«

»Wenn das ein Traum ist, will ich nicht aufwachen, und wenn es an den Medikamenten liegt, will ich mehr davon.« Er bewegte schwach den Arm. »Ich dachte, du bist tot.«

Sarah versuchte zu lächeln. »Ich habe Glück gehabt.«

»Und Stiller?«

»Hat auch überlebt.«

Patricks Blick glitt ihren Körper hinab. »Du hast keinerlei Verletzungen davongetragen«, sagte er verwundert. »Wie habt ihr es nur geschafft, das zu überleben? Und wo warst du die ganze Zeit?«

»Erkläre ich dir später. Wie geht es dir?«

Er verzog die Lippen zu einem gequälten Grinsen. »Ich denke, gut. Muss nur eine Woche mit dem Sprinttraining aussetzen.« Sein sarkastischer Tonfall traf Sarah wie ein Fausthieb in den Magen. Einen Moment lang schwieg sie, dann sagte sie mit heiserer Stimme: »Es tut mir so leid, Patrick. So unendlich leid.«

Er hob die Hand ein kleines Stück und winkte ab. »Ich wollte schon immer mal die Hauptrolle in einem Drama spielen. Allerdings konnte ich nicht ahnen, dass es ein Liebesdrama ist und nach dem ersten Akt endet.« In seine Augen trat ein Schimmer. »Ich dachte, wir lieben uns.«

»Das haben wir. Eine Zeit lang«, sagte sie vage.

Sarah wusste nicht, was in dieser Realität alles passiert war. Sie musste aufpassen mit dem, was sie sagte, denn sie hatte nur die wenigen Informationen, die ihre Mutter ihr heute Morgen gegeben hatte.

»Wer ist dieser Kerl eigentlich?«, riss Patrick sie aus ihren Gedanken. »Und warum hast du ihn geküsst?«

»Ich werde es dir erklären. Später. Jetzt ist nicht der Zeitpunkt dafür, Patrick. Du musst erst mal wieder gesund werden.«

Er lachte bitter auf. »Gesund werden? Hast du sie noch alle?« Er klopfte mit der Hand auf das flache Betttuch. »Mein Bein ist weg, es wächst nicht nach. Wie kann ich jemals gesund werden? Ich bin ein verdammter Krüppel, und das für den Rest meines Lebens.«

Jedes seiner Worte war wie ein Stich in ihr Herz. »Es ist meine Schuld«, sagte Sarah leise. »Ich weiß das.«

Er fasste nach ihrer Hand, hielt sie in seiner. Dann schluckte er hart. »Das sage ich doch gar nicht. An so etwas hat niemand Schuld. Ich hätte euch ja nicht hinterherspionieren müssen.« Erschöpft ließ er den Kopf in das Kissen sinken. »Das Einzige, was ich möchte«, murmelte er, »ist verstehen, was mit uns geschehen ist.«

Sarah erwiderte seinen Händedruck und legte sanft ihre zweite Hand über seine. Sie setzte sich auf den Stuhl neben seinem Bett, ohne seine Hand loszulassen.

»Hast du Lust auf eine verrückte Geschichte?«

Sein typisches Kleiner-Junge-Grinsen kehrte zurück. »Ich mag verrückte Geschichten.«

»Sie ist sehr lang.«

Er wackelte mit dem Kopf nach links und rechts. »Ich habe Zeit.«

Dann begann Sarah zu erzählen.

Die letzten Worte verklangen im Raum und es herrschte Schweigen.

»Wie heißen die Drogen, die du nimmst? Ich will auch welche«, meinte Patrick grinsend. Sarah verzog das Gesicht. »Schon okay, das ist eine Wahnsinnsgeschichte, aber ich glaube dir. Verdammt, wer denkt sich schon so etwas Verrücktes aus?«

»Danke, Patrick«, flüsterte sie. »Das bedeutet mir viel.«

Seine Finger lösten sich von ihr und er strich ihr sanft über die Wange. »Wenn es stimmt, was du mir erzählt hast – und davon gehe ich aus, schließlich stehst du lebendig vor mir –, hast du verdammt viel mitgemacht.«

Sie nickte. Dann kamen die Tränen.

Sarah weinte bitterlich.

Patrick ließ ihr Zeit.

Als die Tränen versiegt waren, sah sie ihn an. Sah in sein vertrautes Gesicht – und entdeckte darin seine Liebe für sie. Aber da war noch etwas anderes. Etwas, das stärker war als die Zuneigung zu ihr. In Patricks Augen stand Abschied. Er war bereit, sich von ihr zu lösen. Dieser Junge, dem ein Bein fehlte, spürte, dass er sie loslassen musste.

»Ich möchte nicht, dass du bei mir bleibst, weil du dir die Verantwortung für mich auferlegt hast«, sagte er leise.

»Ich ...«

»Nein, Sarah«, unterbrach er sie mit fester Stimme. »Ich will kein Mitleid. Mir fehlt ein Bein, aber meine Würde und meinen Stolz, die habe ich noch. Und die lasse ich mir von niemandem nehmen.«

Er klang so stark und kämpferisch, so ... erwachsen. Sie musste an den Patrick denken, mit dem sie zusammen gewesen war. Damals, in der anderen Welt, hätte sie sich nichts mehr gewünscht als einen jungen Mann, der wusste, was er vom Leben erwartete ...

»Ich möchte leben und ein Mädchen lieben, das mich liebt, weil ich ich bin, mit Bein oder ohne.« Er schluckte. »Ganz ehrlich, ich habe es verdient, so geliebt zu werden.«

Sarah nickte. »Ja, das hast du«, stimmte sie ihm aus vollem Herzen zu.

Nachdem sie eine Weile geschwiegen hatten, sagte Patrick: »Du musst jetzt gehen.«

Sarah zögerte. »Werden wir ... Freunde bleiben?«, fragte sie vorsichtig.

Er lachte auf und es klang frei, ohne Bitterkeit. »Verdammt

noch mal, natürlich. Irgendjemand muss mich ja durch den Park schieben und da dachte ich an dich.«

Sarah grinste breit. Dann erhob sie sich, beugte sich noch einmal zu ihm herab und küsste seine Stirn. »Ich komme morgen wieder.«

Er lächelte. »Bring mir Donuts mit. Und eine Pizza. Und richtige Cola, nicht dieses zuckerlose Zeug. Ich brauche jetzt Kalorien und hier gibt es nur Tee und diesen widerlichen Zwieback, von dem sie behaupten, ich würde ihn nach der Narkose am besten vertragen.« Er rollte mit den Augen. »Aber ich glaube ihnen nicht, ich habe meine eigene Therapie, und die heißt futtern, was das Zeug hält.«

»Ich schau mal, was sich machen lässt«, versprach Sarah ihm.

Dann wurde Patrick ganz still. »Sag diesem Stiller, wie viel Glück er hat, dass du sein Mädchen bist.«

Sarah nickte, dann verließ sie das Zimmer.

34.

Josh hatte erledigt, was zu erledigen war. Er ging am abgestellten Auto seiner Tante vorbei, ohne einzusteigen. Nein, er würde nicht fahren. Das tat er nie. Diesen Weg, den er jetzt zu gehen hatte, würde er zu Fuß zurücklegen.

Es war eine Art Meditation, die ihn auf das vorbereiten sollte, was nun kam.

Der Regen prasselte unablässig in sein Gesicht, während er neben der Landstraße durch den Matsch stapfte. Er wusste, dass selbst sorgfältiges Reinigen die Boots nicht retten würde, aber das war egal, denn er war selten lange genug in einer Realität geblieben, um Gelegenheit zum Putzen seiner Schuhe zu finden.

Seine Lederjacke hatte sich vollgesogen und hing schwer an seinen Schultern, so als wolle sie ihn zu Boden ziehen. Seine Jeans waren ebenso durchnässt und die vorbeirasenden Fahrzeuge, die regelrechte Wellen aufspritzten, sorgten dafür, dass sie nicht trocknen konnten.

Niemand beachtete ihn.

Und Josh beachtete die Umgebung nicht.

Er kannte den Weg. Aus jeder Richtung. War ihn unzählige Male gegangen. Der Regen verdeckte die Landschaft hinter einem grauen Schleier, aber er fühlte, dass es nicht mehr weit war.

Vielleicht noch zwei Meilen.

Dann werde ich diese Welt für immer verlassen. Diese Welt und dich, Sarah, denn es ist unwahrscheinlich, dass wir uns noch einmal begegnen. Du warst davor keine feste Konstante in meiner Realität, deshalb ist es kaum vorstellbar, dass es eine Wirklichkeit gibt, in der wir beide erneut aufeinandertreffen ...

Obwohl es unablässig regnete, hatte er brennenden Durst. Sein Mund war wie ausgetrocknet und er leckte sich über die Lippen. Während er weiterging, legte er den Kopf in den Nacken und riss den Mund auf. Es war kein Trinken im eigentlichen Sinn, aber es half. Danach heftete er den Blick wieder auf den Boden.

Setzte einen Fuß vor den anderen.

Sein Kopf war leer.

Alle Gedanken darin verflogen.

Nur das Brennen seiner Seele war ihm geblieben, und das würde er mit in die nächste Welt nehmen.

Und in jede weitere.

35.

Sarah zog langsam die Tür des Krankenzimmers ins Schloss. Einen Moment lang blieb sie stehen, atmete tief durch. Ein Seufzen entwich ihr.

Alles, was ihr so schwierig erschienen war, lag nun plötzlich klar und deutlich vor ihr.

Die Beziehung zu Patrick war vorbei. Er würde darüber hinwegkommen, jemand anders kennen- und lieben lernen, es war sein Schicksal, das spürte sie.

Dann dachte sie an sich und Josh.

Ich liebe ihn.

Ihr Herz schlug schneller. Die Erkenntnis ging so tief, dass sie die drei Worte vollkommen durchströmten.

Ich liebe ihn.

Lange bevor sie mit Patrick zusammengekommen war, hatte sie ihre Mutter einmal gefragt, woran sie erkennen könnte, ob sie einen Jungen wirklich liebte, und ihre Mutter hatte gesagt: »Du wirst es spüren.«

Sarah stieß einen Schrei aus. »Ich spüre es!«, rief sie laut in den Gang. Mehrere Krankenschwestern drehten sich nach ihr um, aber als sie sahen, dass sie lachte, gingen sie weiter ihrer Beschäftigung nach.

Ich muss zu Josh. Ihm sagen, dass wir angekommen sind. Dass das hier unsere Welt ist, in der wir leben und glücklich werden können.

Plötzlich durchzuckte sie die Erkenntnis, dass sie immer noch nicht wusste, wo Josh eigentlich wohnte.

Egal. Ich werde ihn finden! Und dann wird alles gut.

Mit beschwingten Schritten durchquerte sie den Krankenhausflur, ging die Treppen hinunter und verließ das Gebäude.

Als sie ins Auto einsteigen wollte, entdeckte sie unter den Wischblättern einen Strafzettel wegen Falschparkens, aber nichts konnte ihre gute Laune verderben. Sie zog das Stück Papier hervor, knüllte es zusammen, gab ihm einen Kuss und schnippte es in eine Pfütze.

Es tropfte auf den Sitz, als sie einstieg und den Motor startete. Kurz dachte sie an ihre Eltern, die sich bestimmt Sorgen um sie machten. Sobald sie Josh gefunden hatte, würde sie nach Hause fahren.

Wo bist du, Josh Stiller?

Die Antwort schien vom Universum selbst zu kommen. Klar, er war zum alten Vergnügungspark gegangen, um dort auf sie zu warten. Er spürte sicherlich, dass sie kommen würde. Dies war der Ort, an dem sie sich das erste Mal geküsst hatten.

Er würde dort sein.

Mit einem Kribbeln im Bauch fuhr sie los.

Der Vergnügungspark lag vor ihr wie ein düsterer Ort aus längst vergessenen Träumen. Bei diesem Wetter sahen die

Attraktionen noch schäbiger aus als im Sonnenschein und überall starrte ihr purer Verfall entgegen. Verfaulte Holzbretter weinten schwarze Tränen, während sie an den Buden vorbeischritt. Das alte Karussell rostete vor sich hin und die hölzernen Pferde, von denen die Farbe abblätterte, strahlten eine Traurigkeit aus, die Sarah regelrecht spüren konnte.

Ein leichter Wind war aufgekommen und trieb ihr den Regen ins Gesicht, sodass sie nicht ausmachen konnte, ob Josh beim Riesenrad auf sie wartete. Das metallene Ungetüm ragte einem aus dem Schlaf erwachten Märchenriesen gleich aus dem Boden heraus und strebte zu den tief hängenden Wolken.

Als sie näher kam, konnte sie Einzelheiten ausmachen. Nur ein Detail fehlte. Ein ganz wesentliches.

Josh war nicht da.

Erschrocken blieb sie stehen. Sie war sich so sicher gewesen, dass er hier auf sie wartete, dass sie eine Alternative überhaupt nicht in Betracht gezogen hatte.

Warum war er nicht da?

Warum stand er nicht mit dem Rücken an die Verkaufsbude gelehnt und grinste sie schief an?

Ich verstehe es nicht.

Die letzten Schritte ging sie nur zögerlich vorwärts.

Dann entdeckte sie den Zettel, den jemand in eine der Fugen der Bretterwand geschoben hatte. Sie zog ihn vorsichtig hervor und las.

Ich werde diese Realität verlassen und mir eine Welt suchen, in der es nicht schmerzt, dich zu lieben.

Er hatte seinen Namen nicht daruntergeschrieben. Warum auch? Er war fort, für immer.

Ihre Tränen und der Regen tropften auf das Papier herab, verschmierten die Buchstaben bis zur Unleserlichkeit.

Sarah schrie auf, ein Schrei vollkommener Verzweiflung.

Nein!

Nein!

Nein!

Es darf nicht sein.

Sie schluchzte, ballte die Fäuste, bis sich ihre Fingernägel in die Handflächen gruben.

Es. Darf. Nicht. Sein.

Vor ihrem inneren Auge tauchten Bilder von Josh auf.

Das erste Mal auf der Brücke. Er hatte so verloren gewirkt.

Sein etwas schiefes Lächeln.

Diese unglaublich grünen Augen.

Sie sah ihn, wie er ihr zu erklären versuchte, was mit ihr geschehen war.

Sie sah seinen Mund, spürte den Kuss im gleichen Moment auf ihren Lippen. Ihr rechter Zeigefinger fuhr darüber, als könne er ihn so für alle Ewigkeiten festhalten.

Und immer wieder seine Blicke.

Sie schlug die Hände vors Gesicht und sank auf die Knie.

Der Schlamm beschmutzte sie, die Feuchtigkeit des Bodens durchtränkte ihre Jeans, aber Sarah fühlte nichts von alledem.

In ihr war nur noch Platz für Josh.

Dann durchzuckte sie ein Gedanke.

Vielleicht ist es noch nicht zu spät. Vielleicht komme ich noch rechtzeitig, um zu verhindern, dass er von der Brücke springt.

Sarah wirbelte herum. Rannte los. Pfützen spritzten unter ihren Füßen auf, durchnässten ihre Klamotten zusätzlich, aber das war egal, alles war egal, außer der Zeit. Sie musste rechtzeitig an der Brücke sein oder ihre Liebe war verloren.

Sarah schlüpfte durch das Loch im Maschendrahtzaun. Rannte zehn Meter. Riss die Autotür auf. Noch bevor sie die Tür wieder zuschlug, startete sie den Motor und schoss davon.

Es war jetzt später Vormittag, der Berufsverkehr hatte sich längst gelegt und sie hatte freie Fahrt. Der Wagen jagte durch das Hafenviertel, dann erreichte sie die Landstraße nach Newport. Sarah drückte das Gaspedal voll durch. Die Umgebung verschwand hinter der Windschutzscheibe und die Scheibenwischer kamen im Kampf gegen den Regen kaum nach. Schlieren zogen sich über das Glas und Sarah hatte das Gefühl, durch einen Fluss zu fahren.

Sie schwitzte derart, dass die Scheiben auch von innen beschlugen. Während sie das Gebläse voll aufdrehte, wischte sie mit dem Ärmel ihrer Jacke die Feuchtigkeit, so gut es ging, ab, aber an manchen Stellen machte sie die Sache nur noch schlimmer.

Immer wieder tauchten andere Fahrzeuge wie Schemen vor ihr auf und Sarah zögerte nicht mit dem Überholen. Mehrfach kam das Auto ins Schlingern, aber sie behielt die Kontrolle. Vielleicht war es auch einfach Glück, dass sie jedes Mal wieder rechtzeitig einscheren konnte, bevor sie der Gegenverkehr von der Straße fegte.

Dann endlich.

Die Brücke.

Mit quietschenden Rädern blieb Sarah stehen. Als sie die Tür aufriss und aus dem Auto sprang, jaulte eine Hupe auf und ein großer Lkw donnerte an ihr vorbei. Wasser spritzte von der Straße auf und für einen Moment konnte Sarah nichts erkennen.

Dann sah sie die verlassene Stelle auf der Brücke, an der sie Josh das erste Mal begegnet war.

Der Asphalt glänzte feucht im Regen.

Am Brückengeländer liefen dicke Tropfen herab, vereinten sich mit dem Wasser der Straße zu einem dünnen Rinnsal, das in der Abflussrinne verschwand.

Josh war nicht da.

Es war geschehen.

Sie wusste es. Fühlte es, und wenn sie gekonnt hätte, würde sie es herausbrüllen, aber sie fand keine Kraft mehr in sich. Nur das Gefühl vollkommener Einsamkeit.

Zögernd ging sie über die Straße, ohne auf den Verkehr zu achten, der an ihr vorbeischoss und sie von oben bis unten nass spritzte.

Den Kopf gesenkt, die Hände kraftlos neben dem Körper baumelnd, beugte sie sich über das Brückengeländer und sah mit trübem Blick hinab in die Tiefe.

Er war nicht dort.

Sie wusste es, aber irgendein Teil in ihr hätte ihn lieber dort unten liegen sehen, als zu verstehen, dass er für immer gegangen war.

Lange stand sie so da, während hinter ihr der Verkehr vorbeirauschte, dann wandte sie sich langsam ab.

Und entdeckte eine kleine blaue Wüstenblume, die jemand – nein, die Josh hierhin gelegt hatte, weil er hoffte, sie käme an diesen Ort, um nach ihm zu suchen.

Sie nahm die Blume in die Hand. Die Blütenblätter waren ein winziges Kunstwerk, einmalig in ihrer schlichten Schönheit. So wie er.

Sie legte die Blume an ihre Wange und schloss die Augen.

Ja, sie wusste, was zu tun war.

36.

Als Sarah in ihrem Bett erwachte, schien alles wie immer zu sein. Von draußen fiel der Sonnenschein durch die Schlitze der Jalousien und Randy Brandsoms Tiraden gegen die Stadtverwaltung dröhnten aus dem Radiowecker. Sie streckte die Hand aus und schaltete das Gerät ab.

Im Bett aufgerichtet lauschte sie nach unten, aber dort herrschte Stille. Ihr Herz pochte in der Brust. Sie hatte Angst, spürte sie tief in sich drin. Das Atmen fiel ihr schwer und ihre Hände zitterten.

Sie hatte es getan. Hatte noch einmal die Realität gewechselt, als sie erkannt hatte, dass sie sich ein Leben ohne Josh nicht mehr vorstellen konnte.

Das Wissen, dass er in irgendeiner Welt existierte – so nah und doch so fern –, dass er auf der Suche nach einem Ort und einer Zeit war, in der er leben konnte, war für Sarah schlimmer, als wenn sie Joshs Tod hätte akzeptieren müssen. Sie musste ihm folgen.

Auch wenn es für sie bedeutete, erneut alles zu riskieren.

Ich liebe ihn. Und ich kann nicht ohne ihn sein.

Nicht mehr.

Und wieder lauschte sie nach unten und hörte nichts.

Wie wird es diesmal sein? Was wird mich erwarten? Geht es meinen Eltern gut? Ben? Und Patrick? Wird alles so sein, wie ich es mir erhoffe?

Es gab nur einen Weg, das herauszufinden.

Sarah schlüpfte in ihre Jeans und zog ein T-Shirt über, dann stürmte sie barfuß die Treppe hinunter.

Als sie in die Küche kam, war alles so, wie es sein sollte. Ihre Mutter stand am Herd und werkelte mit der Pfanne herum, während sich ihr Vater hinter der Zeitung verschanzt hatte. Selbst die alte Filterkaffeemaschine blubberte vor sich hin. Sarah schob die Zeitung weg und küsste ihren Vater fest auf die Wange. Sie lächelte, als sie den Duft frisch gebackener Pancakes roch.

Ben spielte unten auf dem Fußboden. Sarah umarmte ihn, drückte ihn überschwänglich an sich.

Oh, ich liebe dich so sehr, kleiner Bruder.

»Na, du kleine Kröte«, flüsterte sie ihm zu.

»Sarah ...«

»Ist schon gut, Dad. Ich sag's nicht mehr.«

Er schüttelte den Kopf. »Das meine ich nicht. Patrick hat angerufen. Er fragt, ob du Lust hast, mit ihm ins Kino zu gehen, auch wenn ihr kein Paar mehr seid.«

Sarah wagte kaum zu atmen, als sie fragte: »Wie geht es ihm?«

»Gut. Er hat erzählt, dass er sich gerade auf die Highschool Games vorbereitet. Er rechnet sich gute Chancen im Lauf über eine Meile aus.«

Beinahe hätte sie vor Freude laut aufgeschrien. Patrick

ging es gut. Ben war am Leben. Und ihr drohte keine Gefahr. Das Leben war wunderbar!

Sie hatte es geschafft.

Jetzt muss ich nur noch Josh finden. Ihn um Verzeihung bitten und für immer festhalten.

»Und was hast du heute vor?«, fragte ihre Mutter vom Herd aus. »Draußen ist so wunderschönes Wetter und Lona hat heute Morgen schon angerufen, um zu fragen, ob du mit ihr an den Strand möchtest. Du könntest Ben mitnehmen. Oder, Ben? Hättest du Lust, an den Strand zu gehen?«

Ben richtete sich auf. Ein Strahlen überzog sein Gesicht.

»Au ja«, jauchzte er. »Trand!«

»Später, okay? Ich wollte vorher noch zum alten Vergnügungspark gehen, ich habe dort eine Verabredung.«

Ihr Vater ließ die Zeitung sinken und blickte sie verwirrt an. »Aber was willst du denn da? Den Park gibt es doch schon seit Jahren nicht mehr. Er wurde abgerissen, als das neue Einkaufszentrum unten am Hafen gebaut wurde.«

Sarah starrte ihn sprachlos an. In ihrem Kopf drehte sich alles. Was hatte ihr Vater da gesagt?

Wie soll ich Josh denn jetzt finden? Wie in Erfahrung bringen, ob er in dieser Realität existiert?

Schwindelgefühl erfasste sie. Sie war verzweifelt und am Ende ihrer Kräfte.

Und doch gab es Hoffnung.

Tief in ihr drin.

Ein zaghaftes Lächeln erschien auf ihrem Gesicht. »Mom, hast du einen großen Karton?«

Ihre Mutter sah sie an. »Was willst du denn damit?«

»Das verrate ich dir später.«

»Im Keller müsste noch etwas sein, aber bitte mach keine Unordnung«, bat ihre Mutter sie.

»Keine Sorge. Hast du einen dicken Filzstift für mich?«

Ihre Mutter öffnete eine Schublade und zog einen schwarzen Marker daraus hervor. »Und du willst mir nicht sagen, wofür du die Sachen brauchst?«

»Mom!«, sagte Sarah vorwurfsvoll.

»Ich frage ja bloß.«

Sarah zwinkerte ihr zu, dann ging sie in den Keller.

Epilog

Sarah stand auf dem Dach der Mayburn Shoppingmall und blickte in die Tiefe. Unten vor dem Gebäude hatte sich eine Menschenmenge eingefunden. Schaulustige starrten zu ihr hinauf. Ein Kamerateam des örtlichen Regionalsenders war vorgefahren und hatte seine Kamera auf sie gerichtet.

Fehlt nur noch die Feuerwehr, dachte Sarah.

Der Wind rüttelte an ihr und für einen Moment hatte sie das Gefühl, über die Dachkante zu kippen, doch das Gefühl verging.

Heute schien die Sonne und es war warm, aber sie hatte auch schon oft bei Regen auf diesem Dach gestanden und gefroren.

Sarah spürte die Wärme des kommenden Tages auf ihrer Haut und genoss das Gefühl, hier oben weit über den Menschen zu sein. In der Luft lag der Duft von Blumen und irgendwo sang ein Vogel. Es war ein wundervoller Moment. Und trotzdem war sie auch traurig.

In ihren Händen hielt sie einen beschriebenen Karton.

Josh Stiller, ich liebe dich.

Sie hatte diesen Karton oder ähnliche in vielen Welten, in vielen Realitäten hochgehalten, doch nie war er gekommen. Inzwischen glaubte sie kaum noch daran, dass sie gleichzeitig in einer Welt existieren konnten.

Sie hatte ihn gesucht. Überall. Auf der Highschool in ihrer Stadt, in Newport, selbst in den Nachbarorten. Sie hatte alle sozialen Netzwerke nach ihm durchforstet und im Internet seinen Namen in Suchmaschinen eingetippt.

Vergebens.

Es war, als hätte es ihn nie gegeben. Als hätten sich ihre Seifenblasen immer nur aneinander vorbeibewegt ...

Und so war sie in jeder Welt ins Harbour Café gegangen. Abends um sechs. Immer zur selben Zeit. Hatte ein Glas Wasser bestellt und zugesehen, wie es umfiel.

Sie hatte nie nachgerechnet, aber ihr Gefühl sagte ihr, dass sie seit zwei, drei Monaten nichts anderes tat, als tagsüber nach ihm zu suchen und abends dem verdammten Wasserglas beim Umfallen zuzuschauen.

Es war so, wie Josh es ihr erzählt hatte. Die Welten waren sich ähnlich, aber nie gleich. Manchmal unterschieden sie sich nur in winzigen Details, aber immer war etwas anders als zuvor.

Große Veränderungen hatte es nicht mehr gegeben. In keiner der Welten hatte man sie als Mörderin gejagt und ihrer Familie war es immer gut gegangen. Mal war Lona mit Michael Bloom zusammen gewesen, mal war sie unsterblich in einen anderen Jungen verliebt.

Es war fast so, als hätte sie einen ruhigen Nebenarm eines Flussgebietes gefunden, fernab der großen Ströme, wo das Schicksal einem reißenden Fluss glich. Hier gab es keine Stromschnellen und das Wasser floss gemächlich dahin.

Oft hatte Sarah sich gefragt, ob es richtig war, was sie da tat. Ob sie überhaupt das Recht hatte, die Realitäten zu wechseln und damit zu riskieren, dass sich für die Menschen, die sie liebte, etwas zum Schlechten wendete. Aber letztendlich konnte sie nicht anders.

Beim ersten Mal war es noch spontan und unüberlegt gewesen, danach hatte es kein Zurück mehr für sie gegeben.

Sarah seufzte und ließ das Schild sinken. Wieder ein vergeblicher Versuch.

»Was tust du da?«, fragte in diesem Moment jemand hinter ihr. Die Stimme war tief und erzeugte einen Hall in ihr.

Er war da.

Josh war da. Endlich hatte sie ihn gefunden.

Als sie sich umdrehte, schlug ihr das Herz bis zum Hals.

Er sah aus wie immer. Die Haare wirr, ein schiefes Grinsen im Gesicht und diese grünen Augen, die mit der Sonne um die Wette strahlten.

»Hi«, sagte sie.

»Hi«, erwiderte er. »Wer bist du und warum schreibst du meinen Namen auf ein Schild? Ich habe dich im Fernsehen gesehen, in den Nachrichten berichten sie über nichts anderes. Alle Welt denkt, du hast Liebeskummer und willst dich vom Dach stürzen. Dabei kenne ich dich gar nicht.« Er kratzte sich verwirrt am Kopf. »Oder doch?«

Sie schaute ihn an und ihr Herz füllte sich mit Liebe.

»Ich bin Sarah«, sagte sie.

Er trat unruhig von einem Fuß auf den anderen. »Meinen Namen kennst du ja.«

Sie nickte.

»Beantwortest du jetzt meine Frage?«

Sarah ließ sich Zeit. Sie schloss die Augen, atmete tief ein, dann schlug sie die Lider wieder auf.

»Wir kennen uns«, sagte sie. »Schon sehr lange.«

»Aber ich …«

»Ja, ich weiß, du verstehst das nicht, aber wenn du mir die Chance dazu gibst, werde ich dir alles erklären.«

»Dann springst du also nicht vom Dach?«

»Nein, das hatte ich nie vor.«

Er seufzte erleichtert auf.

»Mir ging es nur darum, dir zu begegnen. Hast du Zeit für einen Kaffee? Ich kenne ein nettes Café unten am Hafen. Du bist aus Newport, stimmt's?«

»Woher weißt du das?«

»Ach, ich weiß so einiges«, sagte sie. »Und ich werde dir alles erzählen. Es ist eine unglaubliche Geschichte!«

Er grinste sie an. »Hat sie ein Happy End?«

Sarah lächelte. »Ich denke schon.«

Ende

Danksagung

Jedes Buch ist eine neue Herausforderung und dieses Buch war es mit Sicherheit, aber wie immer war ich nicht allein auf meiner Reise.

Ich danke meiner Familie und meinen Freunden, die mich nun schon so lange auf meinem Weg begleiten.

Danke auch an die Mitarbeiter im Arena Verlag. Ohne Eure Unterstützung gäbe es dieses Buch nicht, denn einen Roman auf den Weg zu bringen, ist so viel mehr, als Worte in einen Computer zu tippen.

Ein besonderer Dank geht an Sabine Franz und Claudia Pietschmann, die mir geholfen haben, mein Bestes zu geben.

An dieser Stelle möchte ich auch all den Bloggern und Rezensenten danken, die anderen Menschen von meinen Büchern berichten.

Aber ganz besonders möchte ich Dir, lieber Leser, danken. Ohne Dich könnte ich meinen Traum nicht leben, meine Geschichten nicht erzählen. Ich danke Dir dafür, dass Du meinem Buch Deine Zeit geopfert hast, und ich hoffe, ich konnte Dir etwas dafür zurückgeben.

Rainer Wekwerth, 2015

www.wekwerth.com
www.kreatives-schreiben.net

Rainer Wekwerth

Das Labyrinth jagt dich

Fünf Jugendliche. Sie haben gekämpft, sich gequält und zwei Welten durchquert, um die rettenden Tore zu erreichen. Wieder stellt sie das Labyrinth vor unmenschliche Herausforderungen. Sie sind allein mit ihrer Vergangenheit, ihren Ängsten, ihren Albträumen. Letztendlich entpuppt sich etwas Unerwartetes als ihre größtes Hindernis: die Liebe. Jeder von ihnen ist bereit, durch die Hölle zu gehen, doch wer würde das eigene Leben für seine Liebe opfern?

Auch als E-Book erhältlich

Arena

352 Seiten • Klappenbroschur
ISBN 978-3-401-50792-7
www.wekwerth-lesen.de
www.arena-verlag.de

Rainer Wekwerth

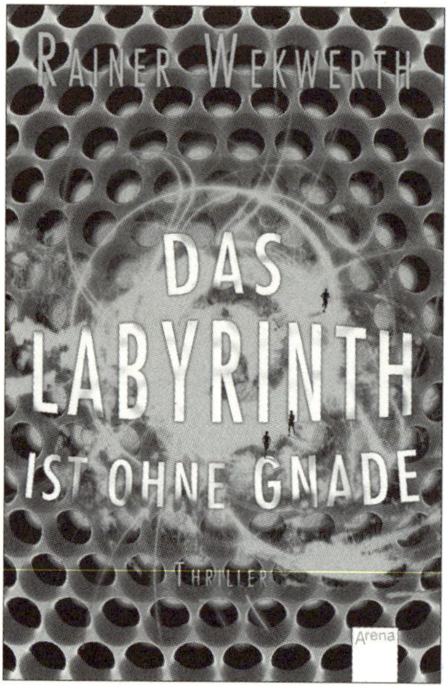

Das Labyrinth ist ohne Gnade

Sie sind nur noch zu dritt und sie sind geschwächt. Aber sie wollen überleben – um jeden Preis. Zweifel überschatten den Kampf gegen das Labyrinth, das mit immer neuen Mysterien für die Jugendlichen aufwartet. Ihr mühsam erworbener Teamgeist scheint nicht zu brechen, doch lohnt sich für Jeb, Jenna und Mary der gemeinsame Kampf, wenn nur einer von ihnen überleben kann? Die entscheidende Frage aber wagt niemand zu stellen: Was erwartet den letzten Überlebenden hinter dem sechsten Tor?

Rainer Wekwerth

Damian
Die Stadt der gefallenen Engel

Lara will eigentlich nur ein paar aufregende Tage in Berlin verbringen. Doch hinter der Fassade der Großstadt verbirgt sich eine Welt, in der Engel und Dämonen einen erbitterten Kampf austragen. Als Lara sich in Damian verliebt, weiß sie nicht, dass er dazu ausersehen ist, eine dunkle Prophezeiung zu erfüllen. Bald bedroht ein gut gehütetes Familiengeheimnis nicht nur ihre Liebe zu Damian, sondern auch ihr Leben.

Arena

Auch als E-Book erhältlich

424 Seiten • Arena Taschenbuch
ISBN 978-3-401-50463-6
www.arena-verlag.de

Rainer Wekwerth

Camp 21

Grenzenlos gefangen

Mike und Kayla sind in Camp 21 gelandet. Sie kennen sich kaum und mögen sich noch weniger. Durch elektronische Armbänder aneinander gefesselt, ist es ihnen unmöglich, sich aus dem Weg zu gehen. Entfernen sie sich zu weit voneinander, empfangen sie über die Fessel quälende Schmerzimpulse. Während Kayla versucht mit der Situation zurechtzukommen, ahnt Mike, dass im Camp etwas nicht stimmt. Nach einem tödlichen Vorfall gelingt den beiden die Flucht. Doch dies ist erst der Anfang einer atemberaubenden Jagd, denn die Fesseln, die geheimen Experimente und die Liebe zueinander bilden für Mike und Kayla ein gefährliches Netz, aus dem es kein Entkommen zu geben scheint.

Arena

Als E-Book erhältlich und
als Hörbuch bei Rubikon Audio

352 Seiten • Gebunden
ISBN 978-3-401-60177-9
www.arena-verlag.de

Thomas Kastura

Please identify!

Auf der Jagd nach Laura Adams

Als Laura auf Interrail-Tour ist, taucht auf ihrem Online-Profil plötzlich ein peinliches Foto auf, das sie garantiert nicht selbst hochgeladen hat. Doch Laura kann das Bild nicht löschen, sie hat keinen Zugriff mehr! Dafür aber Tausende von anderen Usern, die in Lauras Namen zu gefährlichen Aktionen und Flashmobs aufrufen. Schnell geraten die Dinge nicht nur im Internet außer Kontrolle – bis schließlich sogar die Polizei auf der Jagd nach Laura ist.

Arena

Auch als E-Book erhältlich

296 Seiten • Arena Taschenbuch
ISBN 978-3-401-50965-5
www.arena-verlag.de

Manuela Martini

Die Insel

Der Job auf der Perlenfarm mitten im türkisblauen Pazifik scheint perfekt – bis Hannah eines Tages im Dschungel der Vulkaninsel auf einen verlassenen Bunker stößt. Und dort jene mysteriösen Worte aus dem Tagebuch ihrer leiblichen Mutter entdeckt, die sie bis in ihre Träume verfolgen: Mete bab ou alatranp – Prepare for what is coming!

Die Rache der Insel

Wie gern würden Hannah und Kanoa eintauchen: in ihre Liebe, das pulsierende New York, das Glück. Nie wieder an diese verfluchte Insel denken – das ist es, was beide sich wünschen. Doch die Schatten der Vergangenheit verfolgen Hannah und Kanoa auf Schritt und Tritt. Die Insel ist lebendig wie nie zuvor. Und sie fordert ihren Tribut. Am Ende müssen die beiden nicht nur um ihre Liebe kämpfen, sondern auch um ihr Leben.

400 Seiten • Klappenbroschur
ISBN 978-3-401-50864-1
Beide Bände auch als
E-Book erhältlich

Arena

368 Seiten • Klappenbroschur
ISBN 978-3-401-50959-4
www.arena-verlag.de